Berit Glanz
Pixeltänzer

Roman

Schöffling & Co.

Für Ernir

2. Auflage 2020
© Schöffling & Co. Verlagsbuchhandlung GmbH,
Frankfurt am Main 2019
Alle Rechte vorbehalten
Satz: Fotosatz Amann, Memmingen
Druck & Bindung: Pustet, Regensburg
ISBN 978-3-89561-192-6

www.schoeffling.de
www.beritglanz.de

Pixeltänzer

NOP (1) – No Operation

```
// S-Bahn-Beobachtungs-Statement
   if (IsSBahnAccelerating) {
      currentSpeed++;
   } else {
      System.out.println("Die Frau steht am
      Fenster.");
   }
```

Vor meinem Fenster fährt die Ringbahn. Im Sommer rattern die Rollkoffer der Städtereisenden über den Asphalt, und in den Morgenstunden singen bierselige Touristen auf Französisch oder Englisch. Ich arbeite gerne nachts. Die Scheibe ist dunkel und reflektiert meinen Bildschirm, auf dessen Oberkante eine Reihe winziger weißer Plastikvögel steht. Gardinen brauche ich nicht: In mein Zimmer können nur die Passagiere aus den Zugabteilen hineinschauen, und die Bahn fährt fast immer so schnell, dass das Licht meiner Wohnung nur ein Blitz von vielen ist. Manchmal stehe ich nackt vor dem Fenster und rauche. Johannes sagt immer, dass es veraltet sei zu rauchen, wenn man auch vapen könne, aber ich finde die Dampfwolken nicht so undurchsichtig wie den Zigarettenrauch, der langsam durch das Zimmer streift. Sobald ich den Zug heranrauschen höre, blase ich gegen die Scheibe und verschwimme in einer Rauchwolke.

Ich stelle mir vor, in dem Zug sitzt ein Mann, der in die Nacht hinausschaut. Der Waggon riecht nach Kotze und alten Fritten, und eigentlich wollte der Mann sein Fahrrad nehmen, aber das wurde geklaut. Über das sonderbare Muster der S-Bahn-Sitzpolster denkt er schon lange nicht mehr nach, stattdessen wandern seine Blicke genau wie seine Gedanken umher, und er schaut aus dem Fenster des Zuges. Das gelbe Straßenlicht von draußen bricht sich auf der Scheibe an den Fingerabdrücken eines geschäftigen Tages. Sein Blick fließt über die Altbaufassaden, die inzwischen alle restauriert und neu gestrichen sind, als er im dritten Stock ein hell erleuchtetes Fenster sieht. Darin: eine nackte Frau.

Die Umrisse ihres Körpers sind unscharf im Zigarettenrauch. Locken, die sich auf die Schultern ringeln und ein leerer Gesichtsausdruck. Gerade als er sich aufsetzt und versucht, seinen Blick zu fixieren, die Frau mit seinen Augen zu greifen, beschleunigt die Ringbahn und fährt weiter auf ihrem Kreis. Doch das Bild der Frau hinter doppeltem Glas bleibt in seinem Kopf hängen und inspiriert ihn zu irgendetwas furchtbar Analogem, das eine greifbare Spur in der Welt hinterlässt. Ich liebe diesen Gedanken.

public static Life one(){ return null; }

/* *Wir haben keine Aufgaben, wir haben Missionen. Nach der Arbeit treffen wir uns zum Grillen auf der Dachterrasse, während die Sonne hinter den Hochhäusern untergeht. Wir sind Code-Zauberer, Php-Ninjas, Hacktivisten und Data-Gurus, wir sind binäre Wanderprediger, und das Team ist alles, was zählt. Bier aus kleinen Brauereien und handwerklich exzellente Burger essen und trinken wir gemeinsam, und das ist nicht Teil des Jobs, sondern Teil unserer Liebe zum Team. Wir sind eine große Familie, und unser Logo ist gelb-rot.* */

Ich sitze an meinem Schreibtisch und spiele mit meinem Rubik-Würfel. Die blaue Seite ist fertig. Das freut mich, gestern habe ich Gelb geschafft. Gelb musste ich wieder auseinanderdrehen, um Blau zu schaffen. Weiß, Gelb, Blau, Rot, Grün, Orange. Sechs Farben, fünf Arbeitstage. Am Freitag drehe ich morgens Grün und nach dem Mittag Orange, dann kommt das Wochenende. Wenn eine Deadline bevorsteht, drehe ich samstags Orange und ärgere mich freitags. Beim Drehen trinke ich Kaffee und esse Schokoriegel von der Snackbar. Wenn ich alle Farben durchhabe, fange ich wieder von vorn an.

Fast immer, wenn ich meinen Rubik-Würfel drehe, kommt jemand aus dem Development: Weißt du nicht, dass das nicht funktioniert, wenn man eine ganze Seite farbig macht? Du musst ein Kreuz machen. Wusstest du, dass beim Speedcubing Vaseline auf den Würfel geschmiert wird? Dann kann man ihn schneller drehen. Die beste Lösungsmethode für den Würfel ist ein Algorithmus, den eine tschechische Mathematikerin entwickelt hat. Wusstest du, dass Computer niemals mehr als 20 Züge brauchen, um den Würfel zu lösen? Schlösser knacken und Rubik-Würfel sind heimliche Leidenschaften der Entwickler. Ich antworte nie und drehe einfach weiter meinen Würfel. Ich will eine perfekte Seite, die ich zu mir drehe.

Mein Büro hat ein Panoramafenster, dahinter sieht man die Spree. Beautiful, beautiful, sagen die Geldgeber, während sie durch das offene Büro in den Konferenzraum mit der Milchglastrennwand laufen. Smarte Anzüge – nicht Bank, sondern Tech – und extra schmale Krawatten. Wenn die Krawatten rot sind, male ich mir aus, dass jemand die Geldgeber mit einem Samuraischwert aufgeschlitzt hat und es nur noch eine Frage der Zeit ist, bis ihre Eingeweide über den grauen Betonfußboden kippen.

Der Fußboden ist kalt und hart. In der Ecke steht ein Kicker, daneben ein Flipper, und davor treffen wir uns mit den Kollegen vom Marketing. Wir sitzen auf Loungestühlen in starken Farben, wie auf Vintage-Zirkusplakaten. Das Marketingteam ist besser gekleidet, deswegen sind ihre Schreibtische näher am Gang. Auf dem Bar-Tresen daneben gibt es Club-Mate, Kombucha und eine Cold-Brew-Kaffeemaschine, die den ganzen Tag wie ein kaputter Wasserhahn braune Brühe in einen Glaskolben tröpfelt.

Montags machen wir Stand-up vor den Glasfenstern. Martin, unser Projektmanager, moderiert und grinst dabei, als ob das Kokain vom Samstag noch in seinem Kiefer festsäße. Keiner darf sitzen, alle präsentieren stehend ihre Pitches für die Woche. Ich bin Junior-Quality-Assurance-Tester, und im letzten Feedback-Gespräch hinter der Milchglasscheibe wurde mir eine Can-Do-Ausstrahlung bescheinigt. Beim Stand-up trete ich von einem Fuß auf den anderen und bohre mir die Fingernägel in die Handfläche, während Martin Post-it-Zettel mit Aufgaben an der Milchglasscheibe verteilt. Im Lauf der Woche gehen wir immer wieder zur Glaswand, nehmen die Klebezettel mit den Arbeiten, die wir erledigt haben, und werfen sie zusammengeknüllt in einen weißen Metalleimer. Martin ruft dann laut »Whoop, whoop« und vergibt High-Fives wie ein Seehund im Sea Life Center.

In einem anderen Raum steht ein Aquarium. Hier kann man sitzen und die Fische beobachten, zum Runterkommen. Mit den schallreduzierenden Kopfhörern hört man auch den Nebenraum nicht. Dort stehen die Arcade-Automaten, der ganze Stolz der Firma. Aber hierher dringen die

Geräusche nicht. Die Fische schwimmen im Aquarium auf und ab, es sind vor allem Goldfische, gelb-rot, die Farben unseres Firmenlogos.

Es ist Montag, und die weiße Seite des Rubik-Würfels liegt vor mir, als Martin unser Team zusammenruft. Er habe ein Memo, sagt Martin und macht ein aufgeregtes Gesicht, von Alex, unserem CEO. Der trägt immer einen silbergrauen Cashmere-Pullover zu seinem schwarzen Vollbart. Martin liest uns das Memo vor. Alex hat beschlossen, dass nun alle Angestellten zwei Unterteams bilden: gelb und rot. Wir sind jetzt Teil des roten Teams. Martin ist ganz fiebrig und benutzt ab jetzt nur noch rote Post-its, um uns zu motivieren.

NOP (2) – No Operation

```
#!/usr/bin/env beta
puts 'Strohfeuer'
END {
    puts 'Das ist der Anfang'
}
BEGIN {
    puts 'Das ist das Ende'
}
```

Eine Mischung aus abgestandener Luft, in Kleidung festsitzendem Zigarettenrauch, Alkohol und diversen Duftstoffen. Ich war noch nie in dieser Bar, Erik hat sie als Treffpunkt vorgeschlagen. Der Laden heißt Strohfeuer, was eine lustige Anspielung auf dieses Tinder-Date sein könnte, aber Erik ist Schwede und lebt erst seit einem Jahr in Berlin. Er hat zwar im Chat gut Deutsch gesprochen, aber ich bin mir nicht sicher, ob seine Sprachkenntnisse für einen solchen Wortwitz ausreichen.

An der einen Wand der Bar verläuft eine lange Sitzbank, die mit dunkelviolettem Leder gepolstert ist, und dort sitzt Erik. Seine aschblonden Haare hängen ihm im wirklichen Leben genauso perfekt zerzaust in die Augen wie auf seinen Profilbildern. Vor der Bank stehen im gleichmäßigen Abstand kleine schwarze Holztische, und an der grauen Wand dahinter hängen Bilderrahmen mit Fotos von Alleen und Straßenzügen. Sein violett-grauer Pullover sieht teuer aus und passt perfekt zur Wandfarbe. Hätte er nicht die Bar ausgesucht, würde ich es für einen Zufall halten, nun bin ich mir nicht sicher. Die Bilder hinter ihm sind fast alle in der Dämmerung aufgenommen, mit Nebel und verlassenen Parkbänken. Es sieht nach den typischen Instagram-Filtern aus, und auch die abgetönten Farben von Eriks Kleidung wirken, als ob ein Bildbearbeitungsfilter draufgelegt worden sei – genau im richtigen Maße verwaschen.

Ich gehe auf Erik zu und versuche mein Zögern mit zielstrebigen Schritten zu übertönen. Er schaut auf und lächelt schief, während ich den Stuhl nach hinten ziehe und mich mit etwas zu überlegten Bewegungen hinsetze.

»Hey.« Er lächelt immer noch.

»Hallo«, sage ich, wahrscheinlich kein guter Einstieg in ein Gespräch mit einem Fremden. Ich hasse die ersten Minuten mit einem unbekannten Date, diesen Zwang, Dinge zu sagen, wenn ich eigentlich mein Gegenüber nur unverhohlen betrachten möchte.

»Bist du Beta?«

»Ja.«

»Ist das ein Spitzname?«

»Eigentlich heiße ich Elisabeth, aber ich wurde schon immer Beta genannt.«

»Beta klingt so mathematisch. Eigentlich ein perfekter Name für einen Androiden.«

»Die Programmierer auf meiner Arbeit finden ihn super. Aber seitdem ich Qualitätskontrolle für Software mache, hängen mir Beta-Tester-Witze zum Hals raus.«

»Zu mir sagen alle immer nur Erik.« Er trinkt einen Schluck von dem Bier, das vor ihm steht. »Warst du schon mal hier?«

»Nein, noch nie. Ich bin selten in dieser Ecke unterwegs.«
»Ich wohne eine Straße weiter, deswegen bin ich oft im Strohfeuer.«

Es ist tatsächlich seine Stammkneipe, dann hat er wahrscheinlich wirklich seine Kleidung der Wanddekoration angepasst. Zumindest ist er offen und scheint gerne zu reden, was bedeutet, dass ich mich weniger anstrengen muss.

»Lädst du deine Online-Dates öfter hierher ein?«

Jetzt hat es ihm für einen Moment das Lächeln aus dem Gesicht gewischt, aber er fängt sich rasch, professionell. »Nicht allzu oft. Wenn ihnen die Bar so gut gefällt wie mir, dann wird es hier irgendwann unangenehm.«

»Also triffst du regelmäßig Leute, die du per App kennenlernst.«

»Eine Weile lang schon, inzwischen merke ich aber, dass ich immer öfter die Fotos wegwische. Früher haben mich zum Beispiel die Hintergründe von Profilfotos nicht gestört. Das ist jetzt anders. Strandaufnahmen hasse ich oder Aufnahmen von in die Luft springenden Menschen, fliegende Haare, Ober- und Unterschenkel in perfekten 90-Grad-Winkeln – weißt du, was ich meine?«

Ich nicke nur, als er schon weiterredet. »Aber wenn es einen Treffer gibt, versuche ich schnell ein Date zu vereinbaren. Ich habe keine Lust, meine Zeit zu verschwenden.«

Sein schwedischer Akzent hat etwas Kindliches, vielleicht überdeckt das seine Kosten-Nutzen-Überlegungen, zumindest stören sie mich dadurch nicht so sehr. Vielleicht habe ich auch nur keine Lust, wieder in die Wohnung zurückzugehen oder noch etwas Besseres für diesen angebrochenen Abend ausfindig zu machen.

NOP (3) – No Operation

```
#!/usr/bin/env beta
puts 'Strohfeuer'
END {
    puts 'Das ist das Ende'
}
BEGIN {
    puts 'Das ist der Anfang'
}
```

Die Sonne scheint, und meine Augenlider sind verklebt. Ich habe mit meinen Fingern unter ihnen langgewischt, um die Wimperntuschereste zu entfernen, obwohl ich immer Angst habe, davon Falten zu kriegen. Es ist ein heller Morgen. Ich sitze an das Fenster gequetscht in der Bahn und versuche verzweifelt, nicht zu viel vom Körper des älteren Herrn neben mir zu berühren. Er riecht nach Kaffeesatz und Wurstbrot – unerträglich. Meine Füße kleben ohne Strümpfe in meinen Schuhen und mein Magen fühlt sich dumpf an, meine Muskeln sind steif vom Alkohol der letzten Nacht.

Auf der Fensterscheibe krabbelt eine dicke Fliege träge hin und her. Ich bewege meinen Finger in ihre Richtung, sie fliegt kurz auf, nur um sich direkt wieder auf der Scheibe niederzulassen. Ich beobachte das filigrane Muster ihrer Flügel, die leicht behaarten Beine und die überdimensionierten Augen.

Im Arbeitszimmer meines Vaters hingen früher großformatige Bilder, Makroaufnahmen von Fliegenaugen und

Spinnenkörpern, schillernde Oberflächen in vielen Farben, bei denen man gar nicht auf Insekten gekommen wäre. Jeweils unten in der Ecke gab es einen kleinen Hinweis, welches Insekt die Quelle der Farbenspiele auf den Bildern war, die mich unglaublich faszinierten. Immer wenn ich ein Insekt in der Natur hässlich oder abschreckend fand, sagte mein Vater: »Du musst es unters Mikroskop legen. Schau genau hin, dann ist es wunderschön.«

Ich versuche mit meinem Handy ein Foto von der dicken Fliege zu machen, als sie fortfliegt. Mein Sitznachbar guckt mich ungläubig an. Ich schaue wieder aus dem Fenster, die Sonne verspricht einen heißen Tag, und ich kneife die Augen zusammen. In meiner Handtasche ist leider keine Sonnenbrille, dafür finde ich einen alten Apfel und beschließe, ihn auf die Taubheit meines Magens treffen zu lassen. Zumindest löst die Restsäure, die das schrumpelige Fruchtfleisch noch enthält, den pelzigen Film auf meinen Zähnen auf. Das nächste Mal werde ich Kaugummi mitnehmen, eine derartig schlechte One-Night-Stand-Vorbereitung ist eigentlich nicht meine Art. In manchen Bars gibt es auf der Toilette Automaten, gefüllt mit Tampons, Kondomen und Einwegzahnbürsten. Ich frage mich dann immer, wer wohl so vorausschauend ist, mitten in der Nacht bereits an die Zahnbürste für den nächsten Morgen zu denken.

In der Handtasche liegt meine zerrissene Strumpfhose, ich weiß nicht, warum ich sie nicht bei Erik gelassen habe. Manchmal vergesse ich mit Absicht Dinge in der Wohnung, in der ich die Nacht verbringe. Ich verschwinde gerne in den frühen Morgenstunden, nichts finde ich schrecklicher als ein gemeinsames Frühstück mit einem Unbekannten. Wenn ich dennoch kontaktiert werden will, dann lasse ich größere

Dinge liegen, einen Ohrring oder einen Pullover. Manchmal will ich auch einfach nur Spuren hinterlassen, Haarspangen oder angebrochene Kaugummipackungen.

Erik hat noch geschlafen, als ich mich aus der Tür geschlichen habe. Die Dielen knackten, aber er lag reglos ausgebreitet auf seiner Matratze. Vielleicht war er auch dankbar, dass ich ohne große Reden verschwunden bin, und hat sich einfach schlafend gestellt.

Mit zunehmender Menge an Alkohol hatten wir die Bar gewechselt, haben weiter getrunken, viel zu viel. Irgendwann saßen wir im Taxi eines Irakers, der auf Eriks indiskrete Fragen hin eine traurige Geschichte von Liebe und Krieg erzählte, die meilenweit von uns entfernt blieb. Wir landeten nicht gleich auf seinem Bett mit der hässlichen Bettwäsche, stattdessen versuchte er erfolglos, mich mit seiner Plattensammlung zu beeindrucken, während ich nur an den zwei Vintage-Pornopostkarten interessiert war, die hinter den Plattenkisten mit silbernem Washi-Tape auf den Rohputz der Wand geklebt waren.

Ich sehne mich manchmal nach analogen Dingen in meinem Leben, Platten und Bücher gehören nicht dazu. Warum sammeln Menschen Dinge, die einem beim Umzug das Rückgrat brechen? Letztlich führen einem Sammlungen doch nur die eigene Vergänglichkeit vor Augen.

Vor einigen Jahren, in einer anderen Stadt, habe ich mit einem zierlichen Mädchen aus Österreich eine Wohnung geteilt. Als wir zusammenzogen, hatte sie unendlich viele Umzugskartons. Kisten, die einen Stapel bildeten, aus ihrem Zimmer in den Wohnungsflur hinein, und die Sicht aus dem großen Panoramafenster versperrten, hinter dem eine Esche stand. Den Baum hatte ich seit vielen Wochen nicht mehr gesehen, weil ich mich nicht traute, die Kisten in ihr Zimmer zu verschieben. Anfangs dachte ich, dass wir Freundinnen werden könnten, aber sie ging nach der Arbeit immer direkt in ihr Zimmer und aß vor dem Computer. Man hörte wenig. Ich trank Bier in der Küche, mit dem Smartphone in der Hand und meinem Ohr an der Wand – Freunde hatte ich nicht in der Stadt. Die Kisten blieben stehen. Nach einigen Monaten, ich hatte schon wieder den Job gewechselt und wollte die Stadt verlassen, setzte sie sich eines Abends zu mir und wir tranken eine Flasche Rotwein.

Irgendwann gab ich mir einen Ruck und fragte, was in ihren Kisten sei, woraufhin sie grinste und mir anbot, eine aufzumachen. Ich wählte einen dunkelblauen Schuhkarton und öffnete ihn: Darin waren unzählige Papierknäuel mit krakeligen Datums- und Ortsangaben, ein sonderbarer Geruch stieg mir in die Nase, alte Banane gemischt mit Pfefferminze. Sie erklärte mir, dass sie jedes Mal, wenn sie beim Küssen noch ein Kaugummi im Mund gehabt hatte, dieses für ihre Sammlung einpackte. Der Geruch alter Juicy-Fruit-Kaugummis machte mich ganz melancholisch. Ich weiß nicht, was in den anderen Kisten war, und sehr viel mehr habe ich auch nicht von dieser Mitbewohnerin in Erinnerung, aber irgendwann wird jemand verdammt viel Arbeit haben, wenn er ihren Haushalt auflöst.

Eriks Musiksammlung haben wir nicht zur Untermalung des weiteren Abends verwendet, dazu sind Platten zu unpraktisch, wenn man nur an das ganze Seitenumdrehen und Tonarmverschieben denkt. Stattdessen kam eine Playlist im zufälligen Wiedergabemodus aus den Lautsprechern. Anscheinend verwendete Erik keinen Streamingdienst, was mir rückblickend ziemlich altmodisch vorkommt, sondern wählte etwas von seiner Festplatte. Anders kann ich mir nicht erklären, dass irgendwann der Player keine Musik mehr spielte, sondern einen Pornofilm. Der Bildschirm seines Computers war ausgestellt, aber die Tonspur des Films drang in voller Lautstärke durch seine teuren Boxen, unser leises Stöhnen vereinte sich mit dem künstlichen Gekreische der Frau im Film und dem animalischen Grunzen des Mannes. Es dauerte einen Moment, bis er es bemerkte, dann sprang er peinlich berührt auf und wechselte mit fahrigen Handbewegungen kommentarlos die Playlist. Danach lief wieder der Indie-Pop, den Männer seiner Art auflegen, wenn sie Frauen in ihren Betten haben. Ich hatte die Pornoklangspur als Soundtrack lustiger gefunden, wollte aber nicht die Stimmung ruinieren.

Die Nacht hatte viel versprochen, was am Morgen vom Licht durch die Jalousien seines Fensters in Stücke geschnitten wurde. Auf mir lag eine klebrige Schicht aus Sperma und Schweiß, und plötzlich wog die hässliche Bettdecke so schwer, dass ich aufsprang, mich anzog, die Strumpfhose in meine Handtasche stopfte und rasch die fremde Wohnung verließ.

Download-History

Morgens mit geschwollenen Augen auf den Wecker einschlagen? Immer wieder die Snooze-Funktion drücken? You snooze, you lose! Sieht so auch dein Morgen aus? Hast du schon wichtige Meetings und einzigartige Gelegenheiten verpasst, weil dich dein Kopfkissen nicht losgelassen hat?

Dann haben wir die Lösung für dich: Zahlreiche Untersuchungen renommierter Schlafforscher haben uns gezeigt, dass es am besten ist, mit einem spannenden Gespräch aufzuwachen. Unsere App Dawntastic verbindet dich mit gleichgesinnten Langschläfern auf der ganzen Welt. Du kannst einen verschlafenen Schüler in Shanghai mit deinem Lieblingswitz wecken oder dich morgens von einem unserer unzähligen freundlichen User sanft aus dem Schlaf holen lassen. Es gibt nur zwei Regeln: das Aufweckgespräch darf maximal drei Minuten dauern, und dein Gesprächspartner bleibt anonym.

Guten Morgen!

0,99 € --- Installieren --- Wird heruntergeladen --- 10 % --- 27 % --- 48 % --- 76 % --- 99 % --- Herzlichen Glückwunsch, Dawntastic wurde installiert.

NOP (4) – No Operation

```
>>> import vlc
>>> s = "/beta/8bitsound/pitfall.mp3"
>>> p = vlc.MediaPlayer(s)
>>> p.play()
```

Bitpop knallt aus dem Lautsprecher meines Telefons, und ich schrecke auf. Draußen ist es noch dunkel, während ein Lied, das auf dem Todessound von Pitfall aufbaut, durch mein Schlafzimmer schallt. Ich wische mit hektischen Handbewegungen über den Bildschirm, bis der Lärm endlich verstummt, dann reibe ich mir die Augen.

In dem Raum mit Retro-Computerspielen und Arcade-Automaten auf meiner Arbeit spiele ich – wenn Pac-Man gerade belegt ist – am liebsten Pitfall. Johannes, einer der Backend-Entwickler und mein bester Freund, dessen größter Stolz es ist, sämtliche Atari-Spiele am Klang erkennen zu können, freut sich jedes Mal wieder, wenn einer von uns unter dem Ansturm der Skorpione stirbt und die komische Melodiefolge aus fünf Tönen erklingt, die den Tod der Spielerfigur markiert. Johannes spricht gerne über alte Computer- und Videospiele, und inzwischen kenne ich zu den meisten Spielen in unserer Arbeit lustige Anekdoten oder abstruse Hintergrundgeschichten.

Er hat mir erzählt, dass das kleine Pitfall-Männchen mit dem grünen Hemd Harry heißt. Der Entwickler des Spiels hatte bereits Ende der Siebzigerjahre eine Methode erfunden, um Pixelmännchen über den Bildschirm laufen zu lassen; am Anfang gab es nur den rennenden Harry, ohne eine Welt um ihn herum. Zu Beginn der Achtzigerjahre wurde dann mit Pitfall ein Lebensraum für die Figur entwickelt. Pixel-Harry muss seitdem ohne Pause durch einen endlosen Dschungel laufen, dabei Geldsäcke, Gold, Silber und Diamantenringe aufsammeln, die irgendjemand in der grünen Hölle verstreut hat. Seine Schatzsuche wird durch Hindernisse erschwert; er muss Begegnungen mit Krokodilen, Skorpionen, Klapperschlangen und Treibsand überleben, bis der Todesklang ihn erlöst; das Spiel endet erst, wenn Harry gestorben ist.

Während ich schlaftrunken über Pixel-Harrys virtuellen Daseinskampf nachdenke, fällt mir auf, dass es noch ziemlich früh ist. Wer hat mich gerade angerufen? Mein kleiner Bruder ist auf Australienrundreise und meine Eltern kreuzen durchs Mittelmeer. Ich erhalte immer wieder Urlaubsschnappschüsse in unserem Familienchat: mein Bruder mit Surfbrett an irgendeinem Strand, meine Mutter lächelnd in Pompeji, mein Vater mit Sonnenbrand vor dem schiefen Turm von Pisa und zahlreiche Bilder von Echsen und Geckos auf zersprungenen Steinfliesen.

Mein Vater ist Biologe. Er hat über die Fortpflanzung von Geckos promoviert. Nach einigen Gläsern Wein sagt er jedoch, dass er einen Roman über das Liebesleben der Schuppenkriechtiere geschrieben habe. Seine akademische Karriere endete, als ich das Licht der Welt erblickte. Aus ökonomischen Gründen – wie er es formulieren würde – hat er dann angefangen, als Lehrer zu arbeiten. Nur im Jahr 2014 wurde seine Expertise für die Liebe der Schuppenkriechtiere gebraucht: als die Russen eine Gruppe von fünf Geckos an Bord eines Satelliten in den Weltraum schossen. Dort sollten die Geckos den neugierigen, wenn auch ziemlich herzlosen Forschern zeigen, ob Schwerelosigkeit Einfluss auf ihr Paarungsverhalten haben würde. Plötzlich klingelte in der holsteinischen Kleinstadt, in der meine Eltern leben, das Telefon, und die Journalisten stürzten sich auf einen der wenigen deutschsprachigen Experten für den Geschlechtsverkehr von Reptilien. Als der Satellit nach sechs Wochen in der Erdumlaufbahn wieder landete, stellten die Forscher jedoch enttäuscht fest, dass die Geckos erfroren waren – die Heiztechnik hatte nicht richtig funktioniert. So kam es zu keinerlei Liebesspiel im All, und das kurze Interesse an der Forschung meines Vaters verlief im Sande.

Ich setze mich gerade im Bett auf, als der Todesklang erneut aus meinem Handy schallt. Der Bildschirm leuchtet: Fuck! Ich habe Dawntastic vergessen, jetzt ruft hier jemand an. Anscheinend werde ich in regelmäßigen Abständen immer wieder angerufen, bis ich ein Gespräch annehme. Wie in der Beschreibung der App versprochen, bin ich schlagartig hellwach. Ob das Gefühl des Horrors, jetzt mit einem Fremden sprechen zu müssen, so vorgesehen war? Wenigstens ist es kein Notruf, der mich aus dem Schlaf gerissen hat.

Die App zeigt das Profilbild des Anrufers: eine pinke, mit dicken glitzernden Tautropfen bedeckte Rose, darunter eine indische Flagge.

Dawntastic: RoseFlower // sbTC123! // Naqvil

»Hallo.«

»Hallo, ich rufe aus Mumbai an. Es ist Mittagszeit bei uns. Wo bist du genau?« Eine sehr junge Mädchenstimme mit einem dicken indischen Akzent, die ein wenig aufgeregt klingt, sprudelt auf Englisch los.

»Ich bin in Berlin, hier ist es früh am Morgen.«

»Wie ist das Wetter?«

»Es ist ziemlich grau und regnerisch, typisch für Deutschland.«

»Was machst du gerade?«

»Gleich gehe ich zur Arbeit.«

»Was arbeitest du denn?«

»Ich arbeite in einem Startup in Berlin.«

»Oh, wie interessant.«

»Hast du schon einmal mit jemandem aus Deutschland gesprochen?«

»Nein, nicht dass ich wüsste. Ich habe aber auch noch nicht sehr viele Leute angerufen.«

»Warum benutzt du Dawntastic?«

»Ich möchte in einem Callcenter in Mumbai arbeiten, nachdem ich meine Highschool abgeschlossen habe. Ich werde dann Anrufe auf Englisch empfangen, also betrachte ich das hier als kostenloses Training.«

»Das klingt sehr schlau. Ich hoffe, dass dir unser Gespräch gefallen hat.«

»O ja, sehr, vielen Dank. Einen schönen Tag wünsche ich dir!«

Nachdem sie aufgelegt hat, habe ich tatsächlich das Gefühl, gerade mit einer freundlichen Kundenservice-Mitarbeiterin am Telefon gesprochen zu haben.

Ich stelle aus Neugier direkt noch einen Weckruf ein und werde 30 Minuten später, als ich mit meinem Kaffee am Küchentisch sitze, von sbtc123! angerufen. Sein Avatar zeigt einen gruseligen Clown und die kanadische Flagge. Als ich den Anruf annehme, höre ich nur ein extrem lautes Tröten und schrilles Gekreische, dann legt der Horrorclown auf. Ich bin erleichtert, dass ich nicht von diesem Gespräch geweckt worden bin.

Ich weiß nicht genau, was mich an Dawntastic fasziniert. Tatsächlich bin ich – wie von der App angekündigt – morgens schneller wach, wenn der Tag mit einem Gespräch startet, aber meist lasse ich dem ersten Weckruf noch ein oder zwei weitere Gespräche mit Wildfremden folgen. Meist bin ich nach den Telefonaten irgendwie enttäuscht, wie ausgeleert, nachdem ich drei Minuten mit einem Fremden gesprochen habe. Speeddating stelle ich mir ähnlich verzweifelt vor, der Versuch, in wenigen Minuten eine Verbindung zum Gegenüber aufzubauen, und das unvermeidliche Scheitern. Knapp die Hälfte der Anrufe sind sowieso keine Gespräche, sondern rülpsende Teenager, eigenartige Musik in fremden Sprachen oder bloß nervöses Kichern. Trotzdem merke ich, dass ich tagsüber oft an die App denke, manche Gespräche berühren mich oder öffnen für einen kurzen Moment ein Fenster in ein anderes Leben.

Der Mittwoch beginnt mit einem morgendlichen Gespräch mit Naqvil aus Tennessee. Aus meinem Lautsprecher klingt die kratzige Stimme eines älteren Herrn mit ausgeprägtem

Raucherhusten, der gerade von seinem Enkel alle Geheimnisse und Absurditäten eines Smartphones gezeigt bekommt. Er freut sich, mich zu hören, und ist begeistert, dass er mal wieder mit einem deutschen Mädchen sprechen kann. Eifrig erzählt er mir von seiner Zeit als GI in Deutschland: Heidelberg, Würstchen, harte Arbeitstage, langweilige Nachtwachen, Bier und deutsche Mädels. Beinahe rührt es mich, nicht wegen der Inhalte, sondern wegen der sehnsüchtigen Stimme, mit der er von der Vergangenheit spricht.

public static Life two(){ return null; }

/* *Es ist egal, woher du kommst oder wie alt du bist, Hauptsache, du lebst und atmest Code und wirst ein Teil des Teams. Die Dinge passieren schnell in unserer Welt, und unsere User liegen uns am Herzen. Wir verändern die Welt, als Team, mit unserem Produkt. Und unser Logo ist gelb-rot.* */

Es ist Dienstag, ich drehe gerade den Rubik-Würfel zu Gelb. Alex höchstpersönlich kommt in unsere Abteilung. Sein silbergrauer Pullover hat die gleiche Farbe wie der Betonboden unseres Büros. Martin reibt sich die Nase und klammert sich an seinem Kaffeebecher fest. Auf dem Becher steht Input Java, Output PhP in Neongelb und Anthrazit. Alex geht zum Getränketresen neben unserem Kicker und schaut sich interessiert die Snackschalen mit Superfoods an. An der Wand hängt jetzt ein Flachbildschirm, der momentan noch schwarz ist. Er lehnt sich an die Wand neben dem neuen Bildschirm und redet von dem Wettkampf, den Anteilen, schließlich wünscht er uns viel Erfolg. Nach einem Grinsen und einer Wischbewegung auf seinem Smartphone erscheint auf dem Flachbildschirm das Bild einer Countdown-Uhr: Tage, Stunden und Minuten bis zum Ende des Wettkampfs. Möge das bessere Team gewinnen. Die Anteile winken. Der Würfel in meiner Hand klickt zu laut, Martin zieht eine Augenbraue hoch. Ich überlege, ob ich doch mal Vaseline ausprobieren sollte.

Als Alex gegangen ist, sind alle total aufgeregt, als hätte er uns mit einem unsichtbaren Wettkampfschlüssel aufgezogen. Die Uhr auf dem Bildschirm an der Wand tickt. Die Backend-Developer sitzen auf der anderen Seite des Gangs und essen Studentenfutter. Falsch! Die Backend-Developer sitzen auf der anderen Seite des Gangs und essen Trail-Mix; Studentenfutter sagt hier niemand. Die Kohlenhydrate in den Trockenfrüchten sollen uns schnelle Energie geben, das Fett aus den Nüssen hält lange vor, und das ist wichtig bei geistiger Anstrengung – so hat zumindest Martin mir das mal erklärt, als ich ihn gefragt habe, warum in so vielen Startups Schüsseln voller Trail-Mix stünden, wie in übergroßen Nagetierkäfigen.

Das Studentenfutter bei meinen Eltern war immer voll mit alten Haselnüssen und viel zu vielen Rosinen. Sobald der Plastikbeutel aufgerissen wurde, aßen mein Bruder und ich in Windeseile die Cashew- und Paranüsse, von denen es immer zu wenige gab. Danach waren die Erdnüsse dran, die im Vergleich zu ihren gerösteten und gesalzenen Brüdern aus der Aluminiumdose mit der scharfen Kante immer nur lasch und langweilig schmeckten. In der apfelförmigen Kristallschale, die bis heute in meinem Elternhaus auf dem Wohnzimmertisch steht, lagen am Ende nur noch Haselnüsse und kleine harte Rosinen, die unansehnlich mit dunkelbraunen Nusshäuten vollgekrümelt waren.

Der Trail-Mix im Büro enthält knallrote luftgetrocknete Erdbeeren, die mich an das Essen in Raumstationen erinnern, und getrocknete Mangostreifen, die zwar wie Fensterleder aussehen, aber unter Speicheleinfluss hervorragend schmecken. Die Backend-Developer hängen an ihren Trail-Mix-Beuteln, als müssten sie die letzten Höhenmeter der Eiger-Nordwand überwinden. Schnelles Tippen und mahlende Kiefer lenken mich von meinem Testprotokoll ab. Beim ziellosen Surfen im Netz stoße ich auf einen Artikel übers Fassadenklettern. Ich schließe schnell den Browser, als ich Martin kommen höre, ich will ihn nicht auf Ideen bringen.

Diesen Monat waren wir gemeinsam im Hochseilgarten. Jeden ersten Samstag im Monat machen wir eine Gruppenaktivität – vorher treffen wir uns im Büro, die meisten arbeiten sowieso am Wochenende. Gemeinsam Floß fahren, Tischtennisturnier, Gokart, Schokoladenverkostung und bereits im November die Weihnachtsparty, jedes Jahr mit einem neuen Motto und allen Investoren, Tech-Journalisten und sonstwie wichtigen Menschen zu Gast: Showtime.

Letztes Jahr war das Thema »The Great Gatsby«. Es wurde extra ein altes Varieté-Theater aus den Zwanzigerjahren angemietet und von einer Eventfirma umgestaltet. Eine weißblonde Frau in goldfarbenem Kleid mit einer Python um den Hals, bei der ich mich den ganzen Abend fragte, ob sie echt war oder ein hervorragend bewegliches Replikat, stand in der Raummitte auf einer hohen Säule und goss Champagner in eine riesige Pyramide aus Sektschalen. Martin hämmerte mir wie ein Specht rhythmisch seinen Ellbogen in die Seite und nickte dabei anerkennend. Meine Arbeitskollegen hatten ihre T-Shirts gegen Anzüge und Zwanzigerjahre-Kostüme getauscht: Panama-Hüte, Fransen,

Haarbänder und Flapper-Kleider. Ich eroberte in meinem goldenen Fransenkleid sofort die Sekt-Pyramide. Am nächsten Tag sah ich auf einem der Fotos, die alle Anwesenden fleißig die Nacht über unter dem Hashtag #GatsbyGalore geteilt hatten, dass ich irgendwann die sonderbare Schlange um den Hals trug – da ich mich aufgrund der Unmengen an Sekt, die ich getrunken hatte, nicht an meine Begegnung mit ihr erinnern konnte, blieb die Frage, ob es eine echte oder eine elektronisch bewegte künstliche Schlange war, für mich unbeantwortet.

Ich hatte keine Lust auf einen Hochseilgarten, aber da am Samstag nach der Arbeit alle gemeinsam dorthin fuhren, gab es für mich keine Möglichkeit, den Ausflug zu vermeiden. Obwohl Johannes seinen Körper mit unzähligen Trail-Mix-Beuteln gestählt hatte, war er abgerutscht und in seinem Karabinergeschirr ungebremst gegen einen Baumstamm geknallt. Seine Rippe knackste lautstark, und sein Jochbein ist auch jetzt, drei Wochen später, immer noch leicht grünlich, die schimmelige Farbe alternder Blutergüsse. Dennoch scheint er stolz auf seine Wunde zu sein, zumindest ächzt er demonstrativ, wenn er Pac-Man spielt und sich zu sehr auf seinem ergonomischen Schreibtischstuhl bewegt.

NOP (5) – No Operation

```
<script>
    if (isOrnithologischeÜberzeugungen) {
        greeting = "Der Vogel ist ein
        Schmetterlingsfink.\
        Er lebt in Ostafrika.";
    } else if (isOrnithologischeVerwandlungen) {
        greeting = "Der Vogel ist ein
        Kosmopolit.\
        Er lebt in der Voliere.";
    } else {
        greeting = "Der Vogel ist ein
        Ziervogel.";
    }
</script>
```

Johannes sitzt neben mir auf einem Stein und wedelt mit seinem Smartphone vor meiner Nase herum. Er hat einen Filter eingestellt, der unsere Gesichter in Katzenköpfe verwandeln soll. Unsere Augen sind auf dem Bildschirm schwarz umrandet und leicht schräg, während die Nasen von einem weißen Fellfleck und einer niedlichen rosa Kätzchennase überdeckt sind, Schnurrbarthaare breiten sich von der Nasenspitze über die Wangen aus. Zwischen meinen Locken schauen spitze hellbraune Katzenohren hervor, als ob sie ganz selbstverständlich zu meinem Körper gehörten, während sie auf Johannes kurz rasierten Stoppeln etwas aufgesetzt wirken. Wir sind keine Katzen, aber auch keine Menschen mehr. Neben mir startet Johannes die Aufnahme und versucht zu schnurren, dabei formt er mit seiner Hand eine alberne Klaue. Lachend sehe ich noch weniger katzenhaft aus. Er hält sein Smartphone in die große Pflanze neben ihm und spielt den Clip ab, zwischen den dunkelgrünen Blättern klingt mein Lachen und sein Schnurren. Der türkisblaue Vogel, der auf einem großen Stein hinter uns sitzt, schaut das Smartphone desinteressiert an.

»Es funktioniert nicht. Der Vogel glaubt nicht, dass wir Katzen sind.« Johannes zieht die Augenbrauen zusammen.

»Vielleicht ist der Vogel an Besucher gewöhnt? Oder wahrscheinlich ist er einfach zu schlau, um auf den Katzenfilter hereinzufallen«, sage ich. Der Vogel hüpft ein wenig hin und her, als ich mich bewege.

»Probieren wir was anderes.« Johannes öffnet YouTube und beginnt das etwas wacklige Video einer jagenden Löwin abzuspielen. Der Fink würdigt die Smartphone-Löwin keines Blickes.

»Woher weißt du überhaupt, dass der Vogel Löwen kennt? Vielleicht kommt er gar nicht aus Afrika.«

»Gibt es Löwen nur in Afrika?«

»Keine Ahnung, aber in Afrika gibt es definitiv welche.«

»Ich dachte, wir sind hier im Haus mit den Afrika-Vögeln?«

»In dieser Halle sind die Vögel aus Afrika und Australien gemeinsam untergebracht.« Es wundert mich nicht, dass Johannes keine Ahnung hat, wo er sich befindet. Ich vermute sowieso, dass er den Tieren kein großes Interesse entgegenbringt.

»Das heißt, in dieser Halle werden zwei Kontinente vermischt?«

»Ja, hier sind Vögel von beiden Kontinenten. Schaust du nie auf die Tafeln, wenn wir uns etwas angucken?«

»Kein Wunder, dass der Vogel nicht auf mein Smartphone reagiert. Der ist ein Kosmopolit, den lassen Video-Löwinnen kalt.«

Ich zucke mit den Schultern. Wir starren beide den blauen Vogel an.

»Was ist das überhaupt für ein Vogel?«, fragt Johannes mit übertriebenem Eifer.

Wir treffen uns oft sonntags und machen Ausflüge. Ich schaue mir gerne Tiere an, egal ob lebendige im Zoo oder ausgestopfte und präparierte in Museen und Sammlungen. Meist mache ich Fotos von den Tieren, die mich interessieren, und baue später an meinem Computer anhand der Bilder 3D-Modelle. Die Tiere druckt mein 3D-Drucker aus, während ich bei der Arbeit bin. Meist fotografiere ich Vögel, aber auch Echsen und Insekten. Säugetiere interessieren mich kaum. Wenn ich nach Hause komme und die Haustür aufmache, warten die Tiere auf mich. Jedes Mal freue ich mich, in meinem Wohnzimmer die schwarze Box des 3D-Druckers zu sehen, in dem während meiner Abwesenheit eine neue Figur entstanden ist. Ich drucke nur in weißem Plastik, schleife kleine Fehler mit der Hand ab, glätte die Figuren, aber anmalen will ich die Tiere nicht. Sie stehen nebeneinander in dichten Rudeln in meiner Wohnung und warten darauf, dass etwas mit ihnen passiert.

Johannes hat für Tiere nichts übrig, er kommt mit, weil seine Eltern früher immer Wochenendausflüge gemacht haben und er sich leer fühlt ohne ein sonntägliches Ziel. Er schaut sich am liebsten die Stadt von oben an. Wir besteigen gemeinsam Kirchtürme, Aussichtspunkte und Gebäude mit Panoramafenstern. Wenn er mich in den Zoo oder ins Museum begleitet, liest er nie die Schautafeln vor den Gehegen. Trotzdem finde ich es schön, dass er mitkommt.

Außerhalb der Voliere sind Schautafeln mit den verschiedenen Profilen der Bewohner. Ich vertiefe mich in die enorme Vielfalt an Vögeln, die in der Freiflughalle gemeinsam leben, bis ich den kleinen blauen Finken mit den roten Wangenflecken finde.

Johannes sitzt immer noch auf dem Stein und zeigt dem Vogel Tiervideos, als ich mich neben ihm in eine Kuhle fallen lasse. Der Vogel hüpft ein wenig zur Seite und legt wieder den Kopf schief. Seine schwarzen Vogelaugen starren uns unergründlich an.

»Das ist ein Schmetterlingsfink.«

Es scheint Johannes nicht mehr wirklich zu interessieren, weil er jetzt damit beschäftigt ist, zu schauen, ob der Katzenfilter der App den Vogelkopf als Gesicht erkennt. Es funktioniert, auf seinem Bildschirm trägt der blaue Fink nun Katzenohren.

Nachdem wir die Affen und Eisbären besucht und ich einen leuchtend blauen Pfeilgiftfrosch ausführlich fotografiert habe, verlassen wir den Zoo. Ich gebe den Nummerncode ins Zahlenschloss meines Fahrrads ein. Johannes steht neben mir, er kann wegen seiner Rippe noch nicht wieder Fahrrad fahren, weil jeder kleinste Buckel auf der Straße ihm Schmerzen verursacht. »Ich will noch hier um die Ecke gehen, bevor ich nach Hause fahre«, sage ich.

»Warum?«

»Da ist eine Eisdiele, die ich noch nicht hatte.«

Johannes verdreht genervt die Augen und setzt sich kopfschüttelnd in Bewegung. »Hast du nicht langsam alle Eisdielen abgeklappert? Warum suchst du dir nicht lieber einen Stammladen?«

»Ich mag die Mission.«

Mein erklärtes Ziel für diesen Sommer ist es, in allen Eisdielen innerhalb des Berliner Rings eine Kugel Erdbeereis zu essen. Als ich Johannes vor zwei Monaten während unserer Mittagspause davon erzählt habe, hat er sofort gegoogelt, wie viele Eisdielen es in Berlin gibt. Es sind wohl mehr als 500. Wir gehen aber davon aus, dass von diesen 500 Geschäften nur ein kleinerer Teil im Zentrum der Stadt liegt. Die Eisdielenmission hat die anderen Entwickler an unserem Tisch sofort angefixt, weil es keinen Algorithmus gibt, der den kürzesten Weg für den aufeinanderfolgenden Besuch mehrerer Orte berechnen kann, die Variationen sind zu komplex. Das Ganze nennt sich das Problem des Handlungsreisenden. Enthusiastisch diskutierten sie dieses unlösbare Problem, das nur pragmatisch angegangen werden kann. Als ich meinen Teller leer gegessen hatte und aufstand, bemerkte ich erst im Gehen, dass ich die Eiskugeln ja nicht alle hintereinander essen wolle. Ich bin keine Erdbeereis-Rundreisende, sondern kehre zwischendurch immer wieder an meinen Ausgangspunkt zurück, womit es ein Leichtes wäre, den optimalen Weg zwischen den Eisdielen zu bestimmen.

Ursprünglich wollte ich in jeder Eisdiele ein Spaghetti-Eis essen, weil es mich an früher erinnert und daran, wie außerirdisch toll ich es als Kind fand, Spaghetti aus Eis herzustellen, und wie mir immer schlecht wurde von den Klümpchen gefrorener Sahne unter dem Vanilleeis. Spaghetti-Eis wurde in den Sechzigerjahren in Mannheim erfunden, und ich kann mir nichts Provinzromantischeres vorstellen, als den Traum von Italien in Form eines durch die Spätzlepresse gedrückten Vanilleeises. Tatsächlich bieten einige Eisdielen diese Art gefrorenen Fernwehs gar nicht mehr an, sondern stattdessen Rosmarin-Pfirsich oder Kirsch-Balsamico. Erdbeereis gibt es aber noch fast überall. Seitdem ich vor acht Wochen damit begann, habe ich 31 Kugeln Erdbeereis gegessen. Also habe ich öfter als jeden zweiten Tag eine neue Eisdiele gefunden. Johannes hat inzwischen nicht mehr besonders viel Lust, mit mir Eisdielen zu jagen, und meckert, während er neben mir hergeht, pausenlos über bekloppte Suchspiele und sinnfreie Abenteuer gelangweilter Großstädter.

Dawntastic: Toboggan

Abends stelle ich wieder einen Dawntastic-Weckruf ein. Als am nächsten Morgen das Telefon klingelt, bin ich gleich wach und sehe einen Anrufer aus den USA. Sein Profilbild lässt mich stutzen. Ein anthropomorphes Wesen in einem körperbetonten Anzug, der mit rostroter und blasslila Farbe bemalt ist, dazu eine Maske mit übergroßen Augen und lange Drähte, die aus der Taille und dem Kopf des Wesens ragen. Ich bin mir auf den ersten Blick nicht sicher, ob es sich bei der Figur, die eine geballte Faust in die Luft reckt, um ein Tier- oder ein Roboterwesen handelt.

»Hallo.«
»Guten Morgen. Bist du wach?«
»Jetzt schon.«
»Dann habe ich ja meine Aufgabe erfüllt.« Der Anrufer hat eine warme, etwas heisere Stimme.

Im Hintergrund höre ich Straßenlärm, lautes Hupen.
»Fährst du gerade Auto?«
»Nein, ich stehe an einer Kreuzung.«
»Bist du auf dem Heimweg?«
»Nein, ich will zu einer Bar hier in der Nähe, dort warten Freunde auf mich.«
»Wieso sprichst du Deutsch?«
»Weil ich aus Hamburg komme.«
»Die App zeigt aber, dass du aus Amerika anrufst?«
»Ich bin in Kalifornien. Und du?«
»In Berlin. Nach Kalifornien wollte ich schon immer mal, ins Silicon Valley.«
»Genau da bin ich, Palo Alto.«
»Lebst du dort oder machst du Urlaub?«
»Ich arbeite hier.«
»Die meisten dort arbeiten mit Computern, oder?«
»Ja, ich auch.«
»Kennst du den Todessound aus Pitfall?«
»Den hier?« Er summt die Melodie.
»Genau den. Mir tut Harry irgendwie leid.«
»Ist das die Spielerfigur? Wieso?«
»Harry, das rennende Männchen. Immer wenn er einen Geldsack gefunden hat, kommt danach der Treibsand.«
»Vielleicht sollte er die Schätze einfach liegen lassen.«
»Aber wenn er nicht die Diamanten suchen würde, wäre er wahrscheinlich nie im Dschungel angekommen. Dann säße er immer noch tagein, tagaus an seinem Schreibtisch, versteckt hinter Kaffeebechern mit Werbeaufdruck und schlecht gewartetem IT-Equipment.«
»Am Schreibtisch gibt es zumindest keine gefährlichen Tiere.«

»Aber eben auch keine Diamanten.«
»Vielleicht träumt Harry davon, sich den Dschungel mal in Ruhe anzuschauen, aber er kommt einfach nicht dazu.«
»Zumindest hat sein Tod einen Soundtrack. Wie lange bist du schon in Kalifornien?«
»Ich bin vor drei Jahren umgezogen.«
»Vermisst du Hamburg manchmal?«
»Nicht besonders. Ich finde es ganz okay hier.«
»Wieso wolltest du jemanden wecken?«
»Ich fand den Gedanken nett, feiern zu gehen, während irgendwo jemand seinen Tag beginnt. Vielleicht habe ich ja doch Heimweh und wollte einfach jemanden in einer anderen Zeitzone anrufen.«
Jetzt schweigen wir, was soll man auch einem Fremden sagen, der vielleicht Heimweh hat.
»Ich wünsche dir zumindest viel Spaß und einen spannenden Abend.«
»Hab einen schönen Tag, ohne Treibsand und Skorpione.«
»Moment, eine Frage noch, unsere Zeit ist gleich rum. Was ist das auf deinem Profilbild?«
Er schweigt, quälend lange tönt aus dem Telefon nur das Geräusch des abendlichen Straßenverkehrs in Kalifornien, Autos, fernes Hupen, Stimmengewirr. Als er endlich etwas sagt, klingt er nachdenklich.
»Es hat etwas mit meinem Nutzernamen zu tun. Vielleicht findest du es heraus?«
Die App beendet den Telefonanruf mit einem fröhlichen Piepen.

Dawntastic: Julrosen

»Hej, hej! Einen schönen guten Morgen aus Schweden.«

Schon wieder ein Schwede. Der Anrufer klingt wie einer der Sprecher aus der IKEA-Werbung. »Hallo. Wir sind doch in der gleichen Zeitzone, oder bist du gar nicht in Schweden?«

»Doch, doch ich rufe aus Schweden an.«

»Wieso bist du dann schon wach?«

»Ich arbeite als Krankenpfleger in einem Altenheim in Örebro. Am Ende meiner Nachtschicht rede ich gerne noch mal mit jemandem unter achtzig.«

»Hast du keine Kollegen?«

»Doch, aber zum Schichtende sind immer alle schlechter Laune.«

»Hast du noch nie jemanden angerufen, der genervt war, von dir geweckt zu werden?«

»Die meisten sind nett, und es sind schon einige interessante Gespräche dabei herausgekommen. Am liebsten rede ich über Essen.«

»Rezepte austauschen, oder was meinst du genau?«

»Ich rede gerne über Lieblingsgerichte. Eine junge Pariserin hat mir zum Beispiel Kochtipps gegeben, die richtig gut waren. Interessierst du dich für Soufflés?«

»Eigentlich koche ich nicht besonders viel.«

»Ach, schade. Ich frage immer alle Dawntastic-Kontakte nach ihrem Lieblingsessen – aber nur ein Gericht, das sie selbst zubereiten.«

»Mmh, am liebsten esse ich Pasta Puttanesca.« Ich verschweige ihm einfach, dass ich mir das noch nie selbst gekocht habe, sondern es immer bei dem Italiener um die Ecke bestelle.

»Oh, das werde ich mir nach dem Ausschlafen mal genauer anschauen.« Er macht eine kurze Pause, und ich frage mich, ob er sich tatsächlich gerade mein Lieblingsgericht notiert hat und später meinetwegen Pasta Puttanesca kochen wird. Irgendwie freut mich der Gedanke, den Speiseplan eines unbekannten Altenpflegers beeinflusst zu haben.

Er räuspert sich. »Die Zeit ist fast vorbei, aber mir ist gerade eingefallen, dass ich einmal tatsächlich ein sonderbares Gespräch hatte. Vor einigen Wochen habe ich nach meiner Kaffeepause einen Weckanruf in die USA gemacht.«

»Hieß der Nutzer zufällig Toboggan?«

»Das weiß ich leider nicht mehr genau, aber ich glaube, er kam aus Florida. Es war so ein komischer junger Typ dran. Erst hat er gar nichts gesagt, nur geseufzt. Ich dachte schon, dass er sich einen runterholt, aber dann hat er immer wieder nur leise geflucht und gar nicht mit mir geredet. Bis ich aufgelegt habe.«

Der Altenpfleger und ich verabschieden uns voneinander, und ich schaue direkt nach dem Telefonat in Wikipedia nach, welche Zutaten in Pasta Puttanesca hineingehören: Sardellen, Kapern, Oliven und Oregano.

NOP (6) – No Operation

```
<script>
    if (isFlussromantischeUeberzeugungen) {
        greeting = "Der Fluss fließt in behäbiger
        Beständigkeit. Es ist friedlich.";
    } else if (isFlussromantischeVerwandlungen) {
        greeting = "Der Fluss fließt in behäbiger
            Beständigkeit. 143 Liegestühle.";
    } else {
        greeting = "Der Fluss fließt.";
    }
</script>
```

Ich sitze auf einem Liegestuhl an der Spree. Der Fluss vor mir hat genau das richtige Graublau, kleine Wellen kräuseln die Wasserfläche. Zahlreiche Baukräne ragen über die Dächer der Häuser auf der anderen Uferseite, wie riesenhaft grasende Stahltiere. Die Liegestühle sind abwechselnd rot und blau, sie stehen in drei Reihen hintereinander, die ganze Flusskurve entlang. Die erste Reihe ist mit meinen Kollegen besetzt. Martin wollte unser Feierabendbier an die Spree verlegen, jetzt beschwert er sich neben mir, dass wir uns gar nicht unterhalten können, wenn wir in einer langen Reihe am Flussufer sitzen. Die letzten Flussrundfahrten fahren an uns vorbei, auf den großen Sonnendecks sitzen Touristengruppen und machen Fotos von uns, während wir ironisch Fotos von ihnen schießen. Wahrscheinlich denken sie, dass wir alle Selfies machen.

Martin knibbelt am Etikett der Bierflasche herum. Sein Pony fällt ihm in die Augen, und er wischt ihn sich alle paar Minuten aus der Stirn. Ich merke, wie ich auch anfange, mir Phantomhaare aus dem Gesicht zu wischen, obwohl meine Haare fest in einem dunkelblauen Haargummi vertäut sind. Das Problem an Martin ist, dass er nie stillhalten kann, etwas an seinem Körper bewegt sich immer. Meistens übernehme ich seine Bewegungen und Ticks irgendwann, ich bin anfällig für so etwas.

Über meinen Liegestuhl hinweg redet er mit Lea, einer jungen Frontend-Entwicklerin, die erst vor Kurzem zu uns gestoßen ist. Sie redet gerne über Design, hat mal für einige Semester Kunstgeschichte studiert und sich dabei besonders für italienische Sakralbauten interessiert. All das erzählte sie mir vor einigen Tagen ausführlich in der Mittagspause, und ihre Begeisterung war so ansteckend, dass ich plötzlich auch das Bedürfnis spürte, nach Italien zu fahren und dort Kirchenbögen genauer anzuschauen oder zumindest ein oder zwei Wikipedia-Artikel zu dem Thema zu lesen. Ich freue mich immer, wenn beim Mittag über andere Themen als unser Produkt gesprochen wird.

Ihr Interesse für Fassaden hat sie beibehalten, denn als Frontend-Entwicklerin ist sie bei uns hauptsächlich für die Menügestaltung verantwortlich. Die Frontend-Entwickler kümmern sich um die sichtbaren Funktionen der Website und setzen die Entwürfe der Designer um. Weil die Arbeit etwas oberflächlicher ist als die Arbeit im Backend, unter der Motorhaube der Website, nehmen sich unsere Frontend-Entwickler nicht ganz so ernst.

Martin und Lea diskutieren eifrig über die Nutzerfreundlichkeit von Like-Buttons und den Sucheffekt, den das Sammeln von Likes beim User auslöst. Lea möchte, dass bei uns keine Herzchen oder Sterne als Likes vergeben werden, sondern kleine Fischchen. Mit vielen Fischen hätte man dann einen großen Schwarm und könnte so den Einfluss visualisieren. Martin kaut an seiner Unterlippe, während er in regelmäßigen Abständen mit dem Kopf nickt. Lea ist ganz begeistert von ihrer Idee und schlägt vor, der User solle immer am Ende des Tages die Möglichkeit haben, seinen Fischschwarm über den Bildschirm schwimmen zu lassen. Sie schaut mich erwartungsvoll an, und ich nicke zustimmend. Als sie derart bestätigt weiter auf Martin einredet, lehne ich mich in meinem Liegestuhl zurück und schaue in den Himmel. Die Arbeitsgespräche um mich herum verschmelzen zu einer angenehm vibrierenden Geräuschdecke.

Ich schrecke auf, als mir jemand auf die Schultern tippt und mehrfach meinen Namen sagt. »Du bist eingeschlafen«, sagt Martin.

Ich schaue mich um, besonders lange scheine ich nicht geschlafen zu haben. Lea hat jetzt ihre Hand auf Martins Knie liegen und lächelt freundlich zu mir herüber. Johannes zieht seinen Liegestuhl in unsere Nähe: »Wie du es bei diesem Lärm schaffst zu schlafen ist echt ein Wunder. Hast du letzte Nacht wieder an deinem Frosch gearbeitet?«

Lea hebt interessiert den Kopf: »Was für ein Frosch?«

Es ist mir unangenehm, dass Johannes vor den anderen über meine Tiere spricht, aber er ist leicht angetrunken und scheint nicht zu merken, dass ich ihn wütend anfunkele.

»Beta bastelt Modelle von Tieren und druckt sie mit ihrem 3D-Drucker aus. Ihre ganze Wohnung ist voll mit den Plastikviechern. Gerade arbeitet sie an einem Pfeilgiftfrosch.«

Lea will mehr über die Tiere wissen, aber Martin ist vor allem an meinem Drucker interessiert, und wir beginnen über verschiedene Modelle zu fachsimpeln. Ich habe mich schon sehr früh, als die Prototypen noch Sets für Bastler waren, für 3D-Drucker begeistert. Der Gedanke, aus dem Computer ein Dateipaket zu senden, das sich in der Realität materialisiert, fasziniert mich. Martin will wissen, ob ich nur Plastik als Ausgangsmaterial für den Druck verwende oder auch schon mal ein Tier aus Schokolade gedruckt habe. Ich erzähle ihm von einem Videoclip, den ich vor Kurzem gesehen hatte, bei dem Figuren aus Zucker gedruckt wurden. Geometrische Objekte aus weißen Zuckerwaben, kompliziert dekorierte winzige Calaveras, Zuckertotenköpfe, die am mexikanischen Tag der Toten verspeist werden können. Einmal habe ich das Bild eines Albinopfaus gesehen, der sein weißes Rad aufschlug. Seitdem denke ich immer wieder daran. Ohne Farbe wirkten die feinen Federn wie eine kreisförmige Explosion aus Spinnenweben. Sollte ich mal Zugang zu einem guten Zuckerdrucker bekommen, werde ich einen Pfau mit geschlagenem Rad ausdrucken.

Dawntastic: Yayoii5

Ich habe schlecht geschlafen, in meinem Traum lief ich durch einen Dschungel und suchte einen schneeweißen Pfau, den ich jedoch nie fand. Etwas in mir wusste, dass der Pfau sich immer einen Baumstamm von mir entfernt befand, mich beobachtete. Irgendwann begann es zu regnen, doch die Tropfen wurden von dem dichten Blätterdach über mir abgefangen. Es stank nach Vegetation. Auf einer Lichtung sah ich die Federn des Pfaus weiß hinter einem Farn hervorblitzen. Ich lief dorthin, schob Zweige und Gewächs zur Seite, doch unter dem gefächerten Blatt saßen nur fünf schneeweiße Pfeilgiftfrösche aus Plastik in einer Pfütze aus Zucker. Als ich aufwachte, hörte ich den Regen von draußen an die Scheibe prasseln.

Seitdem liege ich im Bett und schaue zu, wie sich die Tropfen in runden Kreisen auf der Glasscheibe sammeln. Die Regentropfen sind unten heller als oben, Lichtreflexion. Kleine Tropfen rutschen rasch die Fensterscheibe hinab, treffen mit anderen zusammen und bilden dickere Wassertropfen, die gemächlich die Glasscheibe hinunterfließen. Mein Handy klingelt: Dawntastic. Dieses Mal mit einem Anruf aus Japan, das Profilbild zeigt einen blaugrauen Himmel mit einer winzigen Wolke in der Ecke.

»Guten Morgen.«

»Guten Morgen. Bist du wach? Wo bist du?« Die Anruferin klingt jung, und sie redet so schnell, dass ich etwas Mühe habe, ihrem Englisch zu folgen.

»Ich bin in Berlin. Es ist früh am Morgen, aber die Sonne ist schon aufgegangen.«

»Hier ist es spät. Wir sind auf einer Party.« Im Hintergrund höre ich ein Stimmenwirrwarr, aber ich verstehe nicht genau, was sie rufen. »Sie rufen Hallo auf Japanisch«, erklärt meine Gesprächspartnerin.

Ich wünsche ihnen viel Spaß auf der Party, und sie sagt lachend, dass die Party sehr gut sei. Danach verabschieden wir uns schon wieder.

Ich sitze auf meiner Bettdecke. Es regnet noch immer. Seufzend lasse ich mich auf mein Kissen zurückfallen und spiele eine Runde Candy Crush zum Aufwachen.

public static Life three(){ return null; }

/* *Spenden an Charity von Mitarbeitern aus dem Team werden von der Firma verdoppelt. Wir glauben daran, der Gesellschaft etwas zurückzugeben. Wir wollen das Gute. Don't be evil. Unser Logo ist gelb-rot.* */

Weiß, gelb, blau, rot, grün und orange. Wir arbeiten jetzt alle jeden Samstag, Martin möchte nicht, dass unser Team verliert. Die Countdown-Uhr tickt furchtbar laut, dafür dass sie virtuell ist. Ich frage, ob wir sie leise stellen können, aber das Team protestiert. Das Ticken gehört zum Spaß dazu.

Die Countdown-Uhr zeigt noch zwei Tage an. Inzwischen hat niemand mehr Zeit, meinen Rubik-Würfel zu kommentieren. Alle rennen zur Milchglasscheibe, und die zerknüllten Post-its werden mit immer mehr Wucht in den weißen Metalleimer geschmissen. High-Fives gibt es zwar noch, aber Martins »Whoop, whoop« klingt müde. Heute ist Smoke-Testing. In zwei Tagen wird die Betaversion veröffentlicht, und nun bin ich gefragt. Wir schnüffeln durch den Code wie Bernhardiner nach Verschütteten. Martin bringt immer wieder Matebrause an meinen Schreibtisch und knetet mir die Schultern. Den Rauch der Fehler im Code müssen wir jetzt finden, bevor sie in der Betaversion anfangen, richtig zu brennen.

Wir haben gewonnen. Wir haben unsere Anteile gefeiert. Wir haben beschlossen, unseren Gewinn mit einer Team-Building-Activity zu krönen: Paintball. Wir nehmen das gelbe Team mit, wir wollen nicht alleine feiern, sagt Martin.

Ich stehe im Umkleideraum und ziehe mir den Anzug an, der mich aussehen lässt wie einen Frontkämpfer in einem Bürgerkrieg. Johannes ächzt neben mir. Er soll eine spezielle Schaumstoffweste unter seinem Anzug tragen, damit seine Rippe nicht zu sehr belastet wird. Die Anzüge sind aus steifem Stoff, und mit der Schutzweste ist er extrem unbeweglich. Ich binde ihm die Schuhe zu, immerhin gehört er zu meinem Team. In meinem Gewehr sind nur rote Farbkügelchen; das andere Team hat gelbe Farbmunition. Unter den großen Schutzmasken sind wir kaum noch zu erkennen, wie Guerilla-Fliegen sehen wir aus. Wir spielen ein Team-Deathmatch, dabei gewinnt das Team, das am Ende noch Spieler auf dem Feld hat, die nicht abgeschossen wurden. Martin klatscht in die Hände und schreit: »Team Rot, Team Rot, Team Rot!«

Die Kampfarena riecht wie eine alte Turnhalle, Schweiß, Weichmacher und Käsefüße. Auf dem ockergelben Plastikboden stehen große Kegel, Dreiecke und Tunnel aus weißem und schmutziggrünem PVC-Gewebe. Beim Startsignal sprinten wir hinter die Hindernisse und suchen Schutz. Neben mir klatscht eine gelbe Farbpatrone an die Plastikplane. Ich schieße rote Farbe, rote Farbe spritzt. Ich sprinte zum nächsten Kegel und rolle mich über die Schulter dahinter. Meine Wirbelsäule knackt. Neben mir hockt Martin und keucht außer Atem, während er versucht, einem Developer von Gelb in den Rücken zu schießen. Er trifft, und die rote Farbe klatscht auf den schwarzen Overall. »Scheiße!«, schreit jemand aus Team Gelb. Am Spielfeldrand sammeln sich die getroffenen Spieler. Gelb-gelb, rot-gelb, rot-rot. Martin lässt einen Kampfschrei heraus und klopft mir auf die Schulter, während er schießend zum nächsten weißen Plastikkegel rennt. Kurz bevor er dort ankommt, trifft ihn eine gelbe Farbpatrone mit voller Wucht am Bein. Er humpelt fluchend zum Spielfeldrand und wird dort von den gelben Spielern johlend begrüßt.

Ich bewege mich nicht weiter, kauere hinter meinem Kegel und beobachte das Kampfgeschehen. Schreie, Flüche, Farbspritzer, gelb, rot. Die Spieler scheinen mich vergessen zu haben, denn nach einer Weile beginnt Team Gelb am Spielfeldrand zu feiern, siegesgewiss. Zwei gelbe Spieler stehen noch auf dem Feld. Mein Team ruft nach mir, sie klatschen laut und trampeln mit den Füßen. Für einen Moment erwäge ich, einfach hinter meinem Kegel sitzen zu bleiben, dann nehme ich mein Gewehr in die Hand, komme langsam hervor, laufe brüllend auf die gelben Spieler zu und schieße ihnen mit roter Farbe auf die Brust.

MOV (1) – Move

Monkey-Test:
Ein einzelner Affe, der eine Ewigkeit lang ziellos auf die Tastatur einschlägt, könnte alle bisher geschriebenen Tweets verfassen – sinnvolle Zeichen verborgen zwischen Unmengen an Buchstabensalat. Als einen solchen Affen stellt sich der Tester in einem Monkey-Test den Nutzer einer Software vor. Der Affe kann ein schlauer oder ein dummer Affe sein.
Der dumme Affe kennt das System nicht, in dem er sich bewegt. Er drückt beispielsweise unendlich oft die Starttaste, weil er sich keine Gedanken macht über deren Sinn und Zweck. Der schlaue Affe weiß immerhin so viel über das System, dass er es zum Abstürzen zu bringen versucht. Der schlaue Affe sammelt die beim Testen gefundenen Fehler, der dumme Affe weiß nicht, was Fehler sind.

Das Modell des Pfeilgiftfroschs ist noch nicht fertig, deswegen wollte ich heute Nacht zu Hause bleiben und nicht zur Party in die Dot.-Fabrik gehen, einem großen Inkubator, in dem zahlreiche Tech-Startups in der Gründungsphase angesiedelt sind. Jedes Mal, wenn ein Startup den Inkubator verlässt, finden dort große Feiern statt. Wenn die Unternehmen bestimmte Benchmarks erreichen, etwa indem sie eine festgesetzte Zahl von Angestellten überschreiten oder zu hohe Gewinne machen, dann werden sie aus der Sicherheit des warmen Inkubators in die Welt gespuckt und müssen, ohne das geliebte Großraumbüro mit schnellem Internet, auf sich gestellt weitermachen. Inkubatoren sind so etwas wie die Studenten-WGS der Startup-Szene, viel Enthusiasmus, wenig Schlaf, Partys, und keiner räumt die leeren Mateflaschen von den Schreibtischen. Ist es im Inkubator noch die Klassenfahrtstimmung, die ausreichend dazu motiviert, gemeinsame Nächte vor dem Bildschirm zu verbringen, so ist es nach dem Auszug vor allem die Aussicht auf stetig im Wert steigende Anteile und die Hoffnung auf einen zeitnahen Verkauf, die das Arbeitspensum der Angestellten nach oben treibt. Die Partys sind voller großspuriger Ehemaliger mit Erfolgsgeschichten in der Tasche, die den Goldrausch befeuern und auf großäugige Nachwuchsgründer treffen, die sich immer wieder gegenseitig ihres Mottos »Work hard, play hard« versichern und dazu Bier aus der Flasche trinken.

Bei der letzten Party hat Martin zwei junge Typen dazu gebracht, Speisen von den Fingerfoodplatten des Büfetts durch die Klappe eines der knallbunten Verkaufsautomaten in der Cafeteria zu schieben, die an der Wand aufgereiht und mit einer beeindruckenden Bandbreite an Snacks und Süßigkeiten gefüllt sind. Die beiden hatten uns während des Essens noch enthusiastisch von ihrem App-Projekt erzählt, das die Beziehung von Angestellten und Vorgesetzten durch Geschenkgutscheine und sonstige Prämien revolutionieren soll und das sie PawlApp nennen. Ein Verweis auf Iwan Pawlow, wie sie uns augenzwinkernd mitteilten. Nun lagen die beiden betrunken kichernd unter Martins fachmännischer Anleitung auf dem Fußboden und schoben mit einem Stück

Draht eine angebissene Hähnchenkeule durch die Klappe in den hohlen Bauch eines der Automaten, wo sie neben Schokoriegeln und Weingummitüten in ein leeres Verkaufsfach rutschte. Den ganzen restlichen Abend beobachteten wir den Automaten, in der Hoffnung, dass jemand die Keule kaufen würde. Leider wurde das Hühnerbein jedoch weder bemerkt noch gegessen, und wir erfuhren auch nicht, wer den Automaten schließlich reinigen musste. Mein Handy piept, und ich bekomme ein Bild geschickt, auf dem Martin mir fröhlich zuprostet. »Kein Bock auf Hähnchenkeule?«, fragt er im Chat, aber ich habe keine Lust zu antworten.

Während ich darauf warte, dass die Software meinen Frosch rendert, denke ich an mein Telefonat mit Toboggan und wundere mich wieder über den Namen und das merkwürdige Profilbild; es ist mir die letzten Tage immer mal wieder durch den Kopf gegangen, so eine interessante Mischung aus Mensch und Tier und etwas anderem, irgendwie Bedrohlichem. Google verrät mir, dass der Toboggan ein kufenloser Schlitten aus kurvigem Holz ist, der von den nordamerikanischen Ureinwohnern erfunden wurde. In der Bildersuche erscheinen zahlreiche Fotos von Kindern und Erwachsenen, die gemeinsam auf einem riesigen Toboggan den Berg hinunterrutschen und ausgesprochen vergnügt aussehen. Wieso nennt sich ein Entwickler in Kalifornien nach einem nordamerikanischen Schlitten, und was hat das mit dem komischen Profilbild zu tun? Dawntastic erlaubt mir nicht, zu vergangenen Anrufern Kontakt aufzunehmen. Die statistische Wahrscheinlichkeit, dass er noch mal einen Weckanruf bei mir macht, ist ziemlich gering. Ich werde ihn also nicht selber fragen können.

Ich suche weiter im Internet nach Toboggan. Nachdem die Google-Suche (inklusive Bildersuche) nach: »Toboggan«,

»Toboggan, Kalifornien«, »Dawntastic, Toboggan«, »Toboggan, Silicon Valley«, »Toboggan, Atari« mich nicht wirklich weitergeführt hat, bin ich kurz davor aufzugeben. Ich finde heraus, dass im Content Management System Drupal eine Komponente Toboggan heißt. Vielleicht hat er sich deswegen Toboggan genannt und arbeitet als Drupal-Entwickler im Silicon Valley? Irgendwie bezweifle ich aber, dass es da einen Zusammenhang gibt, die Erklärung ist mir zu unspektakulär. Johannes würde mich auslachen und sagen, dass ich mir gerade eine neue Mission suche. Mir fällt ein, dass Toboggan sagte, dass er aus Hamburg kommt.

Suche: »Toboggan, Hamburg«.

In der Bildersuche erscheint wieder und wieder eine Person in einem Kostüm – das Profilbild von Toboggan. Endlich bekomme ich einen besseren Blick auf die Figur, die mich schon beim ersten Anblick in der Dawntastic-App fasziniert hat. Ich schaue mir die Fotos genau an: Der Körper steckt in einem engen Anzug aus dunkelgrauem Leinenstoff, der die schmalen Arme und Beine der Figur zerbrechlich aussehen lässt, im Gegensatz zur gewaltigen Präsenz des Gesamtkostüms. Die Arme und Beine sind verwaschen rostrot, während der Rumpf mit schrägen Blockstreifen in Weiß und Graulila bemalt wurde. An zahlreichen Stellen des sonderbaren Kostüms sind auch andere Farben erkennbar, durch die groben Pinselstriche und scheinbar zufälligen Farbkleckse entsteht ein unebener Eindruck, der mich nachdenklich macht. Wahrscheinlich haben die Hersteller des Kostüms zeitweilig nicht genug Material gehabt, um komplett deckend und mit leuchtenden Farben zu malen. Oder die scheinbaren Unregelmäßigkeiten und die Unebenheit des Farbauftrags sollen die Figur realistischer wirken lassen, wie bei alltäglichen Abnutzungserscheinungen – obwohl ich mich frage, ob die Schöpfer dieser anthropomorphen Traumgestalt wirklich an so etwas Banalem wie Realismus interessiert waren. Um die Ellbogen des Kostüms sind weiße Manschetten gewickelt, und an der Innenseite der Arme verlaufen verschmierte helle Streifen. Die Figur trägt rote Handschuhe und trichterförmige weiß-blau-gelbe Stiefel, die mich an die zeremonielle Uniform eines Märchenlandes denken lassen. Ich weiß nicht, ob ich das Kostüm lustig oder bedrohlich finde, und schwanke generell, wie ich es einordnen soll. Es ist auf den ersten Blick ziemlich hässlich, und bei näherem Hinschauen wird es immer faszinierender – darin erinnert es mich an die Insektenaufnahmen im Büro meines Vaters. Was man wohl entdeckte, wenn man dieses Kostüm unter das Mikroskop legen würde?

Ich stoße auf farbige Fotos der Ganzkörpermaske aus der Sammlung des Hamburger Museums für Kunst und Gewerbe, wo sie offenbar ausgestellt wird. Auf einigen Aufnahmen kann man genaue Details des Kostüms mit dem Namen Toboggan erkennen. Als Künstler werden Lavinia Schulz und Walter Holdt angegeben, außerdem erscheinen in der Google-Bildersuche immer wieder sepiafarbene Aufnahmen aus den Zwanzigerjahren. Die Maskenfigur ballt auf allen Bildern die Fäuste und streckt diese oft schräg in die Luft, sie sieht aus wie ein schäbiger Superheld, der durch ein Wurmloch von einem anderen Planeten auf die Hamburger Bühnen gefallen ist.

Die Superheldenhaftigkeit des Ganzkörperkostüms wird durch weiße Drahtstangen gebrochen, die aus einem Gürtel herausstechen wie ein absurdes Baströckchen oder ein aufgeschnittener Schneebesen. Außerdem trägt die Figur eine Kopfmaske, von der ebenfalls lange Drahtfühler über den verbeulten roten Hinterkopf herabhängen. Das Gesicht der Maske ist mit großflächigen Farbfeldern grün-gelb-lila bemalt, der Mund ist kreisrund und schwarz ausgeschnitten, und zusammen mit den aufgemalten schwarzen Augen erzeugt er einen insektenhaften Eindruck. Der Anzug fasziniert mich, die Schäbigkeit und gleichzeitige Hingabe, mit der das Kostüm offensichtlich gebaut wurde, dazu das sonderbare Aussehen der Maske: eine humanoide außerirdische Fliege mit Superkräften, die während einer Schlacht in einem halben Drahtkäfig gefangen wurde.

Ich denke an Toboggan. In meiner Vorstellung läuft er mit einer großen Fliegenmaske durch San Francisco und summt die Melodie von Pitfall.

Ob Toboggan, als er seinen Nutzernamen auswählte, an das Kostüm gedacht hat, das in der Hamburger Ausstellung steht? Er hat gesagt, dass er aus Hamburg kommt; ich glaube zwar fest an den Zufall, aber hier scheint es eine Verbindung zu geben. Die Ganzkörpermaske Toboggan steht in dem Museum in der Nähe des Hamburger Hauptbahnhofs, zwischen zahlreichen anderen Masken, die laut Bildersuche ähnlich außerirdisch aussehen und wohlklingende Namen haben: Skirnir, Springvieh, Bibo, Technik und Insektentänzer. Ich klicke mich durch die Bilder der Kostüme. Eine weitere Maske sieht aus wie ein naher Verwandter des Toboggan-Kostüms und wird Toboggan Mann genannt, die Toboggan Frau beeindruckt mich mehr. Es gibt zwar Fotos aus der Vorkriegszeit von den Tänzern mit ihren Masken, aber als ich nach Bildern der Künstler ohne ihre Verkleidung suche, werde ich kaum fündig. Nur das Bild einer jungen Frau mit Gießkanne und weichen Gesichtszügen erscheint, ein unscharfer Engel in kurzem weißen Kleid, und das Bild eines Paars, sein fröhliches Gesicht mit Grübchenlächeln etwas verschwommen und sie mit gestreiftem Kleid auf seinem Schoß. Ansonsten erscheinen viele Bilder der Masken in verschiedenen Kontexten. Es scheint, als wären Lavinia Schulz und Walter Holdt beinahe vollständig in ihren Fantasiegestalten aufgegangen und hätten im Netz nur als Toboggan & Co. Spuren hinterlassen.

public static Life four(){ return null; }

/*Wir wollen mit unseren innovativen App-Solutions deinen Alltag verändern. Wir sind jung, wir sind hungrig. Wir sind der Arbeitsplatz der Zukunft. Entwickle mit uns im Team eine Plattform mit Vision!*/

Das Aquarium in unserem Entspannungsraum gibt es schon, seit wir in das neue Bürogebäude umgezogen sind. Ein drei Meter langes Becken ist in eine weiße Schrankwand eingelassen, die in den Raum hineinreicht und so eine von beiden Seiten einsehbare Trennwand bildet. Eine versteckte Schiebetür über dem Fischtank ermöglicht das Füttern der Fische und das Säubern des Beckens, doch dafür sind die Reinigungskräfte zuständig. Zwischen den grünen Blättern der Wasserpflanzen schwimmen rote und orangene Schleierschwänze. Goldfische in den Farben des Firmenlogos. Johannes hatte vorgeschlagen, die Dekoration des Aquariums an das Unterwasserlevel von Super Mario anzupassen, aber

Alex meinte, so werde der Entspannungseffekt der Fische zunichtegemacht. Besonders entspannend scheinen die Fische sowieso nicht zu wirken, denn nur wenige Wochen nach ihrem Einzug trieb ein LED-Goldfisch im Becken, dessen Farbe regelmäßig von Rot zu Blau wechselte. Der Fisch wurde von der Reinigungskraft entfernt, doch nur kurze Zeit später lag ein gelbes U-Boot aus Plastik auf dem Beckengrund. Alex rief uns zusammen. Wir standen vor dem großen Aquarium, in dem die Schleierschwänze unbeirrt ihre Kreise zogen, und er präsentierte uns einen weiß leuchtenden Flachbildschirm an der gegenüberliegenden Wand. Martin reichte ihm mit großer Geste eine weiße Schachtel, darin ein Goldfisch, den Alex stolz in die Luft hielt, wie der Mandrill Rafiki, als er in *König der Löwen* den kleinen Simba dem Königreich präsentiert. Ein täuschend echt gebauter Roboterfisch mit einem schwarzen Punkt zwischen den Augen, durch den eine Kamera im Innern des Fischkörpers digital verschickbare Aufnahmen machte. Wir klatschten wie bei einer Schiffstaufe, als der künstliche Fisch vorsichtig ins Becken gelassen wurde und erste Bilder aus der Fish-Cam auf dem Bildschirm erschienen.

Ich sitze auf einem Sitzkissen vor dem Aquarium. Der Roboterfisch zieht regelmäßige Kreise im Becken, die anderen Fische umschwimmen den Spion in ihrer Mitte ohne Interesse. Für einen Moment kommt es mir so vor, als würde der Roboterfisch sich mir zuwenden, aber er kurvt nur um eine Wasserpflanze herum. Als ich mich zu dem Flachbildschirm drehe, sehe ich meinen verschwommenen Körper durch das Auge des Fisches, die Glasscheibe zwischen uns. Die Übertragung geschieht mit einer leichten Zeitverzögerung, und ich sehe, wie ich mich selbst in Richtung des Bildschirms umdrehe. Ich schaue zur Tür.

Es ist später Nachmittag, unwahrscheinlich, dass jetzt jemand hier hereinplatzt. Ich klettere auf den Stuhl neben dem Aquarium, öffne das Schiebefenster und schaue von oben auf die Wasserfläche. Einige Fische schwimmen an die Oberfläche und schnappen gierig mit ihren Mäulern, sie hoffen auf Fischfutter. Der Roboterfisch zieht weiterhin seine abstoßend gleichmäßigen Kreise, und ich merke, dass ich meinen Pullover ausziehen muss, wenn ich nicht völlig nass werden möchte.

Als ich mit dem Arm im Becken hänge und mich immer weiter nach dem Roboterfisch strecke, habe ich für einen kurzen Moment Angst, in das Aquarium zu fallen. Nach kurzem Schwanken halte ich jedoch mein Gleichgewicht, schnappe den Fisch und springe zurück auf den Fußboden. Mein nasser Arm riecht nach Aquarium. Ich wische ihn mir an der Hose ab und ziehe meinen Pullover wieder an. Der Roboterfisch liegt auf dem Stuhl und projiziert eine Außensicht des Aquariums auf den Bildschirm hinter sich. Ich nehme den Fisch und stecke ihn in meinen Rucksack.

Das Büro liegt bereits sehr ruhig da, mittwochs gehen viele schon am späten Nachmittag nach Hause. Nur einige Bildschirme verströmen noch ihr bläuliches Leuchten, und leises Tippen liegt in der Luft. Auf dem Weg nach draußen springe ich die Treppen hinunter und hoffe, dass sich heute niemand mehr Zeit im Ruheraum gönnt. Der Feierabendverkehr ist in vollem Gange, hupende Kleintransporter und glitzernde Firmenwagen. Ich trage einen silbernen Helm und kreuze mit meinem Rennrad durch den Verkehr, bis ich auf der Brücke bin.

Die Abendsonne leuchtet über der Spree und taucht mich und den orangenen Fisch in ein goldenes Licht. Ich stehe vor dem schmiedeeisernen Geländer, an dem in regelmäßigen Abschnitten Halbkreise angebracht sind, die wie halbierte Sonnen Strahlen in Richtung des Flusses ausbreiten. Ich halte den Fisch in der Hand. Er fühlt sich immer noch etwas feucht an und riecht nach Algen, genau wie mein Arm. In der dunklen Kameralinse zwischen seinen Augen kann ich mein Spiegelbild erkennen. Ob gerade mein Gesicht vom Flachbildschirm des Ruheraums leuchtet und die Reinigungskraft erschreckt? Mit Schwung werfe ich den Roboterfisch über das Geländer in die Spree. Für einen Moment sehe ich ihn orange an der Oberfläche treiben, dann geht er unter.

MOV (2) – Move

```
Black-Box-Test:
Die Black Box ist ein System, dessen innere Regeln
nicht bekannt sind oder nicht beachtet werden.
Nur die von außen erkennbaren Verhaltensweisen
sind von Interesse. Beim Militär wurde der Be-
griff für Gegenstände aus dem Besitz des Feindes
verwendet, die auf keinen Fall geöffnet werden
durften, weil in ihnen ein verborgener Spreng-
körper enthalten sein konnte. Um Informationen
über den Inhalt einer Black Box zu erhalten,
muss man sie in eine Handlung einbauen, manche
sagen, nur das Spiel mit der Black Box könne uns
ihren Inhalt verraten. In einem Black-Box-Test
werden daher nur die Funktionen der Software un-
tersucht. Ausschließlich das sichtbare Verhalten
der Software wird betrachtet, erfüllt das Pro-
gramm die gestellten Aufgaben richtig oder falsch?
In einem Black-Box-Test werden so Fehler gefun-
den, obwohl der Auslöser unklar bleibt.
```

Zu Hause angekommen setze ich mich auf mein Sofa und esse Cornflakes, der Roboterfisch schwimmt sicherlich gerade in der Spree umher. Mein Vater hat mir einmal erzählt, dass die Spree zahlreichen Fischen eine Heimat bietet, die überhaupt nicht in die freie Wildbahn Berlins gehören. Mittlerweile leben sogar zahlreiche Goldfische in dem Fluss. Goldfische können überall heimisch werden, sagt mein Vater.

Ich ertappe mich dabei zu hoffen, dass der Roboterfisch schon andere gelbe und rote Fische getroffen hat. Wenn mir gestern jemand erzählt hätte, dass er sich um die Einsamkeit einer Maschine Gedanken macht, hätte ich laut losgelacht. Mir ist etwas unwohl bei dem Gedanken an morgen. Wann es wohl auffallen wird, dass der Roboterfisch nicht mehr im Aquarium ist? Nachdem ich ihn in den Fluss geworfen habe, ist mir eingefallen, dass ich überhaupt nicht weiß, ob die Aufnahmen des Roboterfisches nur live übertragen werden oder ob die Dateien irgendwo gespeichert werden.

Mir wird zum ersten Mal bewusst, dass der lustige Roboterfisch die ganze Zeit ein Auge auf unsere Ausruhzeit im Ruheraum hatte, denn obwohl die Glasscheibe die Aufnahmen verwischt hat, so war doch mein Gesicht klar erkennbar. Vielleicht bin ich bei meiner Befreiungsaktion längst ertappt worden. Ich weiß nicht, was mit mir los ist, normalerweise denke ich über die Folgen meines Verhaltens gründlicher nach.

Zur Ablenkung schaue ich kurze YouTube-Clips: die Geschichte Russlands zur Melodie von Tetris, norwegische Brüder, die Kunden eines IKEAS mit absurden Lautsprecherdurchsagen in die Irre führen, und eine Gruppe amerikanischer Hipster, die mit Maschinen künstliche Wehenschmerzen simulieren und danach lautstark behaupten, niemals Kinder zeugen zu wollen. Ich klicke planlos durch unzählige geöffnete Tabs in meinem Browser. Vor mir auf dem Bildschirm starrt mich die Toboggan-Maske an. Darin steckt Lavinia, deren Gesicht ich nicht kenne.

Heute habe ich Johannes das Bild der Toboggan-Maske gezeigt und ihn gefragt, ob er die Kostüme zufällig schon mal gesehen hat.

Johannes kommt aus Pinneberg, über Hamburg redet er viel, aber die Masken kannte er nicht. Als Schüler ist er einmal im Hamburger Museum für Kunst und Gewerbe gewesen, er konnte sich jedoch nicht daran erinnern, den Toboggan gesehen zu haben. Eindruck auf ihn hatte aber ein mechanischer Neptun gemacht, der auf einer Schildkröte reitend Wein servierte. Der aufziehbare Automat wurde in der Renaissance über den Bankettisch gefahren, eine Art Robotertrinkspiel aus der Vergangenheit. Kein Wunder, dass schon der kleine Johannes von Spielzeugrobotern begeistert war, dachte ich.

Nachdem wir uns den Rotwein-Neptun im Internet angeschaut hatten, fragte er mich, wie ich überhaupt auf die Toboggan-Maske gekommen sei, denn ihn hatte sie scheinbar nicht sonderlich beeindruckt. Ich erzählte ihm von Dawntastic, von meinem Telefonat mit Toboggan, und er begann zu lachen. Sich für jemanden zu interessieren, bloß weil man ein paar Minuten mit einem Fremden mit kuriosem Profilbild gesprochen hat, fand Johannes ziemlich amüsant.

Irgendwo in Kalifornien ist Toboggan, und ich würde mich wirklich gerne mit ihm über die Fliegenmasken unterhalten. Warum hat er sich eine als Profilbild gewählt? Ist es nur Zufall, oder ist er genauso fasziniert von dem sonderbaren Kostüm? Nachdem ich eine Weile genervt auf der Leertaste herumgeklickt habe, beschließe ich etwas zu tun.

In meiner Schulzeit habe ich mich eine Weile lang obsessiv für die goldene Platte interessiert, die mit der Voyager-Sonde in den Weltraum geschickt wurde. An den interstellaren Raumsonden Voyager 1 und Voyager 2 wurden zu ihrem Start im Jahr 1977 mit Gold überzogene Kupferplatten befestigt, auf denen zahlreiche Informationen über das Leben auf der Erde enthalten sind. Die Inhalte der Platte wurden von einer Gruppe älterer Forscher zusammengestellt, wahrscheinlich enthält die 90-minütige Musikspur deswegen, neben verschiedenen globalen Varianten von Volksmusik, so viele Bach- und Beethoven-Stücke und keinerlei Punkrock oder Disco. 150 Bilder sind analog auf die Platte codiert worden: die detaillierte Anatomie des Menschen, ein Wald voller Pilze, ein Mann mit einer Bohrmaschine und eine Frau, die sich mit skeptisch fragendem Gesichtsausdruck – denn immerhin tut sie gerade das Unfassbare – in einem Supermarkt vor dem Obstregal eine Traube in den Mund schiebt.

Auf der Platte ist kein Bild von einem Buch oder Gemälde gespeichert, das kommerzielle Internet gab es noch nicht, und daran, einen Computer darzustellen, hat auch keiner der beteiligten Wissenschaftler gedacht – so wirkt die Schallplatte, die ein zeitloser Ausdruck der Existenz des Menschen sein sollte, schon wenige Jahrzehnte später hoffnungslos veraltet.

Die Ernsthaftigkeit, mit der die Kontaktaufnahme mit anderen Lebewesen versucht wird, erschien mir schon als Jugendliche unfreiwillig komisch. Hätte ein Bild der Toboggan-Maske nicht mehr über die Menschen kommuniziert als die Illustration des Brustmuskels? Seit fast 40 Jahren fliegen die goldenen Schallplatten durch das Weltall und sind inzwischen im interstellaren Raum angekommen. Vielleicht werden die verwaisten Sonden mit ihren Datenträgern voll klassischer Musik und Grußworten in 55 Sprachen noch ziellos zwischen den Galaxien umherkreuzen, wenn die Erde längst verschwunden ist und sich die Menschen zu anderen Planeten aufgemacht haben. Zumindest sind sie der Versuch einer Kontaktaufnahme.

Ich will ein Signal an Toboggan aussenden. Und kaum habe ich das beschlossen, gerate ich in eine unglaubliche Betriebsamkeit. Zum ersten Mal kann ich verstehen, was die Wissenschaftler bei ihrer Gestaltung der goldenen Platte angetrieben hat; etwas zu suchen, auch wenn man nie eine Antwort erhalten wird, sagt mehr aus über die eigene Hoffnung als über den Sinn und Zweck der Suche. Einen großen Teil des Abends verbringe ich damit, eine Domain zu reservieren und eine Website einzurichten. Ich hoffe, dass Toboggan einen Suchmaschinen-Alert auf seinen Nutzernamen eingerichtet hat und so rasch auf meine Seite stoßen wird. Ich wähle ein simples Blog-Layout: schwarze Schrift auf einem metallisch glänzenden Hintergrundfoto von poliertem Gold.

Als der Blog eingerichtet ist, stehe ich vor dem ersten Problem. Was soll ich schreiben, ohne zu wirken wie eine Stalkerin? In meinem Browser sind zwölf Tabs geöffnet: Facebook, mein E-Mail-Account, Bilder von der Toboggan-Maske im Hamburger Museum für Kunst und Gewerbe, Twitter, ein deutscher Wikipedia-Artikel zum Expressionismus, die *Makezine* mit einem Artikel über neue 3D-Drucker, Online Banking, ein englischer Wikipedia-Artikel zur Voyager Golden Record, die Voyager-Seite der NASA, ein Zeitungsartikel über die Bedrohung des Pfeilgiftfroschs durch das kolumbianische Friedensabkommen, 3D-Modelle von Fröschen bei Thingiverse, YouTube. Ich trinke Kaffee und starre auf die geöffneten Tabs, als mir eine weitere Idee kommt.

Nach einigem Suchen finde ich eine Anleitung für den 3D-Druck einer Schallplatte. Die ganze Nacht verbringe ich damit, anhand von Tutorials zu lernen, wie ich eine Sound-Datei in eine 3D-druckbare Schallplatte umwandle. Die Makroaufnahmen der Tonspurrillen sehen aus wie unerforschte Weltraumgräben. In den frühen Morgenstunden habe ich eine fertige STL-Datei aus dem Atari-Todessound hergestellt und sende sie an meinen 3D-Drucker. Ich will den Prototyp unbedingt fertig bekommen und drucke direkt, obwohl mich das Surren und Piepen normalerweise beim Schlafen stört. Als ich bereits im Bett liege und dem brummenden Drucker im Nebenzimmer durch die Schlafzimmertür hindurch lausche, fällt mir auf, dass ich morgen erst mal einen Plattenspieler auftreiben muss, damit ich die gedruckte Schallplatte überhaupt ausprobieren kann.

MOV (3) – Move

```
Fuzzing:
Fuzzing verwendet den automatisierten Zufall,
um die Software zu testen, indem massenhaft feh-
lerhafte Daten oder zufallsgenerierte Werte ein-
gegeben werden. Die Annahme, dass Nutzer nur
Sinnvolles und Plausibles am Bildschirm ein-
tippen, ist falsch. Im Gegenteil: Anwender drü-
cken manchmal aus Langeweile den gleichen Knopf
immer wieder oder schreiben ungeduldigen Wort-
salat in Eingabemasken, deswegen kann die plan-
volle Eingabe von Unsinn Abstürze auslösen. Da
Anwender sich bei der Verwendung von Software
nie völlig rational verhalten, wird beim Fuzzing
nach Sicherheitslücken gesucht, die aus fehler-
haften Eingaben entstehen.
```

Morgens liegt die schneeweiße Platte fertig im Drucker. Sie sieht überhaupt nicht aus wie eine Schallplatte, nur eine flache weiße Scheibe mit einem Loch in der Mitte und feinen Rillen, die man erst bei genauerem Hinschauen entdeckt. Mein erster Gedanke ist, dass die Platte nicht funktionieren kann, weil sie nicht schwarz glänzend ist und das Licht reflektiert, als ob die Töne an die visuellen Schallplattenerinnerungen meiner Kindheit gebunden wären.

Dabei war die Schallplatte schon in meiner Kindheit nur

ein lustiges Gimmick, Hörspiele habe ich hauptsächlich von Kassetten gehört, und sehr bald kamen auch die ersten CDs ins Kinderzimmer. Auf Schallplatten gab es nur Grimms Märchen aus der Kindheit meiner Eltern und Kinderlieder, immer leicht metallisch aus den Lautsprechern dröhnend gesungen von einer Sängerin mit schrecklich hell und durchdringend klingender Stimme. Einmal fand ich eine Achtzigerjahre-Aerobics-Platte im staubigen Plattenschrank meiner Eltern. In der Mitte der aufklappbaren Hülle Bilder einer jungen Frau in engen Neonhosen mit Stirnband in zahlreichen Verrenkungen und dynamischen Positionen, auf der Platte eine enthusiastische Stimme, die von Discobeats unterlegt zu den Bewegungen auf den Fotos aufforderte. Ich habe einige Male mit meinem Bruder aus Spaß diese Aerobic-Platte durchgehört, wobei wir rasch durchgeschwitzte Wollmützen trugen, weil wir weder knallbunte Stirn- noch Schweißbänder zur Verfügung hatten. Irgendwann haben meine Eltern ihre magere Plattensammlung zu einem Diakonie-Kaufhaus gebracht, vielleicht macht irgendwo ein nostalgischer Mensch Aerobic zur Schallplatte, oder wahrscheinlich wurde sie einfach entsorgt.

In meiner Wohnung habe ich keine Schallplatten, deren Hülle ich hätte benutzen können, und weiß nun nicht genau, wie ich die weiße Scheibe transportieren soll. Schließlich wickle ich sie in ein Geschirrhandtuch und einen Kissenbezug, damit sie beim Radfahren nicht zerbricht.

Johannes hat keinen Plattenspieler, er hat schon seit fünfzehn Jahren nicht mal mehr einen CD-Player, und bereits die Frage nach einem Plattenspieler scheint ihn zu amüsieren. Ich bin genervt und weise ihn darauf hin, dass es schließlich nicht abwegig sei, ihn nach einem Plattenspieler zu fragen, da er ja ständig von Computerspielen aus den Achtzigerjahren rede. Es wäre doch viel authentischer, Pac-Man zu spielen und dabei Electric Light Orchestra zu hören. Er antwortet säuerlich, dass er zum Hören von Achtzigerjahremusik nun wirklich keinen Plattenspieler brauche. Martin hat ebenfalls keinen, erzählt mir aber von irgendeinem Player, mit dem man hervorragend Schallplatten digitalisieren kann – seine grenzenlose Liebe zu Gadgets.

Nachdem meine Suche nach einem Plattenspieler weiter erfolglos verläuft und ich auch bei den Designern nicht fündig werde, die mir bedauernd erklären, dass sie ihre Plattensammlungen wegen ihrer häufigen berufsbedingten Ortswechsel auflösen mussten, bin ich bereit, entnervt aufzugeben.

In meiner Mittagspause überlege ich, dem Schweden Erik eine Nachricht zu schicken und ihn zu fragen, ob ich nach der Arbeit kurz bei ihm vorbeikommen kann. Wir haben seit unserer Nacht hin und wieder gechattet, aber richtig enthusiastisch waren wir beide nicht. Ich habe keine Lust, dass er einen Besuch als weiteres Date auslegt. Zwar will ich gerne die Platte ausprobieren, aber auf eine zweite Nacht mit Erik kann ich verzichten. Ob es schon Plattenspieler in Bibliotheken gibt, sodass man bei Bedarf die Gelegenheit hat, alte Platten zu hören oder zu digitalisieren? Ich stehe vor der Cold-Brew-Kaffeemaschine und starre ratlos auf mein Smartphone, als Lea sich neben mich stellt und ich erschreckt zusammenzucke.

»Martin hat gesagt, dass du einen Plattenspieler brauchst. Ich habe einen zu Hause. Wenn du willst, kannst du gleich heute mit zu mir kommen.«

Ich kann nur heilfroh »super« sagen und bin schon fast zu erschöpft, um mich richtig zu freuen.

Leas Wohnung ist so geschmackvoll eingerichtet, dass ich mich ganz vorsichtig auf der Kante ihrer cognacfarbenen Vintage-Couch niederlasse. An der Wand stehen zierliche Bücherregale, die mit glänzenden Hardcovern gefüllt sind, ich kann kaum Code-Bücher erkennen, nur eines der immer mit altmodisch aussehenden Tierfiguren illustrierten O'Reilly-Programmierbücher steht mit der Front nach vorne im Regal: *Code Simplicity*, mit dem Stahlstich einer Ringeltaube. In dieses Wohnzimmer voller aufeinander abgestimmter Möbel passt der Plattenspieler aus mattem Buchenholz perfekt. Ich lege die weiße Schallplatte auf den Plattenteller, anfangs rauscht es ziemlich, doch dann erklingt ganz eindeutig der Todesklang von Pitfall.

»Du hast den Pitfall-Sound auf Schallplatte gedruckt?« Lea sieht mich neugierig an.

»Es ist für einen Bekannten, der den Todesklang auch interessant findet.«

»Das Rauschen kommt von der Druckqualität der Platte, oder?«

»Ja, es ist nicht wirklich perfekt, wahrscheinlich ist das Plastik auch kein guter Tonträger.«

»Das Rauschen klingt altmodisch, es passt zu dem Synthesizer-Retrosound.«

Wir hören die Platte noch einige Male, trinken Tee, und während wir uns unterhalten, rutsche ich immer tiefer in die Kissen der Cognac-Couch. Bevor ich nach Hause fahre, verspreche ich Lea, irgendwann eine Aufnahme ihrer Stimme als Platte zu drucken, damit sie ihre Eltern überraschen kann.

Später lade ich die STL-Datei hoch. Als Icon wähle ich eine andere Maske von Lavinia Schulz und Walter Holdt, ein Kostüm mit dem Namen Technik. Die Tänzerin trägt eine dreieckige Kopfmaske mit riesigen Glubschaugen, auf der etwas montiert ist, das wie eine Eisenbahnbrücke aussieht. Am dazugehörigen gestreiften Kostüm sind geometrische Muster aus Holzstreben befestigt. An dem kurzen Satz zur Datei feile ich hin und her, bis ich schließlich auf »Veröffentlichen« klicke.

www.toboggan.eu/Voyager

Lieber Toboggan,
   ich würde gerne mehr erfahren:
   www.toboggan.eu/technik.stl

MOV (4) – Move

Debugging:
Schon im ausgehenden 19. Jahrhundert wurden Fehler in technischen Konstruktionen als Bug, das englische Wort für Ungeziefer, bezeichnet. Welche Vorstellungen von Natur und Technik führten dazu, Fehler auf winzig kleine Krabbelkäfer zurückzuführen, die sich vermeintlich an Leitungen und Kabeln zu schaffen machen? Beim Debugging wird der Code nach Bugs durchsucht. Diese Fehlerkäfer werden, nachdem sie durch Tests gefunden wurden, gesammelt und mit Bug-Fixes entfernt.

Seitdem ich den Eintrag auf meinem Toboggan-Blog verfasst habe, ist einige Zeit vergangen. Der Roboterfisch schwimmt nun auch schon länger in der Spree. Im Entspannungsraum leuchtet der Bildschirm weiterhin dunkelgrün-blau, und es scheint noch niemandem aufgefallen zu sein, dass die übertragenen Bilder nicht aus dem Aquarium kommen. Vielleicht hat außer mir auch nie jemand genauer auf den Bildschirm oder den Roboterfisch im Becken geschaut. Ich bin beeindruckt, dass der kleine Roboterfisch noch nicht gefressen oder attackiert wurde und weiterhin sendet. Wenn die Daten aus seinem Kameraauge nur für einen befristeten Zeitraum zwischengespeichert werden, dann ist jeder Tag, den der

Fisch Bilder aus der Spree überträgt, eine Gnadenfrist für mich.

Mein Handy piept. Ich habe einen Kommentar auf meinem Blog erhalten. Der Kommentator nennt sich T und hat keine E-Mail-Adresse angegeben. Kommentiert wurde nur eine Zahlen- und Buchstabenkombination: 52/29/54.9N 13/21/43E. Erst frage ich mich, ob mein Blog schon so kurz nach seinem Erscheinen gespammt wird, aber irgendetwas an der Zahlenfolge erscheint mir zu regelmäßig dafür. Ohne Verweise auf Viagra oder obskure E-Mail-Adressen und Links bezweifle ich, dass hier ein Spammer am Werk ist. Bevor ich weiter über den Inhalt des Kommentars nachdenke, versuche ich herauszufinden, ob der Besucher mit seiner IP-Adresse Spuren hinterlassen hat, die ich verwerten kann. Das hat er natürlich nicht, und ich kann nicht feststellen, von wo der Kommentar verschickt wurde. Also muss ich mir den Inhalt des Kommentars genauer anschauen.

Die Schreibweise ist etwas ungewöhnlich, aber das N und das E bringen mich rasch auf den Gedanken, es könnte sich um Koordinaten handeln. Eine kurze Internetrecherche zeigt mir, dass sie tatsächlich eine Adresse in Berlin ergeben, die Potsdamer Straße 134 a. Ich sitze ratlos vor meinem Computer und überlege, was ich nun tun soll. Als Erstes rufe ich auf der Arbeit an und melde mich krank, irgendetwas muss ich herausfinden, und der Gedanke, bis heute Abend damit warten zu müssen, ist völlig unerträglich.

Bei einer weiteren Google-Suche entdecke ich, dass in der Potsdamer Straße 134 a in den Zwanzigerjahren die Zeitschrift *Der Sturm* von Herwarth Walden herausgegeben wurde und er in dem Haus auch eine Galerie für expressionistische Kunst eröffnete. Vielleicht finde ich vor Ort noch mehr?

Je weiter man vom Potsdamer Platz aus südlich auf der Potsdamer Straße fährt, desto weniger schillernd wird die Umgebung. Anstelle der modernen Gebäude mit ihren spiegelnden Fassaden am Anfang der Straße stehen hier vor allem funktionale Kästen mit einer Farbpalette von angedautem Lachsrosa zu schmutzigem Ocker. In den Untergeschossen sind Läden, deren Produktpalette schon von den Kleiderständern auf dem Gehweg angezeigt wird, Polyesterhemden auf Plastikbügeln, die im Wind flattern wie Fahnen des schlechten Geschmacks. Eine Straße gesichtsloser Kosmetikgeschäfte, Drogeriemärkte und Bankfilialen, deren Tristesse nur durch die gut besuchten Dönerläden und die türkischen Backwarengeschäfte unterbrochen wird, die mit ihren nach draußen dringenden Gerüchen zumindest den Abgasgestank der vielbefahrenen Straße überdecken.

Ich fahre an einem Reisebüro vorbei, das im Schaufenster mit Sonnenreisen und Bildern von Hotelpools wirbt, und frage mich, wie lange es solche Geschäfte noch geben wird. In dieser Straße gibt es nichts zu sehen, was mich mit Toboggan verbindet. Das Haus hat auch nicht die Nummer 134a, sondern eine 134. War die Koordinate nur ein schlechter Scherz? Das Gebäude, in dem die Sturm-Galerie stand, scheint verschwunden zu sein, vielleicht hat es nie hier gestanden. Ich komme mir plötzlich dumm vor und weiß nicht, wie ich darauf gekommen bin, dass die 134a der Zwanzigerjahre auch in der Gegenwart noch immer die gleiche Hausnummer tragen würde. Frustriert fahre ich nach Hause – dann eben doch wieder im Internet auf Spurensuche gehen.

Ich beginne über die *Sturm*-Zeitschrift nachzulesen, deren Name mir nicht gefällt. Als ich herausfinde, dass die Zeitschrift eigentlich *Der Komet* heißen sollte, bin ich überzeugt, dass Herwarth Walden schlechte Ratgeber hatte. Wie immer bei ziellosen Onlinerecherchen wandere ich von einem Artikel zum nächsten, lese kaum zu Ende, bevor mich eine spannende Verlinkung in den Sog des nächsten Textes reißt. Von Herwarth Walden und der Potsdamer Straße 134a zum *Sturm*, von dort zu seiner Frau Nell Roslund und wieder zurück zum *Sturm*, zum Kometenfieber im Jahre 1910, zum Kometen Hale-Bopp. Zwischen Lavinia Schulz und Herwarth Walden gibt es Verbindungen, aber ich weiß nicht, was ich damit anfangen soll. Übersehe ich einen Hinweis, oder gibt es gar keine tiefere Erklärung für die Koordinaten?

Schließlich kehre ich zurück zum Ausgangspunkt meiner Suche und tippe »Der Sturm« und »Toboggan« in die Suchmaschine. In einer Ausgabe der Zeitung von 1922 finde ich ein Gedicht von Yvan Goll mit dem Titel »Toboggan« und beschließe, den Text auf mein Blog zu stellen.

www.toboggan.eu/Toboggan_Goll

Lieber Toboggan,

ich habe in der Potsdamer Straße 134 gestanden und dort nichts gefunden. Vielleicht trägt der reale Ort keine Bedeutung mehr? Im Internet fand ich später ein Gedicht mit dem Titel *Toboggan*, es gefällt mir, obwohl ich nicht sicher bin, ob ich verstehe, worum es geht.

Der Toboggan ist ein Schlitten und ein Fahrgeschäft und außerdem das französische Wort für Rutsche. Wahrscheinlich ist mit der Überschrift des Gedichts die französische Rutschbahn gemeint, oder es bezieht sich auf das Fahrgeschäft, von denen heute noch in München, auf dem Oktoberfest, und im Wiener Prater welche stehen, hohe Rutschentürme, die Toboggan heißen. Dort kann man sich seit über hundert Jahren blitzschnell auf einem Laufband hinaufziehen lassen und von oben hinunterrutschen. Es heißt, dass sich schon Menschen bei dem schnellen Rutschen mit an und für sich harmlosen Holzsplittern verletzt haben, die durch die Rutschgeschwindigkeit unglaublich gefährlich wurden.

Die Vergnügungstour der zweiten Zeile erinnert an solche Fahrgeschäfte, aber dann kommen lauter Maschinenwörter, Turbinen, Schrauben, Treibriemen, Dampf. Es ist alles verwirrend und atmosphärisch, die Berge schreien und die Gletscher haben Karies, das ist vielleicht der Gegensatz, der mit dem wiederholten »Traum oder Toboggan« gemeint ist. Fortschritt, der so schnell geht, dass man ihn nicht mehr von Traum oder Rutschbahn unterscheiden kann; wenn wir künstliche Sonnen aus Nitratlampen schaffen, warum sollten dann die Berge nicht schreien? Es fühlt sich absurd an, aber schnell und beschleunigt. In der vorletzten Zeile schreibt Goll, dass alle Luftschiffe nur Seifenblasen der Freiheit seien, und beendet das Gedicht mit dem Wort »Platzen«. Wenn das wehmütig oder skeptisch klingen soll, dann verwirrt mich die atemlose Aneinanderreihung von technischen Entwicklungen, Überspitzungen und verwirrenden Bildern. Die Erdachse ist für Goll von Turbinen getrieben, also ist die Welt ohne Technik nicht mehr denkbar, oder verstehe ich das falsch?

In einem Gedicht auf derselben Seite der Zeitschrift von 1922 schreibt Yvan Goll einen Artikel mit dem Titel: »Die Welt erkaltet ohne Metaphysik.« Metaphysische Fragestellungen musste ich erst mal nachschlagen: Gibt es etwas jenseits dieser sichtbaren Welt, Götter, Seelen, nicht mit den Sinnen erfassbare Dinge? Also denkt Yvan Goll, dass eine Welt ohne das Jenseits, ohne Unverständliches kälter wird. Ist das Kritik an der Technik? Gleichzeitig wimmeln seine Gedichte von Begriffen zum elektrischen Strom, zur Geschwindigkeit, zu Transportmitteln. Sind die Luftschiffe als Seifenblasen der Freiheit vielleicht ähnlich wie Pixel-Harry, der zwar auf Schatzsuche geht, aber bis zu seinem Tod niemals pausieren darf? Gaukeln sie eine Freiheit durch Technik vor, die dann zerplatzt? Immerhin sind Seifenblasen nur so lange schön, wie sich die Sonne in regenbogenfarbenen Spiegelungen bricht, dann platzen sie und sind nur noch ein Fleck aus Seifenlauge und Glycerin.

www.toboggan.eu/Lavinia

Lieber Toboggan,

im Internet hat Lavinia Schulz nicht besonders viele Spuren hinterlassen, der Name liefert bei Google zwar einige Suchergebnisse, aber man hat den Eindruck, dass die meisten Texte sich aufeinander beziehen. Dafür habe ich ein aktuelles Tanzvideo gefunden, in dem die Masken von Lavinia und Walter verwendet werden. Ganz am Anfang tanzt die Toboggan-Maske, die Qualität des Clips ist nicht besonders gut, aber ich konnte erkennen, wie die Drähte der Maske bei den Bewegungen hin und her wippten. Ich habe mich gefragt, woher die Tänzer wussten, welche Bewegungen sie machen mussten, vielleicht hat Lavinia die Maske völlig anders verwendet, gruseliger und animalischer?

Bei meiner Spurensuche habe ich Tanzschriften von Lavinia gefunden, in denen sie mit kleinen Strichmännchen die Bewegungen des Tobogganss festgehalten hat, aber besonders eindeutig schienen sie mir nicht zu sein. Zumindest gibt es offenbar noch mehr Personen außer uns, die von Lavinias und Walters Geschichte fasziniert sind, denn in einigen Blogs und Artikeln wurde ein wenig von ihrem Leben erzählt, aber es hat mich nicht wirklich berührt. Da ist so vieles verborgen und geheim, es scheint kaum Überlieferungen oder Zeitzeugenberichte zu geben, und schließlich enden diese sonderbaren Leben so abrupt. Die Maskentänzer sind einfach verschwunden und von der Geschichte vergessen, nur die Masken blieben zurück.

Jetzt habe ich »uns« geschrieben, aber eigentlich weiß ich gar nicht, was der Grund für dein Interesse an Lavinia ist oder warum du mir die Koordinaten der Sturm-Galerie geschickt hast. Interessiert dich Lavinia vielleicht gar nicht, und stattdessen hast du dich nach dem Toboggan-Gedicht benannt?

MOV (5) – Move

Gorilla-Test:
Aufgebrachte Gorillas trommeln sich rhythmisch auf die Brustmuskeln, um ihren Gegnern zu imponieren. So wie die Gorillas sich immer wieder auf die Brust trommeln, wird die Software beim Gorilla-Testing einem Dauerfeuer gleicher Tests unterzogen. Ein einziges Modul einer komplexen Software wird immer und immer wieder getestet und so gründlich überprüft. Obwohl der Gorilla ein Affe ist, hat das Gorilla-Testing nichts mit dem Monkey-Test zu tun. Ein Gorilla-Testing ist sehr langweilig, weil die gleiche Aufgabe in ständiger Wiederholung durchgeführt wird. So sieht man, ob das Programm durch die Wiederholung nach einer Weile langsamer arbeitet oder Fehler auftreten.

Ich suche im Internet nach Verbindungen des *Toboggan*-Gedichts mit den Masken von Lavinia und Walter, aber ich finde nichts. Die einzige Gemeinsamkeit besteht darin, dass auch Yvan Goll eine Verbindung zur Sturm-Galerie hatte. Wieso mir Toboggan die Koordinaten geschickt hat, habe ich dennoch nicht verstanden. Zwischendurch frage ich mich, ob ich bei meiner Suche und dem Wunsch, einem Rätsel auf die Spur gekommen zu sein, einfach den Kommentar völlig falsch verstanden habe. Vielleicht war es doch nur Spam.

Meinen Abend verbringe ich damit, die Biografie von Yvan Goll nachzulesen, und denke darüber nach, wie es sein muss, zwischen Sprachen und Ländern zu Hause zu sein, zu fliehen, auszuwandern und dabei nicht das Internet zu haben, eine zumindest virtuelle Verbindung mit all den Dingen, die einen interessieren, eine direkte Kommunikation mit geliebten Menschen. Das Leben in einer solchen Welt muss ohne ein virtuelles Leben unfassbar viel präsenter gewesen sein, aber auch wahnsinnig eng und begrenzt.

Als ich gerade beim Zähneputzen lustlos durch meinen Twitter-Feed scrolle, pingt ein neuer Kommentar. Ich klicke sofort mein Blog an. Unter meinem letzten Beitrag ist ein schlichter Imgur-Link gepostet. Der Account hat nur dieses eine Bild hochgeladen, es steht erst seit zwei Stunden online und wurde einmal angeklickt.

Das leicht gelbstichige Farbfoto zeigt ein Arbeitszimmer, die Einrichtung lässt darauf schließen, dass hier kein Filter ein aktuelles Foto nostalgisch einfärbt, sondern es sich tatsächlich um eine alte Aufnahme handelt. Die Bücherregale an den Zimmerwänden sind voll und chaotisch, bunte Bücherreihen mit vielen großen Büchern, wahrscheinlich Bildbänden, dazwischen Zeitschriftenstapel, Bilderrahmen, kleine Figuren. Primärfarbige Bauklötze liegen auf dem gräulichen Teppich verstreut. In der Bildmitte befindet sich ein Schreibtisch aus diesem hellen Holz, das aussieht wie die gewöhnlichen Jugendzimmereinrichtungen meiner Kindheit. Der Bildschirm des Commodore-Computers in der Tischmitte leuchtet grünlich, neben der Tastatur ein Joystick. Schräg hinter dem Computer befinden sich Stiftebecher und Papierstapel. Auf einem Drehstuhl vor dem Schreibtisch sitzt ein kleiner Junge im Kindergartenalter und grinst in die Kamera, er trägt eine kurze Jeanshose, dazu ein hellblaues T-Shirt mit einem großen Delfinaufdruck. Seine Haare sind dunkelblond und strubbelig. Das abgeklebte milchige Glas der wie ein Fremdkörper auf seiner Nase sitzenden Brille fügt dem frechen Gesicht eine Spur von Verletzlichkeit hinzu. Ist das Toboggan?

Ich schaue genauer hin und zoome in das Bild. An der weißen Tapete hinter dem Schreibtisch hängt eine Korkpinnwand mit Fotos, Familienbilder, Zettel mit Notizen und ein großes monochromes Foto der Toboggan-Maske, nicht die bunten Varianten aus der Bildersuche, sondern die sepiafarbene Studioaufnahme. Er kennt die Maske also schon seit seiner Kindheit. Vielleicht hat das Toboggan-Foto an der Pinnwand seiner Eltern bei ihm genau den gleichen Eindruck gemacht wie die Insekten-Makroaufnahmen meines Vaters bei mir.

www.toboggan.eu/Makro

Lieber Toboggan,

Fliegenaugen in Makroaufnahme sehen aus wie irisierende Nudelsiebe, je nach Lichteinfall leuchten sie grünlich oder rötlich, die Oberfläche wirkt beinahe metallisch, ein futuristischer Kleiderstoff. Fliegenaugen haben Wimpernhaare, die sonderbarerweise in Makroaufnahmen an Fliegenbeine erinnern. Fliegenflügel sehen aus wie seifenblasig schillernde Plastikfolie, die Äderung der Flügel hat in Großaufnahme eine überraschende Ähnlichkeit mit Blattadern. Die Köcherfliege ist unscheinbar, aber in der Nahaufnahme sehen ihre Flügel aus wie Zauberwälder.

Im Arbeitszimmer meines Vaters hingen solche Großaufnahmen in schlichten Cliprahmen an der Wand mit der braunen Siebzigerjahre-Stofftapete, und ich denke immer noch sehr oft an diese Bilder. Als ich einmal nachfragte, wo die Fotografien bei der Zimmerrenovierung hin verschwunden seien, war er sich nicht sicher. Wahrscheinlich sind sie irgendwann entsorgt worden, sie waren auch schon etwas ausgeblichen.

Bist du der kleine Junge mit der abgeklebten Brille? Auf dem Bild hängt die Toboggan-Maske als Fotografie an der Wand, und ich frage mich, ob die Maske auf dich einen ähnlichen Effekt hatte wie die Tierbilder auf mich. Ich drucke Tiere als 3D-Modelle aus, und du benennst dich nach einer Maske aus den Zwanzigerjahren. Warum hing das Bild bei euch an der Wand? In den Regalen stehen viele Bildbände, vielleicht interessierte sich jemand für Fotografie, oder war es nur ein Zufall?

Ich habe beim Recherchieren über Lavinia herausgefunden, dass die Masken erst 1988 auf dem Dachboden des Museums in Holzkisten wiederentdeckt worden sind. Dort haben sie über sechzig Jahre gelegen, vergessen und unbeachtet. Wie wohl ein Dachboden aussieht, auf dem große Kisten einfach viele Jahrzehnte liegen bleiben können? Ich stelle mir Spinnweben und Holzspäne vor, dazwischen Boxen und Truhen und vielleicht Statuen mit leeren Augen und Fledermäuse, ganz sicher gibt es dort Fledermäuse und Fledermausdreck auf staubgrauen Dielen.

Zumindest haben die Masken so den Krieg überstanden. In dem Arbeitszimmer deiner Kindheit, falls das Foto dich zeigt, hing das Toboggan-Foto wahrscheinlich schon lange vor dem Wiederauftauchen der Masken. Ob ihr euch gefreut habt, als die Masken wiedergefunden worden sind?

MOV (6) – Move

<u>Visual Testing:</u>
Das Visual Testing testet nicht nur die Funktion der Software, sondern auch ihr Aussehen. Es ist beim Testen von Software, wie auch sonst im Leben, oft effizienter, ein Problem nicht umständlich und ausführlich in Sprache zu fassen, sondern es zu visualisieren. Deswegen wird beim Visual Testing, dem Testen der Benutzeroberfläche, der Testprozess aufgenommen und direkt während des Testprozesses kommentiert. So entsteht nicht das sonst sehr häufig auftauchende Phänomen, dass gefundene Probleme bei einem erneuten Testlauf nicht reproduzierbar sind.

Nur zwei Tage nachdem ich die letzte Nachricht auf meinem Blog veröffentlicht habe, erhalte ich einen neuen Kommentar. Ein Ausrufezeichen unter meinen Überlegungen zu dem geteilten Foto.
 Habe ich die richtige Verknüpfung hergestellt, ist Toboggan seit seiner Kindheit von der Maske fasziniert? Es gibt keine weiteren Hinweise, und ich sitze ratlos vor meinem Bildschirm. Der Tag vergeht zäh, ich warte auf einen weiteren Eintrag, damit ich meine Spurensuche fortsetzen kann. Als ich es nicht mehr aushalte, am Schreibtisch zu sitzen, gehe ich hinaus und jogge zur Spree.

Die Tage vergehen. Der Roboterfisch hat aufgehört Bilder zu senden. Martin hat eine Rundmail an uns alle geschrieben und gesagt, dass der Fisch binnen einer Woche wieder im Becken auftauchen muss. Nachdem die Woche verstrichen ist, warte ich darauf, zu Martin oder Alex gerufen zu werden, aber nichts passiert. Anscheinend gibt es doch keinen Videobeweis meines Diebstahls, vielleicht hat der Roboterfisch lange genug gesendet, um seine Befreiung zu verbergen.

Abends sitze ich an meinem Computer und schaue auf das Ausrufezeichen. Es sieht aus wie ein kleiner runder Körper, der auf einem Kugelkopf steht. Moment. Mein Blog hat als Schriftart Arial, serifenlos und gut in Browsern darstellbar. Das runde Ausrufezeichen gehört nicht zu Arial, dort ist es eckig, ohne Rundungen.

Ich habe als Schriftart meines Blogs ganz sicher eine serifenlose Schrift eingestellt, ich will schnell in den Quellcode schauen, ob ich mich nicht irre. Als ich den Quellcode meines Blogs öffne und nach der Schrifteinstellung der Kommentare suche, sehe ich sofort, dass irgendjemand Code injiziert hat, der die Schriftart aller Kommentare unter meinen Artikeln ändert. Ich scrolle durch den Code und suche nach weiteren Änderungen, als ich auf einen großen Textblock stoße, der in den Quellcode eingefügt wurde.

Mit den Kommentarzeichen aus einem Schrägstrich und einem kleinen Stern können Entwickler ihre eigene Arbeit kommentieren, damit sie oder andere zu einem späteren Zeitpunkt wissen, warum sie bestimmte Stellen des Codes auf diese Art und nicht anders formuliert haben. Die Schrägstriche am Anfang und am Ende sorgen dafür, dass der Kommentartext nicht im Browser angezeigt wird und stattdessen nur für diejenigen sichtbar ist, die den Quellcode der Website lesen. Der in meinem Quellcode abgelegte Textblock ist jedoch deutlich länger als gewöhnliche Kommentare:

/*Kometenfieber – Lübben, 1910

Lavinia stakte den Kahn durch den flachen Fluss, ein Kittelkleid unter dem Wollmantel, auf dem Kopf die rote Haarschleife, mit der sie jünger aussah, als sie war, fast ein wenig kindlich. Die Nässe kroch langsam an den Fasern ihres Kleidersaums hinauf. Willi saß auf der Sitzbank mit dem Rücken zur Fahrtrichtung und fühlte sich unwohl. Die Zweige der Bäume, die sich von den gegenüberliegenden Uferseiten zueinander streckten, bildeten über dem Kanal beinahe ein Dach; pralle Knospen an den Zweigen, aus manchen quollen schon winzige Blätter. Im Sommer würde man sich auf dem roten Nil fühlen wie in einem grünen Tunnel, umschlossen von beinah bedrohlich wirkender Vegetation. Hinter Willi hockten Hans und Gertrud zu eng beieinander, Blattgerippe trieben in der Strömung vorbei.

Willi zog die Frühlingsluft durch die Nase ein; er hatte gelesen, dass Blausäure nach Bittermandeln rieche, aber bis jetzt nahm er nur den Wassergeruch des roten Nils und seinen etwas muffigen Mantel wahr. Über Dicyan wusste er nichts, nur dass der Chemielehrer gesagt hatte, man könne es aus Blausäure synthetisieren. Er knetete seine Fingerknöchel, die trockene Haut war vom ständigem Reiben aufgesprungen. Der Spreewald im Frühling gefiel ihm nicht. Die Baumskelette mit ihren krummen Astfingern waren kaum von den lebendigen Bäumen zu unterscheiden, die noch blattlos auf die Wärme warteten. Den ganzen Tag hingen Nebelschwaden zwischen den Ästen – der Himmel, die Zweige, alles grau und voller Vorahnungen. Zumindest das Atmen fiel ihm noch leicht, ein gutes Zeichen.

Sie glitten an den Steg, verborgen hinter dem Stamm einer Schwarzerle. Hans befestigte den Kahn, zweifelnd schaute er in Richtung des alten Forsthauses. Auf dem Steg drehte Willi sich zu Lavinia und fragte, wo genau sie jetzt hingingen.

Von der Lichtung hinter dem alten Forsthaus sei der Himmel besonders gut zu sehen, sagte Lavinia, die bereits am Vortag die Gegend ausgekundschaftet hatte. Dort könne man auch ein Lagerfeuer machen, um sich warm zu halten. Willi zog ungläubig die Augenbrauen hoch, als er fragte, ob Lavinia alleine beim Forsthaus gewesen sei. Sie nickte nur wortlos. Nebeneinander gingen die vier Jugendlichen auf die Lichtung zu.

»Hat dein Vater mitbekommen, dass du dich aus dem Haus geschlichen hast?«, fragte Lavinia, den Blick auf Willi gerichtet.

»Nein, er war zu beschäftigt, die Fensterfugen mit Zeitungspapier und Kerzenwachs zu verstopfen. Seit Tagen redet er von nichts anderem als den giftigen Kometengasen. Heute Nacht wollte er uns im verschlossenen Keller schlafen lassen. Das hat Mutter ihm Gott sei Dank ausgeredet.«

Lavinia schüttelte verächtlich den Kopf.

»In der Volkszeitung stand, dass Forscher tatsächlich Blausäure oder Cyansäure in dem Kometenschweif nachgewiesen haben.« Willi versuchte, sich seine Unsicherheit nicht anmerken zu lassen. Er teilte zwar die Kometenpanik nicht, die einen Großteil von Lübben erfasst hatte, dennoch war er skeptisch. War es wirklich eine gute Idee, die Wohnung zu verlassen?

»Hast du wieder heimlich die Zeitung deines Vaters gelesen? Sei froh, dass er dich nicht erwischt hat.«

Willi biss sich auf die Unterlippe, Lavinia beobachtete ihn interessiert, mit der Faszination einer Jägerin. Er bohrte den Schneidezahn in die weiche Innenhaut, bis er Blut schmeckte. Vor drei Jahren hatte er Lavinia von seiner Angst erzählt. Sie hatten nebeneinander auf der Wiese im Kirchhof gelegen, klebrige Johannisbeermünder in verschwitzten Gesichtern. Lavinias schmutzige Knie zeigten in einem scharfen Dreieck nach oben, bereit, den Himmel aufzuspießen. Sie hatten über Lavinias Violine gesprochen, ihren Aufenthalt bei einem berühmten Musiklehrer in Frankfurt. Sie habe Talent, hatte er gesagt, und Lavinias Eltern waren froh gewesen. Willi bemühte sich, seinen Neid zu verbergen, niemals würden seine Eltern ihm ein Instrument kaufen. Er hatte sie gefragt, ob sie keinen Ärger bekäme wegen ihrer verdreckten Kleidung. Sie hatte nur gelacht, das spöttische Lachen, abstoßend und anziehend zugleich, ein kurz vor den Lippen verwandelter Wutschrei, der durch die Nase ausgeschnaubt wurde. »Meine Eltern kaufen neue Kleider, wenn ich Dinge kaputt mache.«

Im Nachhinein wusste Willi nicht mehr, weshalb er sich überhaupt dazu hinreißen ließ, ihr zu erzählen, dass er für dreckige Hosen Schläge bekomme. Sein Vater verprügelte ihn regelmäßig, meist mit dem Gürtel, manchmal auch mit einem Weidenstock. Für dieses Geständnis hatte er seither immer wieder kleine Seitenhiebe und höhnische Kommentare von ihr geerntet. Auf Willis Zunge verteilte sich der Geschmack von Blut. Er dachte an den Geruch von Bittermandeln, dass vielleicht bald alles ein Ende hätte, und es störte ihn überraschend wenig. Vor ihnen stand das Forsthaus in der Dämmerung.

Das Wohnhaus des verstorbenen Försters lag so abgelegen, dass Vorräte einmal im Monat mit dem Kahn zum Forsthaus gestakt werden mussten. Am letzten Markttag vor seinem Tod hatte der Förster seinen Freund, den Schuster, in dessen Werkstatt besucht. Aus Köln war Kurt, der jüngste Sohn des Schusters, zu Besuch angereist, er arbeitete dort als Techniker in der Fabrik eines Schokoladenherstellers. Kurt stellte gerade einen in rotes Seidenpapier eingewickelten Pappkarton auf den Werkzeugtisch, als der Förster in die Werkstatt kam und sich auf einen Holzschemel in der Ecke setzte, umringt von den hölzernen Leisten seines Freundes, auf denen das Leder in Fußform gebracht wurde. Im Halbdunkel der Werkstatt sahen sie aus wie im Kreis aufgehängte abgeschnittene Füße. Der Schuster zog eine sonderbare Maschine aus dem Geschenkkarton. Ein dunkelgrüner Apparat aus Blech, mit goldenen Mustern und Ranken verziert, den er vorsichtig auf den Arbeitstisch stellte. Das Gerät sah aus wie zwei aufeinandergestapelte Keksdosen, die obere mit etwas kleinerem Durchmesser als die untere. Beigefügt war ein kleiner Aufziehschlüssel, den der Schuster ratlos umherdrehte. Er wandte sich dem langen Trichter zu, der an der unteren Dose mit einem Metallbügel befestigt war. Zwischen der filigranen Verzierung mit aufgemalten Ranken und Blüten stand in goldener Schrift »Schokolade« und »Phonograph«. Kurt reichte seinem Vater lächelnd eine runde Dose, gefüllt mit in silberner Folie eingewickelten Platten.

Mit dem Schlüssel zog Kurt knackend das Laufwerk auf, nahm die Platte und legte sie auf die sich drehende obere Dose des Apparats. Als er die Spitze des Trichters auf die Scheibe setzte, plärrte plötzlich Musik durch die Werkstatt. Eine leiernde Stimme quäkte »O du lieber Augustin«, und der Schuster zuckte erschreckt zusammen. Kurt lachte erfreut: »Diese Phonographen hatten wir vor einigen Jahren im Weihnachtsgeschäft. Man verwendet sonst auch Wachsplatten dafür. Habt ihr noch nie einen gesehen?«

Die beiden alten Männer schüttelten den Kopf. Als Kurt die Nadel von der Platte nahm, kratzte es kurz, dann Stille. Er hob die Platte an seine Nase und schnupperte mit übertriebener Geste daran. »Feinste Schokolade!«, sagte er, zog die silberne Verpackung von der Schokoladenplatte und zerbrach sie in einige Teile. Die Schokolade verteilte er an den alten Förster und seinen Vater und steckte sich dann selbst ein Stück in den Mund. Der Schuster schaute mit unsicherer Miene auf die Musikschokolade in seiner Hand, bevor er zögerlich abbiss.

Den ganzen Nachmittag spielten die drei Männer die restlichen Schokoladenplatten wieder und wieder ab. Als die Platten nach mehreren Durchläufen nicht mehr funktionsfähig waren, die Tonspuren ausgeleiert vom wiederholten Abspielen, verspeisten die zwei alten Herren sie genüsslich und unterhielten sich dabei über die wundersame Welt der Technik.

Am nächsten Markttag hatte der Schuster schon vorfreudig den Phonographen bereitgestellt, wartete jedoch vergeblich auf seinen Freund. Als er schließlich besorgt zum Forsthaus gestakt war, fand er auf der Terrasse neben dem Haus eine zerfetzte Leiche, die von dem Schuster anhand der von ihm hergestellten Lederschuhe zweifelsfrei als die sterblichen Überreste seines Freundes identifiziert wurde. Zwei Bedienstete der Lübbener Polizei und der städtische Bestatter, die der Schuster zur Hilfe gerufen hatte, standen wenige Stunden später vor dem entstellten Körper, neben dem eine Leiter und ein Hammer lagen. Sie vermuteten, dass der Förster bei Reparaturarbeiten rückwärts von der Leiter gefallen war. Der Schuster hoffte, dass sein Freund rasch das Bewusstsein verloren und nicht mitbekommen hatte, wie die Tiere des Waldes sich an seinem Gesicht und Körper zu schaffen machten. Blutspuren mit Pfoten- und Krallenabdrücken führten von der Leiche in alle Richtungen. Als einer der Polizisten den Schuster fragte, ob er sich der weißen Katze des Försters annehmen würde, die kläglich maunzend um die Beine der Männer gestrichen war, hatte dieser zunächst genickt. Als er die Katze auf den Arm nahm, entdeckte er jedoch rostrote Spuren in ihrem Gesichtsfell und ließ sie angewidert beim Forsthaus zurück.

Willi stand auf der Lichtung vor dem alten Forsthaus und schaute sich um, hinter ihm hielt Gertrud die Hand von Hans umklammert, nur Lavinia lief ohne zu zögern um das Haus herum und schien etwas zu suchen.

»Findet ihr es nicht unheimlich, hier zu sein?«, flüsterte Gertrud.

»Der Förster ist doch schon ewig tot. Alle Unfallspuren wurden in den letzten Herbstregen weggewaschen«, versuchte Hans sie zu beschwichtigen.

»Außerdem glauben wir genauso wenig an Gespenster wie an mörderische Kometen«, sagte Willi. Aber als es hinter einem Feuerholzstapel raschelte, zuckten sie dennoch zusammen. Eine magere Katze kam zum Vorschein, sie fauchte leise. Lavinia, die gerade noch suchend hinter einen Steinhaufen geschaut hatte, schaute freudig auf, als sie die Katze hörte.

»Da ist sie ja. Die Katze ist mir schon gestern die ganze Zeit hinterhergelaufen. Wir verstehen uns.« Lavinia zog ein Päckchen aus ihrer Manteltasche. Darin befand sich eine Fischgräte mitsamt Kopf und milchigen Augen, die sie der Katze zuwarf. Diese stürzte sich auf den Leckerbissen und wich Lavinia nicht mehr von der Seite.

Die vier Jugendlichen nutzten das letzte Licht der Dämmerung, um Holz zu sammeln, das sie zu einem Lagerfeuer anhäuften. Sie hatten Decken mitgebracht und setzten sich auf der Wiese in Wartestellung, während es langsam dunkler wurde. Der Himmel war bedeckt, doch immer wieder riss ein leichter Wind Lücken in die Wolkendecke, durch die man den Sternenhimmel beobachten konnte.

Willi schaute mit in den Nacken gelegtem Kopf in den Abendhimmel und fragte seine Freunde, die er aus dem Augenwinkel ansah, ob sie in der Zeitung das Neueste über den Kometen gelesen hätten. Lavinia und Hans schüttelten den Kopf, nur Gertrud antwortete: »Mein Vater erlaubt mir nicht, dass ich seine Zeitungen anfasse, aber er redet seit Wochen über nichts anderes. Tagein, tagaus nur der Komet. Am letzten Sonntag hat er ihn sogar in die Predigt eingebaut.«

»Du meinst, als er den Kometen als sicheres Zeichen für das Ende der Welt gedeutet hat?« Lavinia verkniff sich sichtbar ein Lachen und lenkte erst ein, als sie Gertruds beleidigten Gesichtsausdruck bemerkte. »Vielleicht hätte er besser vor übertriebener Panik warnen sollen. Es gibt schon genug Weltuntergangsgerede.«

Willi nickte zustimmend: »Wusstet ihr, dass Frau Herzke sich für viel Geld Kometenpillen aus Berlin gekauft hat? Sie hat mir die braune Flasche gezeigt, die Pillen sollen gegen das Dicyan aus dem Kometenschweif Wunder wirken. Mir hat sie leidgetan.«

»Gerade haben Betrüger ein leichtes Geschäft«, sagte Gertrud.

»Mein Vater meint, es sei ein schlechtes Zeichen, dass jetzt der britische König gestorben ist. So kurz vor dem Zusammentreffen mit dem Kometenschweif kann das kein Zufall gewesen sein – behauptet er zumindest. Meine Mutter betet jeden Abend drei Vaterunser. Sie will lieber ganz sichergehen«, erzählte Hans.

»Das ist Aberglaube«, entgegnete Willi, aber es kam weniger überzeugend heraus als geplant. Er schaute wieder in den Himmel.

Als Lavinia vorgeschlagen hatte, den Durchlauf des Kometen auf der Lichtung beim alten Forsthaus zu beobachten, hatten Hans, Gertrud und Willi alle nur zögerlich zugesagt.

Gertrud war am unsichersten gewesen. Letztlich war sie nur mitgekommen, weil sie ganz fest daran glaubte, dass ihr ein Platz im Himmel auch bei einem Ende der Welt gewiss sei.

Hans wiederum hatte an den freien Nachmittagen der letzten Wochen in der Volksbibliothek Informationen zum Kometen gesammelt und war nun fest überzeugt, der vielfach beschworene Weltuntergang werde ausbleiben. Ihm wurde jedoch flau bei dem Gedanken, dass ihr nächtlicher Abstecher entdeckt werden könnte und er die Wut von Gertruds Vater abbekäme. Er ließ sich aber von Lavinias Enthusiasmus anstecken und hoffte zumindest auf einen guten Ausblick auf den Kometen, ein astronomisches Phänomen, das seine wissenschaftliche Begeisterung beflügelte.

Willi hätte sich niemals vor Lavinia die Blöße gegeben, Furcht zu zeigen, wobei Hans vermutete, dass Willi tatsächlich keine Angst vor dem Weltuntergang hatte – nicht weil er fest an das ewige Leben glaubte oder der Wissenschaft vertraute, sondern weil ihm sein Leben egal war.

Auch Lavinia, die das Treffen auf der Lichtung vorbereitet hatte, schien keine Sorge vor der Apokalypse zu haben. Obwohl sie in allen Gesprächen ihre Skepsis gegenüber der Kometenpanik äußerte und jegliche Furcht vehement ablehnte, hatte Hans den Verdacht, dass Lavinia das Gefühl einer nahenden Katastrophe insgeheim genoss.

Hans fand, dass nun eine gute Gelegenheit war, den anderen zu zeigen, welche Nachforschungen er über den Kometen angestellt hatte. Er berichtete mit monotoner Stimme, die er als besonders ernsthaft empfand, dass man den Kometen nach einem britischen Astronomen benannt habe. Edmond Halley sei Astronom, Mathematiker und Geologe gewesen, der nicht nur den Himmel beobachtet, sondern auch Stürme erforscht hatte. Der Halleysche Komet sei nur alle siebzig Jahre zu sehen.

Getrud unterbrach ihn: »Dann werden wir das nächste Mal, wenn der Komet an der Erde vorbeifliegt, weit über achtzig sein. Vielleicht gibt es aber auch überhaupt kein nächstes Mal für uns. In der Zeitung stand, dass dieser Komet der Stern gewesen sein könnte, der bei der Geburt von Jesus geleuchtet hat.«

Während Lavinia nickte und die weiße Katze streichelte, zog Willi aus seinem Beutel eine kleine Glasflasche mit Bügelverschluss, den er klickend öffnete: »Ich schlage vor, dass wir zur Feier des Weltuntergangs anstoßen. Da ich wusste, dass keiner von euch den Schneid hat, aus dem Schnapslager eurer Eltern etwas zu mopsen, habe ich mich geopfert. Für die Salami steht in der Schlachterei immer eine Flasche Kirschwasser, und ich habe etwas abgefüllt. Damit es niemand merkt, hab ich die Schnapsflasche mit Wasser aufgegossen.«

Nach einem großen Schluck mit anschließendem Hustenanfall reichte Willi die Flasche an Lavinia weiter, deren Augen ihm zu funkeln schienen, aber vielleicht kam das auch nur vom Schnaps und den Hustentränen. Hans und Gertrud tranken nur winzige Schlucke.

Die Flasche war ausgetrunken und das Feuer knisterte, als Lavinia aufgeregt zum Himmel zeigte. Die anderen reckten ihre Köpfe in den Nacken. Zwischen den Wolken wurde das nachtschwarze Firmament sichtbar, mit unzähligen silbrig leuchtenden Sternenpunkten. Direkt über ihnen flog der weiße Kometenball. Sein Schweif aus hellblauem, stetig weniger werdendem Licht zog wie eine wehende Mähne hinter ihm her. Während die nassen Hölzer auf dem Lagerfeuer knisternde Funken in den Himmel warfen, verharrten die vier Jugendlichen irgendwo zwischen Überwältigung und Andacht in Schweigen.

Lavinia sprang auf. Ihr Gesichtsausdruck hatte etwas Ergriffenes, von dem Willi nicht wusste, ob es lächerlich oder der Situation genau angemessen war. Sie klang aufgeregt, beinahe atemlos: »Wir müssen etwas tun. Irgendetwas. Das nächste Mal, wenn der Komet sichtbar ist, sind wir entweder steinalt oder tot. Aber sollten wir es bis dahin schaffen, dann müssen wir uns erinnern! Dieser Abend muss so einprägsam sein, dass wir ihn nicht vergessen, all die Jahrzehnte nicht. Heute ist eine besondere Nacht …«

»… und vielleicht geht die Welt ja doch noch unter«, unterbrach sie Willi mit einem etwas irren Grinsen.

Gertrud und Hans lächelten nervös. Der angetrunkene Gesichtsausdruck ihrer Freunde machte sie unruhig, vielleicht war es doch das Kometengas, das schleichend seine Wirkung entfaltete.

»Die Wikinger glaubten, dass in der Mittsommernacht die Natur verzaubert ist. Deswegen wälzten sie sich nackt im feuchten Gras, um Glück und Liebe zu finden. Eine Kometennacht ist sicher noch kraftvoller, und nass ist das Gras hier allemal.« Während die anderen ungläubig ihre Augen aufrissen, begann Lavinia sich den Mantel aufzuknöpfen, zog das Kittelkleid mit einem Ruck über den Kopf und warf die kraftlose Haarschleife ins Feuer. Bevor die anderen protestieren konnten, war sie nur noch mit Bustier und Unterhose bekleidet und begann kreischend über die Wiese zu hüpfen.

»Ich werde mich auf keinen Fall ausziehen. Ich weiß nicht, was Lavinia sich denkt«, sagte Gertrud und zog die Knie demonstrativ eng vor die Brust, als wolle sie ihr Kleid festhalten. Hans rückte näher an seine Freundin heran. Die beiden schauten abwartend auf Willi, der seine Augen zwischen der halbnackten Lavinia, dem Kometen und seinen entrüsteten Freunden hin und her wandern ließ. Nach einigen Minuten begann er beinahe mechanisch seinen Mantel aufzuknöpfen, bis er in Unterhose vor dem Feuer stand. Über seine bleichen Arme zog sich dicke Gänsehaut. Mit zitternden Fingern wischte er sich die Haare aus der Stirn, beugte sich vor und spuckte ins Feuer. Die Spucke traf auf ein glühendes Holzscheit und verdampfte zischend. Er drehte sich um und lief zu Lavinia. Als er sich von seinen

Freunden abwandte, sahen sie die dunkelroten Striemen, die sich quer über seinen Rücken ausbreiteten.

Immer wieder kam der Komet hinter den Wolken hervor, die der Wind über den Himmel schob; gemeinsam mit dem zunehmenden Halbmond tauchte er die Lichtung vor dem Forsthaus in ein bläuliches Licht. Gertrud und Hans saßen an dem langsam kleiner werdenden Feuer, als ihre Freunde atemlos kichernd zu ihnen gelaufen kamen. An Lavinias nackten Armen klebten Grashalme und alte Blätter, und auf Willis Rücken hingen Reste der feuchten Erde, auf der sich die beiden laut johlend umhergerollt hatten. Lavinia zog sich ihr Kleid wieder über den Kopf, schlüpfte in den Mantel und drehte sich zu Willi, der gerade sein Hemd zuknöpfte und sich nun von ihr kleine Zweige aus den Haaren zupfen ließ.

»Zumindest leben wir noch«, sagte Lavinia fröstelnd.

»All die Lübbener in ihren Kellern und abgedichteten Wohnzimmern verpassen diesen Anblick.« Willi ließ seinen Blick nachdenklich über den Himmel wandern. »Selbst wenn mir das Kometengas jetzt den Atem nehmen und ich auf dieser Lichtung ersticken würde, wäre ich froh, ihn gesehen zu haben.«

Gertrud runzelte die Stirn. »Wir wissen immer noch nicht mit Gewissheit, ob sich die Luft nicht gerade schleichend verändert. Ich werde erst morgen Abend wirklich beruhigt sein.«

Hans erhob sich gemächlich: »Wir sollten uns langsam auf den Heimweg machen. Jetzt haben unsere Familien sicher gemerkt, dass ihnen keine unmittelbare Gefahr droht. Vielleicht ist es besser, wir befinden uns in unseren Betten, wenn sie nachsehen.«

Zustimmend machten sich die Jugendlichen auf den Weg zum Steg. Die weiße Katze blieb weiterhin in Lavinias Nähe und strich um ihre Beine, während sie an dem alten Forsthaus vorbeigingen. Hans hatte Gertrud bereits in den Kahn geholfen, als sein Blick auf Lavinia fiel, die gebannt auf die mächtige Schwarzerle starrte. In der weit ausgreifenden Krone des alten Baums hing der Komet; zumindest schien er den oberen Zweigen greifbar nah zu sein. Es sah aus, als hätte die Gabel aus zwei dicken Ästen den hellblauen Kometenschweif eingefangen.

Aus einem alten Wurzelstock neben der Erle war ein junger Baum getrieben, der sich an den großen Stamm anzulehnen schien. Lavinia begann sich die Mantelärmel hochzukrempeln und schaute abwägend den schräg stehenden dünnen Baum an, der eine perfekte Kletterhilfe bildete. Widerspruch war zwecklos, als sie ankündigte, sie werde jetzt auf den Baum klettern. Hans versuchte noch den Einwand zu erheben, Schwarzerlen seien gefährliche Kletterbäume, doch da war Lavinia bereits auf allen vieren den halben Stamm hochgekrochen, den Blick auf den Kometen in der Krone gerichtet. Mit einem Achselzucken machte sich Willi auf den Weg und begann ebenfalls auf die alte Erle zu klettern. Die weiße Katze, die bis dahin an Lavinias Seite geblieben war, miaute laut auf und lief in die Nacht davon.

Willis Muskeln waren angespannt, er atmete konzentriert, während er versuchte, den Halt der Zweige unter seinen Händen einzuschätzen. Die Rinde war durch die Feuchtigkeit des Abends kühl und glitschig geworden, mit seinen Fingern strich er darüber, um sichere Griffmöglichkeiten zu finden. Lavinia kletterte zielstrebig über ihm, und hätte er nicht ihre kurzen Atemzüge gehört, hätte er sich von der Mühelosigkeit ihrer Bewegungen täuschen lassen.

»Vielleicht sollten wir aufhören. Hier oben werden die Äste sehr dünn.« Unter Willis Füßen knackte es, als wolle der Baum seine Feststellung unterstreichen. Er versuchte sein Gewicht gleichmäßig über die beiden Äste zu verteilen, auf denen er stand, und sich an weiteren Zweigen festzuhalten. Er wusste, dass die Äste von Schwarzerlen ohne Vorwarnung zersplittern konnten.

»Es sind nur noch wenige Meter, dann haben wir es geschafft«, sagte Lavinia über ihm. »Du kannst dort unten bleiben, aber ich werde zur Kometenastgabel klettern.«

Schnaufend schaute Willi hinab zum roten Nil, auf Hans und Gertrud, die im Kahn saßen und zu ihnen hinaufblickten. Sie waren jetzt mehrere Meter über dem Boden, Lavinia kletterte weiter links als er. Willi versuchte ihre Fallkurve zu berechnen. Würde sie in diesem Moment hinabfallen, wäre zumindest nur der rote Nil unter ihr; das bedeutete nasse Kleider und Kälte, aber wohl keine schlimmeren Knochenbrüche. Er befand sich näher am Baumstamm und würde sich beim Fallen weit nach links werfen müssen, um nicht auf dem Steg aufzuschlagen. Er zog sich auf den nächsten Ast hinauf und steckte seinen rechten Fuß zur Sicherung in eine Auskerbung des Stamms.

»Ist dir klar, dass du dem Kometen in der Astgabel nicht näher sein wirst als auf der Lichtung? Er ist Tausende Kilometer über uns.«

»Dann bin ich ihm jetzt zumindest einige Meter näher.«

Als Lavinia wenige Kletterschritte vor der Kometenastgabel war, hörte Willi das Knacken eines brechenden Astes. Er sah Lavinias Mantel an ihm vorbeirauschen. Sie schrie, ihre Stimme entfernte sich in Richtung Boden. Das Krachen der Zweige, die Lavinias Sturz nur kurz abfingen und dann unter ihrem Gewicht zerbrachen, erschien Willi unnatürlich laut. Lavinias Mantel verfing sich an einem der unteren Äste, für einen kurzen Moment wurde ihr Fall ruckartig gestoppt, und sie hing in der Luft wie eine Marionette an den Astfingern der Erle. Der Zweig ächzte und zerbarst schließlich mit einem Ruck. Willi hörte Gertrud gellend schreien, ein beinahe tierischer Laut; Hans fluchte, und Lavinia platschte in den roten Nil.

Willi hielt sich, so gut er konnte, am Stamm fest, beugte sich vornüber, um durch die Baumkrone hindurch einen Blick auf Lavinia zu erhaschen. Gertrud und Hans riefen aufgeregt ihren Namen. Das Platschen ließ zumindest vermuten, dass ihr Fall nicht auf dem Steg geendet war. Er hatte keine Ahnung, wie tief das Wasser hier war, aber der Kanal war sicherlich auch an dieser Stelle eher seicht. Hoffentlich war der Fall von ihrem Mantel ausreichend gebremst worden, sodass Lavinia nicht zu hart auf dem Grund des roten Nils aufgeschlagen war. Er sah Lavinia, wie sie neben dem Steg auftauchte, ihr Gesicht von nassen Haarsträhnen und Wasserpflanzen bedeckt. Rasch kletterte Willi den Baum hinab. Als er vom untersten Ast auf den Steg sprang, war sie bereits lachend aus dem roten Nil gestiegen. Ihre Haare hingen tropfnass hinunter, das Gesicht voller Schrammen. Der Mantel war bis zur Mitte ihres Rückens durchgerissen und hing wie ein Frack an ihr herab. Gertrud betastete Lavinias Arme und Schultern.

»Du hast Glück gehabt. Hätte dein Mantel nicht den Sturz gebremst, würdest du jetzt mit gebrochenem Rücken im roten Nil treiben.« Willi konnte seine Erleichterung nicht verbergen.

»Bis auf die Kratzer und die zerrissenen Kleider ist nichts passiert. Aber mir ist ganz schön kalt.« Lavinias Zähne klapperten bereits aufeinander, ihr Gesicht war schneeweiß.

»Wir sollten zurückfahren, damit du trockene Kleidung bekommst«, sagte Willi. Lavinia lächelte ihn an, das Blut von ihrer aufgeplatzten Oberlippe lief ihr über die Schneidezähne. Er half ihr wortlos aus dem zerrissenen Mantel und legte ihr seinen eigenen um die Schultern. Hans stakte den Kahn zurück in die Stadt.

»Wirst du keinen Ärger bekommen, wenn deine Eltern dich und deinen Mantel sehen?«, fragte Gertrud besorgt.

»Sie schlafen sicher schon. Ich werde die nassen Sachen zum Trocknen aufhängen und morgen dem Dienstmädchen den Mantel zum Nähen geben.«

Gertrud blieb skeptisch: »Dein Gesicht ist ganz zerkratzt. Die Oberlippe ist aufgeplatzt und wird sicherlich anschwellen. Wahrscheinlich kommen morgen früh noch mehr blaue Flecken hinzu. Nicht einmal deine Eltern werden so etwas übersehen.«

»Dann sage ich, dass ich die Steintreppe vor der Schule hinabgefallen bin und mit dem Gesicht in der Hagebuttenhecke gelandet bin. Das wird reichen.«

Lavinias Ohrenschmerzen begannen wenige Tage nach ihrem Sturz. Abends hatte sie ein leichtes Ziehen unter ihrem rechten Ohr gespürt, das am nächsten Morgen zu einem stechenden Schmerz angewachsen war. Das Dienstmädchen hatte ihr ein Stoffsäckchen mit Zwiebeln gegeben, das sie sich wimmernd auf die Ohrmuschel presste. Als ihre Mutter am späten Nachmittag nach ihr schaute, lag sie vor Fieber glühend in ihrem Bett und war nicht mehr ansprechbar. Der hinzugerufene Doktor diagnostizierte einen akuten Mittelohrkatarrh und sah sich gezwungen, ihr ausgebeultes Trommelfell mit einem kleinen Messer zu öffnen. Die Patientin bäumte sich schreiend im Bett auf, festgehalten von Vater und Mutter, damit der Doktor nach vollendetem Schnitt sein Messer sicher aus dem Gehörgang ziehen konnte. Während der Arzt die blutige Messerspitze mit etwas Karbolsäure abwischte, wies er die Eltern mit ernsten Worten darauf hin, dass man nun nur noch auf das Beste hoffen könne. Ein möglicher Gehörverlust sei zwar tragisch, müsse jedoch angesichts des hohen Fiebers immer noch zu einem glücklichen Krankheitsverlauf gezählt werden.

Als Willi zwei Wochen später leise an die Haustür der Familie Schulz klopfte und von Lavinias Mutter zum Krankenzimmer geführt wurde, musste diese sich auf dem Gang vor Lavinias Zimmer einige Tränen fortwischen, als sie ihn vor dem entstellten Gesicht ihrer noch so jungen Tochter warnte. Der Doktor habe zwar gesagt, dass sich die Lähmungen im Gesicht und auch die Taubheit des rechten Ohrs durchaus noch völlig zurückbilden könnten, es sei jedoch ungewiss.

Lavinia saß hohläugig und mit fahler Gesichtsfarbe an ihrem Schreibtisch, vor ihr auf der Tischplatte lag eine Violine, die im Gegenlicht glänzte. Über das lange Hauskleid hatte sie eine senfgelbe Strickjacke gezogen, ihr ordentlich geflochtener Zopf hing über die Schulter.

»Wie geht es dir?«, fragte Willi zur Begrüßung. Zögerlich blieb er im Türrahmen stehen, weil er nicht wusste, ob er über die Schwelle in das Zimmer treten durfte.

Lavinia schaute auf: »Ich bin nicht ansteckend, du kannst dich ruhig hereintrauen.« Ihr spöttischer Tonfall war bereits zurückgekehrt, auch wenn ihre Stimme brüchiger klang als sonst. Willi setzte sich auf einen Stuhl neben der Zimmertür. Er schaute Lavinia an. Ihr Blick war herausfordernd, trotz des leicht hängenden Augenlids und der Lippe, die an einer Seite hinabrutschte, als ob ihre Gesichtszüge der Schwerkraft folgten.

»Du bist der Erste, der nicht zu Boden schaut. Wenn meine Mutter mich ansieht, betet sie leise oder sie muss sich die Augen abtupfen. Gertruds Augen sind schon feucht, wenn sie noch auf der Türschwelle steht. Hätte ich keinen Spiegel, würde ich glauben, ein Monster säße auf dem Bett.«

Willi schwieg. Er hielt seinen Blick auf Lavinia fixiert, als könnte er so die spürbare Spannung in ihrem Innern lösen, eine Explosion verhindern. »Wie fühlt es sich an?«, fragte er leise.

»Als ob die Hälfte meines Schädels fehlen würde. In meinem Ohr rauscht und knackt es manchmal, aber die meiste Zeit kommt es mir so vor, als hätte jemand meinen halben Kopf in eine Glaskugel eingebaut, abgetrennt von der Welt.« Sie strich sich mit den Händen übers Gesicht. »Es ist sonderbar, nichts zu spüren, wo vorher so viel Gefühl war. Manchmal kneife ich mir in die Wange und bilde mir ein, etwas zu spüren, aber ich weiß nicht, ob der Schmerz überhaupt existiert, wenn ich ihn nicht fühle.«

»Wie wird es jetzt weitergehen?«

»Meine Eltern haben eine Spezialklinik in Berlin gefunden, dort soll mein Ohr operiert werden. Danach ist ein Sanatorium für mich gebucht. Ich reise nächsten Monat ab. Sie wollen, dass ich da bleibe, bis es mir wieder besser geht, aber ich werde auf die Kunstschule gehen. Ich habe eine Anzeige gesehen und werde mich als Schülerin anmelden.«

»Wissen deine Eltern von diesem Plan?«
»Nein, sie glauben immer noch, dass ich zurückkomme und dann ans Konservatorium gehe. Meine Mutter redet unvermindert davon, dass sie selbst am liebsten Violinistin geworden wäre.«
»Willst du es denn nicht mehr versuchen mit der Musik?« Willi schaute zu der Geige.
»Ich höre nichts auf dem rechten Ohr, vielleicht kommt es wieder, aber wer weiß das schon. Niemand will eine Violinistin sehen, deren halbes Gesicht herabhängt.«
Er wusste nicht, was er antworten sollte. Lavinias Blick auf die Welt war so schonungslos, jede tröstende Lüge wäre eine Beleidigung gewesen.
»Willi, ich will dir etwas schenken. Meine Violine.« Lavinia nahm das Instrument mit Bogen von ihrem Tisch und hielt es Willi entgegen. Der sprang überrascht auf und verschränkte die Hände hinter dem Rücken, als könnte er so das sehnsüchtige Kribbeln in seinen Fingerspitzen kontrollieren.
»Das kann ich nicht annehmen«, sagte er entschieden.
»Ich weiß, dass du von Musik träumst. Die Violine wird hierbleiben, an der Kunstschule kann ich sie nicht gebrauchen, und hören kann ich auch nicht.«
»Was werden deine Eltern sagen? Eine Violine ist teuer.«
»Meine Eltern werden nichts sagen, weil sie es nicht mitbekommen werden. Ich nehme den leeren Geigenkoffer mit in das Sanatorium. Du kannst sie irgendwo verstecken, wo dein Vater sie nicht findet, heimlich Unterricht nehmen. Gertrud spielt gut und hilft dir bestimmt.«
Willi zögerte hin- und hergerissen, als Lavinia einen Schritt auf ihn zu machte und ihm die Geige mitsamt dem Geigenbogen in die Arme drückte.

»Versteck sie unter deinem Mantel.«

Willi nickte nur, ohne zu antworten. Ihn überfiel eine sonderbare Traurigkeit, als wüsste er bereits, dass Lübben ohne die Geige zu klein für Lavinia geworden war. */

WFE (1) – Wait for Event

```
WiFi: On
    LottesNetz
    LübbenLAN
    Y23hzipo
```

Die Bahn braucht auf der Fahrt von Berlin nach Lübben ungefähr eine knappe Stunde, für eine Distanz von rund 80 Kilometern. Der funktionale grau-gelbe Zug irgendeines regionalen Bahnanbieters ist auf dem Weg aus der Stadt hinaus angenehm leer. Die morgendlichen Pendler aus der Gegenrichtung, die vom Spreewald nach Berlin gekommen sind, drängen sich auf dem Nachbargleis aus dem Zug. Ich beobachte sie durch das Fenster, in dessen Scheibe jemand in kleinen Buchstaben »Angst vergrößert den Wolf« hineingekratzt hat.

Ich öffne den Browser meines Handys und suche nach der historischen Zugverbindung zwischen Berlin und Lübben, bevor die lausige Internetabdeckung außerhalb der Stadtgrenzen mir einen Strich durch die Rechnung macht. Nach einigem Klicken finde ich einen alten Fahrplan von 1900, als die Preußische Staatsbahn vom inzwischen verschwundenen Görlitzer Bahnhof in Berlin nach Lübben noch deutlich mehr als zwei Stunden brauchte.

Zugliebhaber und Eisenbahnfans sind im Internet begeistert vertreten, wie ich an den zahlreichen Bildern sehe, die im Browser erscheinen, als ich mir die Preußische Staatsbahn angucken will. Ich liebe Menschen mit Leidenschaft für ganz spezifische Nischen. Irgendwie ist es befreiend zu sehen, wie uninteressiert die Planer der hundert Jahre alten Dampfloks an Aerodynamik waren, im Gegensatz dazu saust der kurze grau-gelbe Zug wie ein futuristischer Wurm durch die Berlin umringenden Felder, Waldstückchen und Gewerbegebiete.

Ich habe für das Wochenende ein winziges Ferienhaus an der Hauptspree gemietet, es ist aus dunkelbraunem Holz mit Reetdach, direkt an einem der Kanäle gelegen. Lea und Johannes wollen später mit dem Auto nachkommen. Zuerst waren sie skeptisch, als ich vorschlug, ein Wochenende im Spreewald zu verbringen, aber dann haben sie doch beschlossen, mit nach Lübben zu fahren.

Der Zug fährt langsam in einen Bahnhof ein, gelbe Gräser und trockenes Gestrüpp erobern sich den Platz zwischen den Gleisen zurück. Das rotbraune Gebäude sieht aus wie ein Relikt aus glamouröseren Zeiten der Bahnfahrt. Auf dem blauen Schild mit dem Namen des Bahnhofs steht Brand Tropical Islands, und aus dem Zug steigen zwei aufgeregt lachende Teenagergrüppchen mit leuchtend bunten Nylontaschen. Mein Browser verrät mir, dass das Tropical Islands ein riesiges Badeparadies in einem alten Flugzeughangar ist, von einem Unternehmen aus Malaysia betrieben, hat man darin für erholungshungrige Touristen auf riesiger Fläche die Südsee nachgebaut. Nachdem die wenigen Passagiere aus meinem Waggon zur Expedition in die Spreewalder Tropen ausgestiegen sind, bleibe ich allein zurück. Ich gehe den Gang zwischen den Sitzen auf und ab und fühle mich seltsam aufgekratzt, so wie früher, in dem Moment, bevor man leicht alkoholisiert im Vorbeigehen gegen die Laterne auf der Dorfstraße trat, um sie zu löschen, und die Umgebung sich schlagartig verdunkelte. Zehn Minuten später erreichen wir Lübben, und ich mache mich vom Hauptbahnhof auf den Weg zum Ferienhaus.

Die Stadt ist recht klein, was man sofort an der geringen Höhe der Bebauung merkt. Ich gehe an gediegenen Einfamilienhäusern, eingefriedeten Bäumen und Supermärkten mit großen Parkplätzen vorbei. Die blitzblanken Kleinwagen funkeln in der Sonne wie die CDs, die manchmal an den Hochspannungsleitungen hängen, damit sich keine Wandervögel darauf niederlassen können. Ich sehe einen Campingplatz mit überwiegend Wohnwagen, moosbefallene Dauercamper, die wie Pilze aus der Wiese sprießen. Es ist alles furchtbar grün, die Vegetation kriecht bis an die Straßenränder.

Bei der Schlossinsel überquere ich erste Spreekanäle, die hier die Stadt zu zerschneiden beginnen. Das Wasser ist bräunlich, in regelmäßigen Abständen paddeln Kanuten an mir vorbei, die Nasenrücken mit Sunblocker beschichtet, Kriegsbemalung der Outdoor-Menschen. Ich gehe auf einem Radweg an der Hauptspree entlang und denke an den Roboterfisch, der irgendwo in der von Mauern eingesperrten Berliner Spree verendet ist. Hier sehen die Kanäle so lebendig aus, als warteten die Organismen nur darauf, unter der Oberfläche hervorzubrechen und ihre Brühe aus Biomasse zu verlassen.

Das Ferienhaus liegt ziemlich versteckt unter Bäumen, es ist umgeben von einem verwitterten wellenförmigen Holzzaun. Das Gartentor aus Metall ist abgeschlossen, als ich kurz daran rüttle, kommt mit tiefem Knurren ein großer

Schäferhund hinter einem mit Efeu bewachsenen Baum hervor. Ich mache unwillkürlich einen Schritt zurück, als bereits eine laute Frauenstimme »Laika, Fuß jetzt!« ruft. Der Hund läuft mit eingezogenem Schwanz in Richtung des Ferienhauses, aus dem die Frau mit der durchdringenden Stimme freundlich lächelnd auf mich zukommt und sich als Frau Ritzweiler vorstellt.

Ihre blondierten Haare sind straff nach hinten gekämmt und zu einem Dutt gefasst, aus dem niemals ein Haar den Ausbruch wagen würde. Der strenge Eindruck wird durch eine exakte Falte verstärkt, die von ihrer Nasenwurzel die Stirn hinaufreicht. Ihr marineblauer Hosenanzug scheint seine Trägerin förmlich in die Länge zu ziehen. Nachdem sie Laika mit der Leine am Zaun festgebunden hat, führt sie mich durch das kleine Ferienhaus, zeigt mir die drei Zimmer, wie der Warmwasserboiler funktioniert und weist mich mehrfach und nachdrücklich auf die Gefahr von offenem Feuer in der Nähe von Schilfrohrdächern hin. Aus diesem Grund sei der Feuer- und Grillplatz des Ferienhauses auf ein Viereck aus Waschbetonplatten direkt am Ufer des Kanals, der an das Grundstück grenzt, verlegt worden. Von dem kleinen Steg des Ferienhauses können wir gemietete Kanus ins Wasser lassen oder eine Kahnfahrt bei einem der zahlreichen Anbieter in der Stadt buchen. Nachdem sie mich in alle wissenswerten Dinge, das kleine Haus betreffend, eingewiesen und noch vorsorglich nachgefragt hat, wann die anderen Gäste ankommen würden, gibt sie mir ihre Visitenkarte, für Notfälle jeder Art, und verabschiedet sich mit einem festen Händedruck. Ich schaue ihr hinterher, wie sie den Sandweg vor dem Ferienhaus entlanggeht, während Laika im gleichen Rhythmus nebenherläuft.

Ich bringe meinen Rucksack ins Haus und entscheide mich für das Giebelzimmer direkt unter dem Dach, ein schmales Bett, die Bezüge der Bettwäsche in einem aggressiv leuchtenden Türkis, das Kopfkissen mit einem perfekten Knick in der Mitte. Ich sehe Frau Ritzweiler vor mir, wie sie mit einem akkuraten Handkantenschlag die Kopfkissen in Form bringt. Das Ferienhaus hat ein sehr schwaches WLAN. Als ich auf mein Handy schaue, findet es noch zwei weitere Netzwerke, beide mit Passwörtern geschützt. In meinem Zimmer habe ich nur wenig Empfang und gehe auf der Suche nach einer besseren Verbindung hinaus an den Spreekanal.

An der Feuerstelle sind einige mit dicken schwarzen Beeren beladene Brombeersträucher, die offensichtlich niemand abgeerntet hat. Ich pflücke einige der Beeren und entdecke direkt am Wasser, verborgen hinter den ausladenden Sträuchern, eine alte Hollywoodschaukel. In der Plastiksitzfläche haben sich zwei kleine grüne Pfützen gebildet, die ablaufen, als ich die Schaukel kräftig schüttle. Ich setze mich vorsichtig hin, um nicht die algigen Flecken zu berühren, und schaue auf den Kanal. Entengrütze, Blattgerippe und zwei Blässhühner, die in ziellosen Spiralen umherschwimmen. Auf der anderen Seite des Kanals stehen eine Reihe Schwarzerlen, ich erkenne die Bäume an ihrem Laub, die am Blattrand eine winzige Kerbung haben und deswegen aussehen wie Buchenblätter, die herzförmig sein wollten, aber auf halber Strecke aufgegeben haben.

Als ich im Quellcode meiner Website auf den Kometenfiebertext gestoßen bin, habe ich danach stundenlang im Internet verbracht, bin von Seite zu Seite gesurft, habe mir Lübben im Browser angeschaut, nach Bildern gesucht, um herauszufinden, woher diese Geschichte kommt, ob es die Orte wirklich gegeben hat oder ob sie erfunden sind. Johannes und Lea habe ich nichts von Lavinia erzählt, sie soll mein Geheimnis bleiben, und wahrscheinlich hätten sie es sonderbar gefunden, dass ich nach Lübben fahre, weil mir ein Fremder eine Geschichte geschickt hat und ich sehen will, ob es dieses Lübben noch gibt, die Enge, aus der Lavinia sich befreien wollte, Kanäle und Kometen. Auf meinem Blog habe ich noch nichts zu Lavinias Geschichte gepostet, noch überlege ich. Die Hollywoodschaukel knarzt in einem einschläfernden Rhythmus ihre eigene gemächliche Melodie, und ich schaue auf die Schwarzerlen im Gegenlicht und stelle mir Lavinias Geist im Geäst der Bäume vor.

WFE (2) – Wait for Event

```
WiFi: Off
```

Johannes und Lea kommen am frühen Abend, wir machen Lasagne in der engen Küche des Ferienhauses und beschließen, später auf der Terrasse mit Kanalblick gemeinsam Rotwein zu trinken. Als Lea die Feuerschale sieht, will sie sofort ein Lagerfeuer machen. Ich erinnere nicht mehr genau, wo das Feuerholz aufbewahrt wird, wahrscheinlich war ich zu abgelenkt von Laika oder Frau Ritzweilers Körpersprache und habe es mir deswegen nicht gemerkt.

Wir streifen in der Dämmerung durch den Garten und um das Ferienhaus herum. Hinter einem Geräteschuppen finde ich zwischen Maschendrahtzaun und Schuppenwand einen großen Stapel gespaltener Holzklötze, bedeckt mit einer grünen Plastikplane, auf der einige Ziegelsteine und altes Laub liegen. Ich greife ein Scheit und ziehe es heraus, auf dem Holz in meinen Händen krabbeln drei Käfer, deren Rücken irisierend grün schillern. Angeekelt lasse ich das Holzstück auf den Boden fallen, die Käfer krabbeln davon. Ich drehe das Holzscheit mit der Fußspitze hin und her, um sicherzustellen, dass ich nicht wieder in einen Käfer fasse. Dann hole ich mein Smartphone aus der Hosentasche und ziehe mehr Holzscheite unter der Plane hervor, die Kamera angeschaltet, ich möchte so gerne die grünen Flügeldeckel der Käfer fotografieren. Als auch auf dem fünften Scheit keine Käfer mehr zu finden sind, gebe ich auf. Ich rufe Johannes und Lea, damit sie mir helfen, das Holz zur Feuerschale zu tragen.

Wir stapeln die Holzscheite neben der Schale, Lea setzt sich erwartungsvoll auf einen der Gartenstühle und beginnt den Korken aus der Weinflasche zu ziehen. Johannes schaut mich an: »Hast du ein Feuerzeug?«

Ich wühle in meinen Taschen, finde ein Feuerzeug und halte es Johannes hin. Der macht jedoch keine Anstalten, es mir abzunehmen.

»Manchmal ist es doch gut, wenn jemand noch richtige Zigaretten raucht und nicht nur mit elektrischen herumdampft«, sagt er. Als ich ihm das Feuerzeug erneut reichen will, macht er einen Schritt zurück. »Ich mach das Feuer nicht an, du bist doch die mit den Campingurlauben, mach du mal.«

»Wir brauchen kleine Hölzer und etwas zum Anzünden, Papier oder so«, sage ich und drehe das Feuerzeug in meiner Hand. Ich mag gerne mit der Kuppe des Zeigefingers über das kleine Metallrädchen streichen, schauen, wie stark ich drücken kann, bevor ich aus Versehen den Funkenmechanismus auslöse.

»Ich kann den Garten nach kleinen Zweigen absuchen. Papier habe ich keins. Du hast wahrscheinlich auch keine Zeitungen oder etwas anderes auf Papier Gedrucktes dabei, oder?« Johannes wendet sich zu Lea, aber die schüttelt nur den Kopf.

»Ich schaue mal nach, ob im Ferienhaus zufällig Werbeprospekte oder so etwas herumliegen«, sage ich und mache mich auf die Suche.

In dem Haus liegen weder alte Zeitungen noch sonst

etwas, womit wir ein Feuer starten könnten. Einige Bücher im Regal sehen zwar ziemlich abgegriffen und vergilbt aus, dennoch traue ich mich nicht, sie zum Anzünden zu benutzen. Ich durchwühle die Schubladen der kleinen Küche, vielleicht hat hier jemand Grillanzünder liegen gelassen. Als ich auch dort nichts finde, hole ich eine Rolle Klopapier und nehme eine Kerze aus der Küchenschublade.

Ich setze mich neben Lea auf die Terrasse und drehe kleine Würstchen aus dem Klopapier und bitte Johannes, mit der Kerze etwas Wachs auf meine Papierwürste zu tropfen. Er ist ganz begeistert, als ich ihm erzähle, dass wir früher die Trocknerflusen im Garten angezündet haben, bis wir merkten, dass der Brennspaß länger dauert, wenn man die Flusen vorher mit Wachs beträufelt. Mithilfe der Wachswürstchen und kleiner Zweige, die Johannes im Gebüsch gesammelt hat, zünden wir die Holzscheite in der Feuerschale an. Ich puste und wedle mit den Händen, bis genug Glut da ist, dann setze ich mich leicht schwindelig neben Lea, und wir trinken Wein, bis es dunkel ist und die vom Feuer angelockten Mücken unsere Beine zerstechen.

Später – die Glut haben wir mit Wasser gelöscht – sitzen wir an dem Buchenholztisch des Ferienhauses, der wie die gesamte Einrichtung an ein Jugendzimmer der Neunzigerjahre erinnert, selbst die Sofakissen tragen die merkwürdigen geometrischen Formen der Möbelhausstoffmuster meiner Kindheit. Muster, die man heute nur noch auf den Stühlen von Eisdielen mit Fototapeten italienischer Strände und den Sitzpolstern öffentlicher Verkehrsmittel findet. Wahrscheinlich sind sie in Berlin schon wieder modern, mit einem ironischen Twist auf sauteuren Turnschuhen getragen.

In der Schrankwand sind einige Brettspiele gestapelt, wir

beschließen, nach einigem Wühlen durch abgegriffene Spielkartons, Scrabble zu spielen. Es ist keine Anleitung mehr in dem Paket, vielleicht hat sie jemand zum Feuermachen benutzt, aber wir kennen die Regeln ungefähr und fangen an. Als Johannes mit seinen letzten Steinchen das Wort »Donau« legt und mit Siegergeste den Gewinn einstreichen will, protestiert Lea: »Personen- und Ortsnamen sind bei Scrabble nicht erlaubt. Nimm die Plättchen sofort zurück. Du hast noch nicht gewonnen!«

»Was? Natürlich, du kannst nur nicht verlieren«, meckert Johannes sofort, wie immer verbissen auf seinen Sieg erpicht.

Während die beiden nun darüber streiten, ob das Wort »faxte«, mit dem Lea zuvor viele Punkte gesammelt hat, legitim ist oder nicht, schlage ich vor, die Spielanleitung im Internet zu suchen. Auf der Suche nach ausreichendem Empfang fuchtele ich mit meinem Handy in der Luft hin und her, laufe vor der großen Glasterrassentür auf und ab, doch das Handy findet kein Netz und wählt sich ständig vergeblich in das WLAN des Ferienhauses ein. Ich bitte Johannes, den Router neu zu starten, damit wir ins Internet kommen, aber als er aufsteht, stößt er mit seinem Bein gegen den Tisch, und die Steine verrutschen.

»Scheiß Provinz«, meckert er. Lea guckt ihn an und sagt »Scheiß Scrabble« und kippt mit einer Handbewegung das Spielbrett vom Tisch. Die beiden stehen sich gegenüber wie zwei Hirsche, die gleich ihre Geweihe ineinander verkeilen. Ich schaue auf mein Handy und rufe: »Da! Ich bin drin.«

Wir schauen uns an, um uns herum verstreute Scrabblesteine, Leas Wangen knallrot, und plötzlich muss ich so sehr lachen, dass ich mich an Ort und Stelle auf den Hintern setze. Ich lehne mit dem Rücken gegen die beleuchtete Vitrine der Lübbener Schrankwand, und mir laufen die Tränen. Johannes und Lea lachen auch, erst zögerlich, aber dann können auch sie nicht länger wütend herumstehen und setzen sich wieder an den Tisch. Lea schenkt Wein nach.

Chaotic Good / Chaotic Neutral

Frühstück: Johannes toastet riesige Stapel Toastbrot und redet ohne Pause, Lea will Müsli essen, weil sie immer Müsli isst. Sie rührt hingebungsvoll Mangojoghurt in ihren Körnerberg. Ich trinke Kaffee, sitze auf dem Holzstuhl im Schneidersitz und schaue die Benachrichtigungen auf meinem Handy an, die roten Kreise mit Zahlen geben mir immer das Gefühl, dringend etwas anklicken zu müssen. Als ich alle Neuigkeiten durchgeschaut habe, zeige ich Lea und Johannes ein GIF in einem Tweet, das die Perspektive der Sicherheitskamera eines Eckladens zeigt, wahrscheinlich irgendwo in den USA.

Der asiatische Verkäufer wird von einem jungen Typen in schwarzem Kapuzenpullover mit Skateboard abgelenkt, er kramt unter der Theke nach etwas, Kaugummis, Zigaretten, vielleicht Rasierklingen. Währenddessen packt ein Mädchen mit einer Unmenge schwarzer Locken, ebenfalls mit Skateboard, im Gang hinter dem Jungen blitzschnell Packungen in ihren Rucksack, sie bewegt sich dynamisch wie ein Ninja-Krieger, stopft Chipstüten und andere Lebensmittel in die geöffnete Tasche vor ihren Knien. Der Junge schaut immer wieder verstohlen über die Schulter nach seiner Partnerin, während der Verkäufer vor ihm unter dem Verkaufstresen weiter herumwühlt.

Plötzlich knallt die Tür auf, ein Mann mit schwarzer Mütze und Shotgun betritt das Geschäft. Der Junge sprintet zu seiner Freundin, sie verstecken sich hinter dem Regal mit den Chipstüten. Der Mann bedroht mit dem Gewehr den Kassierer, der seine Kasse öffnet, als der Junge sein Skateboard langsam in Richtung Theke rollen lässt. Abgelenkt schaut der Räuber auf das Skateboard und wird von dem Mädchen, das sich währenddessen von der anderen Seite der Regale angeschlichen hat, umgerannt. Er fällt auf den Boden, sein Gewehr landet auf der Theke. Der Junge schmeißt ein Regal mit Lebensmitteln um, es fällt auf den Räuber, er springt über ihn und reicht mit derselben Bewegung dem Mann an der Kasse das Gewehr. Junge und Mädchen rennen aus dem Geschäft, während der Verkäufer über die Theke klettert und das Gewehr auf den Räuber richtet. An diesem Punkt schließt sich der Kreis, das GIF loopt, und wir sehen uns die Sequenz von vorn an. Nach dem dritten Durchlauf unter zahlreichen Woah- und Krass-Ausrufen schauen wir uns an.

»Das war niemals echt«, sagt Lea. Jetzt betrachten wir uns das GIF noch einmal genauer. »Schau mal, wie das Gewehr beim Fallen des Räubers auf der Theke landet, das hätte er doch mitgenommen, das ist definitiv gestellt.«

Ich versuche mehr über das GIF herauszufinden, in den Twitterkommentaren spricht jemand von viralem Marketing für eine neue Onlineserie. Ich finde keine definitive Info über die Echtheit des Clips, der jetzt meine Timeline überflutet, von unzähligen Accounts wieder und wieder geteilt wird. Alle diskutieren, ob das Geschehen echt ist oder nicht. Analysieren die perfekt choreografierten Bewegungssequenzen, die Körpersprache der Beteiligten, aber keiner weiß Genaues. Jemand teilt einen Videoclip, der genau die Sequenz des GIFs enthält, darunter vermuten alle, dass es sich um eine neue Netflix-Serie handelt. Ich lese Lea und Johannes die Antworten vor.

»Eigentlich ist es mir sowieso egal, ob das echt war oder fake. Ändert ja eh nichts dran, dass es verdammt spannend ist«, meint Lea.

»Was mich viel mehr interessiert, ist, ob die beiden Lebensmitteldiebe Chaotic Good oder Chaotic Neutral sind.« Als Johannes Leas fragenden Blick sieht, dreht er sich zu mir: »Beta, bringen wir jetzt Lea bei, was Alignment ist?«

Und so verbringen wir das Frühstück damit, Lea auseinanderzusetzen, wie die moralische und ethische Einordnung von Spielcharakteren bei Rollenspielen wie Dungeons and Dragons funktioniert. Ich erkläre, dass es zwei Achsen gibt, auf denen die Figuren positioniert werden können: Erstens hinsichtlich dessen, in welchem Maße sie sich an gesellschaftliche Regeln halten, ob sie sich auf der Seite der Anarchie, des Gesetzes oder irgendwo dazwischen befinden. Diese drei Möglichkeiten werden als Chaotic, Lawful und Neutral bezeichnet. Auf der anderen Achse wird die Figur zwischen Good, Neutral und Evil eingeordnet, je nachdem, wie sehr sie menschliches Leben respektiert und bereit ist, Opfer für andere zu bringen. Wir diskutieren über die Diebe und sind uns einig, dass die beiden definitiv Chaotic sind, da sie keine Gesetze respektieren. Nur die Frage, ob sie wirklich gut oder nur neutral sind, bleibt schwierig zu beantworten. Ich behaupte, dass sie gut sind, immerhin beschützen sie den Verkäufer, während Johannes und Lea ihnen ein Neutral geben würden, weil sie nicht sicher sind, ob sie den Räuber nur zur Selbsterhaltung entwaffnet haben oder wirklich den

Verkäufer beschützen wollten. Lea ist begeistert von der Skala und beginnt Politiker, historische Persönlichkeiten und Filmfiguren einzuordnen, während Johannes milde lächelt, mit einem Gesichtsausdruck, wie ihn wahrscheinlich Eltern haben, wenn die Kinder etwas neu entdecken, was ihnen schon seit Jahrzehnten bekannt ist.

»Ich bin wahrscheinlich Lawful Good, das ist irgendwie langweilig, aber ich glaube, ich bin es trotzdem«, sagt Lea nachdenklich.

»Nicht so langweilig, wie komplett Neutral sein. Ich wäre, glaube ich, gerne ein Regelbrecher, aber wahrscheinlich bin ich einfach Neutral. An manchen Tagen vielleicht Neutral Good. Und du, Beta?«

»Ich bin ein Chaotic Good, der im Körper eines Lawful Good gefangen ist, aber irgendwann breche ich aus, nur gut werde ich wohl bleiben.«

WFE (3) – Wait for Event

```
WiFi: On
    AndroidAP
    Casa_Franke
    Kahnfahrten_Bodau
    Vodafone Lübben67
```

Das WLAN funktioniert wieder, nachdem wir den Router unzählige Male an- und ausgeschaltet und Unmengen Staub aus ihm herausgepustet haben. Wir verbringen den halben Tag auf einer Wolldecke und einer Plastikliege mit kariertem Polster auf der Wiese vor dem Ferienhaus, ich döse im Schatten. Wir trinken Kaffee und spielen Candy Crush. Johannes teilt ein Foto von mir, wie ich mit dem angewinkelten Ellbogen über dem Gesicht schlafe, unter dem Hashtag #LazyLübben, woraufhin ich seine von der Wiese verdreckten Füße fotografiere und ebenfalls unter dem Hashtag teile.

Lea fotografiert die Wachstuchdecke, die über dem Gartentisch hängt, hingebungsvoll in Nahaufnahmen. Auf der Decke sind verblichene Zitronen abgedruckt, und die dicken Fransen am Rand waren sicher einmal weiß, aber sind mittlerweile porös vergilbt, der Verfall dieser Wachstuchdecke ist wirklich fotogen. Ich frage mich oft, wenn ich Instagram anschaue, wieso so viele Menschen Bilder von alternden, kaputten oder verfallenden Gebäuden oder Gegenständen teilen und wie genau dieses Bedürfnis entsteht, alte Dinge zu dokumentieren. Wird die Vergangenheit realer, indem wir sie in die Virtualität überführen, oder geht es eher darum, Momente zu verewigen für eine Zukunft, in der uns vergilbende Wachstuchtischdecken wahrscheinlich überhaupt nicht interessieren?

Wenn ich alte Fotos betrachte, dann hauptsächlich, um das Dazwischen nachzuvollziehen, den Wandel von mir mit Zahnlücke, Flechtzöpfen und Schultüte zu der Person, die ich jetzt bin. Alles, was mich an den Fotos interessiert, ist in den Tagen, Stunden und Minuten geschehen, die nicht auf dem Bild festgehalten sind, die zwischen den Aufnahmen vergehende Zeit. Mich interessiert nicht, wie das Lübben von Lavinia historisch aussah, mich interessiert das im Text geschilderte Gefühl von Enge und von der Sehnsucht danach auszubrechen, selbst wenn man auf der Kometenjagd den Baum hinabfällt und dabei das Gehör verliert.

Es ist sehr ruhig hier, ich höre Bienen in den Brombeersträuchern summen und mache mich auf die Suche nach ihnen, um Fotos für meinen 3D-Drucker zu machen, aber die Bienen verschwinden genauso wie die grünen Käfer von gestern. Irgendwann beschließen wir, dass wir nicht im Spreewald gewesen sein können, ohne eine Kahnfahrt gemacht zu haben, und gehen gemächlich am Kanal entlang ins Ortszentrum. #LazyLübben hat uns völlig im Griff, wir bewegen uns wie schläfrige Raubtiere mit vollgefressenen Mägen.

Der Spreekanal ist voller Kähne, die im Schneckentempo gestakt werden, Paddlern und Kanuten, vielleicht ist nachmittags so etwas wie die Kanal-Rushhour, außer dass hier niemand in Eile zu sein scheint. Aber vielleicht liegt das auch nur daran, dass in meinem Kopf Eile und Lübben nicht zusammenpassen. An der Kahnstation befinden sich zwei weiße Gartenpavillons mit Bierbänken darunter; eine freundliche junge Frau, deren große Schneidezähne leicht übereinanderstehen, wie übereinandergeschlagene Beine, berät uns. Sie trägt einen langen Rock, der ihr bis zu den Knöcheln reicht, eine helle Bluse mit einer um die Taille gebundenen gelben Schärpe und ein um den Kopf gewickeltes Tuch. Ein wenig sieht sie aus wie die Zeichnungen dieser holländischen Käsefrau auf Gouda-Packungen, aber Johannes meint, deren Kopfbedeckung sei eine Flügelmütze und dies hier im Gegensatz dazu ein richtiges Tuch. Sie erklärt uns, dass ihre Kleidung die Alltagsvariante der traditionellen Tracht des Spreewaldes sei, und ich frage mich sofort, ob auch Lavinia solche Röcke und Tücher getragen hat. Irgendwie kann ich mir die Frau aus dem Fliegenkostüm kaum in einer solch idyllischen Tracht vorstellen.

Weil wir weder ein Kanu noch ein Paddelboot mieten wollen, sondern eine Kahnfahrt buchen, zeigt uns das Spreewald-Fräulein eine laminierte Karte mit verschiedenen Angeboten. Es gibt kurze und lange Touren, mit belegten Broten und ohne Gastronomie, Kahnfahrten mit Kaffeegedeck und Kahnfahrten mit einer Grillpause, Abendfahrten, Sonnenuntergangsfahrten und Lampionfahrten. Ich versuche die anderen von einer Lampionfahrt zu überzeugen, bei der über den Sitzbänken des Kahns große, in warmen Farben leuchtende Lampions hängen, aber Lea und Johannes wollen lieber eine Abendbrotfahrt mit einem typisch regionalen Gedeck aus belegten Broten und sauren Gurken. Zumindest kann ich so einmal etwas essen, was Lavinia wahrscheinlich auch gegessen hat, obwohl saure Gurken wahrscheinlich wenig mit ihrem Ausbruchsbedürfnis zu tun hatten.

Wir müssen noch eine knappe Stunde auf die Abfahrt unseres Kahns warten, sitzen am Rand des Kanals und lassen unsere Füße ins Wasser baumeln. Eigentlich lasse nur ich meine Füße ins Wasser baumeln, Lea ekelt sich vor dessen Farbe und den Fischen, die wahrscheinlich im Kanal leben, und Johannes hat so kompliziert gebundene Schuhe, dass er keine Lust hat, sie aus- und wieder anzuziehen, vielleicht ekelt er sich auch vor dem leichten Film aus Grünalgen und mag es nur nicht zugeben. Ich rühre mit meinen Beinen im Kanalwasser, es plätschert, wir hören Frösche quaken, und die Sonne scheint uns auf den Rücken. Lea macht #LazyLübben-Fotos von meinen Füßen im Wasser und von Johannes, wie er mit Sonnenbrille auf dem Rücken liegt.

Der nette Mann mit dunkelgrüner Weste über dem weißen Hemd und einer Kapitänsmütze auf dem Kopf stakt uns den Hauptkanal entlang. Auf dem Holztisch vor unserer Sitzbank steht mein Teller mit belegten Broten, dekorativ geschnittenen Radieschen und sauren Gurken, Lea sitzt uns gegenüber und isst Schmalzbrot, was Johannes ekelhaft findet, wobei er seinen Ekel mit dramatischen Gesten wieder und wieder zum Ausdruck bringt. Lea kann jedoch so gut genervt eine Augenbraue hochziehen und genüsslich weiterkauen, dass Johannes irgendwann aufgibt. Er hat sich mit mir gemeinsam für Butterbrot mit Schnittlauch entschieden. Wir trinken Bier, langsam stakt der Kahn voran.

Mit uns auf dem Kahn sitzt eine kleine Gruppe Senioren, die alle mit starkem sächsischen Dialekt sprechen. Die zwei älteren Herren haben sich zur Feier der Kahnfahrt ebenfalls Kapitänsmützen gekauft und trinken Bier, während die drei Damen gemeinsam auf die Sitzbank gequetscht sind, es sieht etwas eng und unbequem aus. Vorne im Boot, auf einer Sitzbank in Fahrtrichtung ohne Tisch, sitzt ein junges Liebespaar. Sie sitzen absichtlich eng beieinander, kichern und flüstern leise. Der Zopf des jungen Mädchens hängt über Leas Sitzbank.

Wir staken unter Trauerweiden hindurch und beobachten die vielen Stockenten, die neben dem Kahn desinteressiert gründeln. Ich schließe die Augen und möchte mich fühlen wie Lavinia in der Geschichte, aber Johannes fragt sofort, ob ich müde bin, die Senioren lachen laut, und das Liebespaar hat angefangen sich zu küssen. Ich sehe sie zwar hinter Leas Rücken nicht, aber die leisen Schmatzgeräusche machen mich kribbelig.

Mein Bauch ist voll mit Broten, der Kahn stakt beinahe unerträglich langsam, mir wird warm vom Bier, und Handyempfang gibt es auf dem Spreekanal außerhalb von Lübben auch nur sehr schwach, wie mir Lea gerade mitteilt, als sie versucht, auf Wikipedia nachzulesen, was Griebenschmalz genau ist. Sie sagt, in Mexiko habe es ein starkes Erdbeben mit Tsunamiwarnung gegeben, aber sie kann durch die schlechte Verbindung den Artikel nicht laden, weswegen wir nicht wissen, wie schlimm die Auswirkungen des Bebens waren und ob es überhaupt eine Flutkatastrophe gegeben hat. Neben dem Kahn geraten zwei Schwäne in Streit, zischend und fauchend heben sie ihre Flügel in kurvigen Drohgebärden.

Dawntastic: нести145

Am Sonntagmorgen zeige ich Lea und Johannes die Dawntastic-App. Johannes hatte ich bereits davon erzählt, und Lea hat schon mal einen Artikel über die App gelesen, aber sie noch nicht selbst ausprobiert. Sie findet den Gedanken, mit wildfremden Menschen am Telefon zu sprechen, etwas gruselig, aber ich sage ihr, dass man ja immer direkt auflegen könne. Wir lassen einen Weckanruf zu uns durchstellen: Der User kommt aus Russland, und sein Nutzername ist in kyrillischen Buchstaben geschrieben. Sein Avatar ist das Bild eines Bären und eines kleinen Mädchens mit pinkem Kopftuch und niedlichem Kleid.

»Das kenn ich!« Lea ist sofort begeistert. »Das sind Mascha und der Bär, meine Nichte schaut das ständig auf YouTube.«

Wir nehmen den Anruf an.

»Hallo Deutschland«, sagt eine Männerstimme mit kaum wahrnehmbarem russischen Akzent.

»Hallo, sprichst du Deutsch?«, sagt Johannes in das Handy, das ich zwischen uns Dreien mit Lautsprecherfunktion hochhalte.

»Ja, ich hab mal in Görlitz gearbeitet, einige Jahre lang. Als …«, er macht eine Pause und scheint über das Wort nachzudenken, »… Ingenieur. Ich habe als Ingenieur gearbeitet.«

»Dein Deutsch ist sehr gut«, sagt Lea.

»Wie viele seid ihr gerade?« Er klingt etwas irritiert von den verschiedenen Stimmen.

»Wir sind drei. Gerade machen wir Urlaub in Lübben, im Süden von Berlin«, sage ich. »Wo bist du genau?«

Er erzählt uns von Wladiwostok, der Hafenstadt, wo er lebt und als Ingenieur arbeitet. Es ist jetzt später Nachmittag in Wladiwostok am Japanischen Meer, und er verwendet die App aus Spaß und um Fremdsprachen zu üben, er kann auch ein wenig Englisch. Nach Moskau braucht man mit dem Zug sieben Tage, sagt er. Am pazifischen Ozean in Wladiwostok endet die transsibirische Eisenbahn. Manchmal besucht er seine Familie in Moskau, aber meistens sehen sie sich im Videochat. Wir erzählen von Berlin, und er lacht, als Johannes erklärt, dass wir alle drei mit Computern arbeiten. »Kann man denn ohne Computer überhaupt noch arbeiten?«, fragt er, als die Verbindung nach Wladiwostok von Dawntastic unterbrochen wird.

www.toboggan.eu/Lübben

Lieber Toboggan,

ich habe deinen Text gefunden und ihn gelesen, danach habe ich beschlossen, nach Lübben zu fahren – das war eine ziemlich spontane Idee. Es ist zwar nicht Frühling, sondern Spätsommer, aber ich habe die Spreekanäle gesehen, den roten Nil, Schwarzerlen, Trauerweiden, die bedrohlich grüne Vegetation und das gemächliche Plätschern einer Kahnfahrt erlebt. Lavinia kommt mir so wirklich vor, manchmal muss ich mich daran erinnern, dass du den Text geschrieben hast. Du hast ihn geschrieben, oder nicht? Warst du schon in Lübben oder hast du einfach das Internet benutzt, um für deinen Text zu recherchieren?

Der Halleysche Komet wird erst 2061 wieder für uns sichtbar sein, vielleicht leben wir dann noch, oder es hat dann schon ein Asteroid unseren Planeten zu durch die Galaxie fliegenden Staubteilchen pulverisiert. Als er 1986 das letzte Mal die Erde umkreiste, war ich noch nicht geboren, noch nicht mal ein ausgesprochener Wunsch meiner Eltern. Damals konnte der Kometenkern erstmalig von Raumsonden fotografiert werden, wusstest du das?

Skandale und Panik gab es wohl 1986 nicht mehr, dafür flogen fünf Raumsonden in seine Nähe, um unsere Neugier zu stillen. Sollte ich vor meinem 73. Geburtstag sterben, das tun übrigens mehr als 20 % der Menschen in Deutschland, dann werde ich gelebt haben, ohne jemals unter dem Schweif des Halleyschen Kometen geschlafen zu haben. Die Chance steht 1 zu 5, aber wenn man der Ausreißer in der Statistik ist, dann werden alle Zahlen irrelevant, vermute ich.

Der einzige Komet meiner Erinnerung ist Hale-Bopp, der 1997 viele Nächte lang unglaublich hell leuchtete. Ich erinnere mich, dass ich oft abends mit meiner Mutter im Wendehammer der Straße stand, in der ich aufwuchs. Der Wendehammer ist ein wichtiger Teil so vieler meiner Kindheitserinnerungen. Wir schauten in den Nachthimmel zu dem Himmelskörper mit seinem langen Schweif, und es kam mir unfassbar vor, dass der Komet nun für mehr als 2400 Jahre für das menschliche Auge verschwinden würde, noch einige Jahrzehnte würden Astronomen ihn sehen können, jedoch immer unschärfer werdend, bis er verschwunden sein wird. Das war wahrscheinlich das erste Mal, dass mir bewusst wurde, wie irrelevant ich bin, mit Blick auf die Zeitläufe des Universums.

Obwohl ich in Lübben war, vor Ort sozusagen, fühlte ich mich Lavinia nicht näher. Es war wirklich ein schönes Wochenende, und Lübben ist eine interessante kleine Stadt, aber das Gefühl, das ich beim Lesen der Geschichte empfand, wurde nicht intensiver. In Lübben haben wir über Dawntastic mit einem Ingenieur in Wladiwostok telefoniert, das Erdbeben in Mexiko verfolgt und Fotos mit unseren Freunden in Berlin geteilt. Vielleicht konnte ich deswegen nicht die Enge verspüren, die Lavinia auf die Erle klettern ließ?

Kennst du Hikikomori? Das ist ein japanischer Begriff für

ein Phänomen, das es sicherlich auch außerhalb Japans gibt: erwachsene Menschen, die sich in ihre Zimmer oder Wohnungen zurückziehen und nicht mehr an der Gesellschaft teilhaben. Sie wollen nur noch so wenig Menschen wie möglich in der Realität treffen. Früher sind Einsiedler auf Berge gestiegen, in die Wüste oder abgelegene Hütten gegangen, um der Begegnung mit den Menschen zu entgehen, meist aus religiöser Überzeugung. Der Hikikomori bleibt jedoch nicht alleine, stattdessen ist er mit dem Internet an den ganzen Globus angebunden, kann potenziell im Kontakt mit allem stehen. Das Einzige, was er ablehnt, ist die fleischliche Welt, für ihn eine Welt aus Körpergerüchen, Ausdünstungen und schwitzigen Berührungen.

Hikikomori möchte ich nicht sein, weil ich gerne in der Welt außerhalb meiner Wohnung bin, aber bei meinem Ausflug nach Lübben habe ich gedacht, dass ich Lavinia virtuell genauso nahegekommen wäre wie in Lübben, wo ich sie nicht finden konnte.

Ich habe für dich eine Datei zum Ausdrucken erstellt, wenn du herausfindest, was es ist, dann melde dich!

LaviniaLübben.stl

public static Life five(){ return null; }

/* *Spenden an Charity von Mitarbeitern aus dem Team werden von der Firma verdoppelt. Wir glauben daran, der Gesellschaft etwas zurückzugeben. Wir wollen das Gute. Don't be evil. Unser Logo ist gelb-rot.* */

Es ist Montag: Sushi-Tag. Jeden Montag kommt Alex ins Büro, an den anderen Wochentagen ist er meistens auf Meetings, aber das frisch gemachte Sushi lässt er sich fast nie entgehen. Vor einigen Monaten hat Nila vorgeschlagen, dass wir uns einmal in der Woche einen Sushi-Chef ins Büro holen. Nila ist Amerikanerin, Senior Data Analyst, und hat vorher im Silicon Valley bei einem Startup gearbeitet – deswegen hat sie bei uns im Büro den Status, den vermutlich eine frisch von der Pilgerfahrt nach Lourdes zurückgekommene niederbayrische Kirchenkreis-Omi bei ihrem Kaffeekränzchen hat. Sie ist sowieso nur in Berlin, weil ihr deutscher Freund die Berliner Startup-Szene kennenlernen wollte – ich glaube, dass er Heimweh hatte, aber wer sagt schon, dass er fort will aus dem binären Paradies des Silicon Valley? Heimweh ist so analog, so wenig global. Er arbeitet bei einem anderen Unternehmen, der Tochterfirma eines großen amerikanischen Software-Konzerns, kommt jedoch alle zwei Wochen zum Samstagsgrillen. Da Nila eigentlich immer im Büro ist, frage ich mich manchmal, ob ich ihren Freund genauso oft sehe wie sie.

Am liebsten spricht Nila über Data-Mining und davon, dass die angesammelten Daten, die sie für Marketing und Development analysiert, die Goldnuggets des digitalen Zeitalters seien. Ich höre immer freundlich zu und stelle mir vor, wie Nila mit einer Goldwäscherpfanne bewaffnet in einem Mainframe-Computer sitzt. Während Daten ungebremst an ihr vorbeirauschen, hält sie immer wieder ihre kleine Pfanne in den Fluss aus Bits und Bytes und angelt grün-goldene Datenpakete heraus. Sie scheint mir diese Gedanken nicht anzumerken und redet munter weiter über Daten und deren Analyse. Vielleicht ist es ihr auch egal, ob ich ihr zuhöre, und sie übt nur für ihre nächste Konferenzpräsentation.

Weil Nila also davon geschwärmt hat, dass an ihrem letzten Arbeitsplatz immer frisches Sushi zubereitet wurde, hat Alex sofort reagiert. Seitdem kommt jeden Montag Kosei zu uns ins Büro. Er ist Japaner, Alex hätte nie einen anderen Sushi-Chef in unser Büro gelassen. Kosei steht an einem langen Tisch in der Nähe der Snackbar und packt mit geübten Handgriffen die Zutaten aus seinen Styropor-Kühlkisten. Er legt alle Utensilien auf dunkelrote Platten, breitet die Bambusmatte aus, auf der er das Sushi später formt, und am Ende zieht er immer seine großen Messer aus einer schwarzen Messertasche. Er hackt und schneidet, rollt und knetet mit präzisen Handgriffen, während die Hälfte der anwesenden Angestellten fasziniert über ihre Bildschirme zu den fliegenden Klingen hinüberschaut. Jede Woche versammeln sich einige Mitarbeiter – Johannes ist fast immer dabei – um Kosei und lassen sich von ihm Tricks und Tipps für die Sushi-Zubereitung geben.

Die meisten von uns kaufen Take-out, wenn sie nach der Arbeit nach Hause kommen, für wöchentliches Kochen haben eigentlich nur die Zeit, die gerade einer bestimmten Diät folgen, sich ernähren wie Steinzeitmenschen oder Zucker wie Rattengift vermeiden. Manchmal werde ich von Kollegen zum Essen eingeladen, dann werden alle Küchenregister gezogen. Wir haben gute Gehälter und wenig Zeit, dementsprechend besitzen viele von uns verschiedenste teure Gegenstände, die wir nur selten benutzen: exklusive Fleischgartöpfe, französische Bräter mit farbenfrohem Vintage-Emaille, finnische Martinigläser.

Für die seltenen Kochabende werden spezielle Zutaten

gekauft; Gabriel, der CTO, hat uns einmal zu einem Herbstmenü in seine Wohnung eingeladen und uns als Vorspeise einen spanischen Schinken kredenzt, den er sich vorab extra in einer Holzkiste liefern ließ. Den Abend hindurch nippten die Gäste an ihrem Manzanilla Sherry und fachsimpelten über die Vorzüge der Eichelmast und den besonderen Geschmack schwarzklauiger Schweine, als ob diese Dinge allen Ernstes interessant wären.

Kosei ist ein Itamae, das ist ein gelernter Sushi-Koch. Er hat mir das erzählt, als ich ihn gefragt habe, wie lange er ausgebildet wurde. Während er ohne hinzuschauen mit seinen Messern ein Stück Thunfisch in perfekte Streifen schnitt, hat er mich angegrinst: In den ersten zwei Lehrjahren bei seinem Meister durfte er zunächst nur wenige Zutaten zubereiten, bevor er zum Wakiita aufstieg. Das bedeutet, er stand neben dem Schneidebrett seines Meisters, hat ihm zugearbeitet und beobachtet, wie er die Kunden bediente. Er war dann nur drei Jahre lang Wakiita, erzählte Kosei stolz, andere brauchen dafür deutlich länger. Ich habe ungläubig geschaut: Seine Ausbildung hat fünf Jahre gedauert!

Ich kenne niemanden, der länger als fünf Jahre in einem Startup gearbeitet hat, bevor es zu einem Verkauf oder einem Börsengang kam. Nach einigen Jahren werden die meisten ungeduldig und fragen sich, ob ihre Anteile wirklich die Verheißung einlösen werden, mit der sie einmal empfangen wurden, oder ob das Unternehmen auf die Pleite zusteuert. Kosei hat fünf Jahre sein Handwerk perfektioniert, und ich weiß nicht, ob ich das traurig oder wunderbar finden soll.

WFE (4) – Wait for Event

```
WiFi: On
    BiFi
    DanielFlo
    Free CeX
    Lantastic
    Sandokan
    VodafoneHomespot
    Voyager
    WLAN-G75E2Q
    WLAN-XACKSZ
    ZeldasMauseloch
```

Es dauert ungefähr zwei Wochen, bis unter meinem letzten Brief an Toboggan ein Bild gepostet wird. Auf dem Foto ist eine Steinoberfläche zu sehen mit Schriftzeichen, die ich nicht verstehe. Sie sehen aus wie der Zeichenwirrwarr aus dem Comic mit Asterix und Kleopatra, wenn die Sprache der Ägypter in den Sprechblasen mit Hieroglyphen dargestellt wird. Mit der Zoomfunktion schaue ich mir das Bild genauer an, wieder und wieder tauchen auf dem Foto Vögel auf.

Ich lade das Bild in die Reverse Google Image Suche hoch, jetzt prüft der Suchalgorithmus, ob es Bilder mit den gleichen Inhalten gibt. Nach wenigen Rechenmomenten werde ich direkt auf zahlreiche Bilder eines mit Schriftzeichen verzierten Steins verwiesen: der Rosetta-Stein. Ich muss grinsen, er hat also herausgefunden, was die 3D-Datei darstellen sollte. Interessiert lese ich den Wikipedia-Artikel zum Rosetta-Stein, der eine Inschrift mit Schriftzeichen aus drei Sprachen trägt: Demotisch, Hieroglyphenägyptisch und Altgriechisch. Dank der Dreisprachigkeit des Steins konnten die Hieroglyphen entschlüsselt werden.

Nach diesem Stein wurde dann die Rosetta-Sonde der ESA benannt, die 2004 in den Weltraum startete. Zwölf Jahre und eine weite Reise durch das Weltall später war sie die erste Sonde, die auf einem Kometen landete, nachdem sie zuvor zwei Jahre um ihn herumgekreist war. Der Komet heißt 67P/Tschurjumow-Gerassimenko. An Bord der Rosetta-Sonde war, ähnlich wie bei der Voyager viele Jahre zuvor, eine Nickelscheibe des Rosetta-Projektes, das versucht, die menschlichen Sprachen zu dokumentieren. Die ESA veröffentlichte ein 3D-druckbares Modell des Kometen, das ich für Toboggan im Blog bereitgestellt hatte. Er scheint also herausgefunden zu haben, was es für ein unförmiger Klumpen war, der da aus seinem 3D-Drucker kam.

Ich warte einige Tage auf eine weitere Nachricht von Toboggan, ich möchte mehr Rätsel lösen und Spuren suchen und außerdem einen nächsten Teil der Geschichte von Lavinia lesen. Doch es erscheinen keine weiteren Kommentare, jeden Tag schaue ich durch den Quellcode meiner Website, aber finde keine neuen Texte, nicht mal kleinere Unregelmäßigkeiten. Ich kopiere den Code und vergleiche ihn mit älteren Versionen, um keine noch so mikroskopische Änderung zu verpassen.

Abends sitze ich an meinem Schreibtisch und ärgere mich,

dass ich es nicht geschafft habe, die Bienen und Käfer aus Lübben vernünftig zu fotografieren und meiner 3D-Sammlung hinzuzufügen. Ich finde ein 3D-Modell des Rosetta-Steins vom British Museum, das zahlreiche seiner Objekte als 3D-Modelle zur Verfügung stellt, vielleicht kann man sich die Gegenstände zu Hause ausgedruckt genauer angucken als mit unzähligen anderen Museumsbesuchern über eine Vitrine gebeugt.

Ich beschließe, in Ermangelung der Lübbener Bienen, den Rosetta-Stein zu drucken. Es ist noch recht früh, also starte ich den Drucker direkt. Ich beobachte, wie der Drucker die weißen Plastikschichten Stück für Stück aufträgt, der Geruch macht mich glücklich, obwohl er wahrscheinlich nicht besonders gesund ist. Das Ganze wird eine Weile dauern, also beschließe ich, eine Radtour zu machen und Sommerrollen zu kaufen. Als ich einige Zeit später wieder in die Wohnung komme, ist der Rosettastein halb fertig. Ich setze mich davor und tunke meine Sommerrollen in den süßsauren Dip, der in einem kleinen Plastiktöpfchen zusammen mit den Sommerrollen verkauft wird und schon viel zu oft beim Radfahren in meiner Tasche ausgelaufen ist. Kauend beobachte ich, wie die letzten Schichten des Steins aufgetragen werden.

Ich habe ihn recht klein gedruckt, sodass die Schriftzeichen nicht besonders gut zu erkennen sind. Mit zusammengekniffenen Augen hocke ich neben dem Drucker und überlege, ob ich noch mal eine größere Variante ausdrucken soll, verschiebe es aber auf später. Um die Schriftzeichen richtig gut lesen zu können, müsste man den Stein wahrscheinlich mit einem industriellen 3D-Drucker ausdrucken, und es würde Unmengen Plastik verbrauchen.

Ich öffne das Bild des Rosetta-Steins, das Toboggan mir auf meinen Blog kommentiert hat, und versuche zu vergleichen, ob sich die Schrift auf dem 3D-Druck überhaupt sinnvoll erkennen lässt. Während ich durch das Foto scrolle und mich immer wieder zu meinem Objekt beuge, um die Schriftzeichen im Plastik besser zu erkennen, fällt mir auf, dass das Bild in der unteren Ecke sonderbar undeutlich ist. Zwischen den Schriftzeichen am unteren rechten Rand, dort wo die griechischen Buchstaben sind, ist ein verschwommenes Viereck. Ich ziehe das Bild mit den Fingerspitzen in die Vergrößerung, zoome an die Pixel heran und sehe die typischen dunkelgrauen Kästchen zwischen den hellen Pixeln: Ein Micro-QR-Code. Für einen Moment bin ich zwischen anerkennendem Nicken und idiotischem Lachen hin- und hergerissen.

Als ich das Foto an meinem Computerbildschirm öffne und so groß scrolle, dass der QR-Code gut sichtbar und scanbar ist, frage ich mich, warum ich nicht früher auf die Idee gekommen bin, im Bild selbst nach Spuren zu suchen. Ich nehme mein Handy und scanne den Code, er führt mich auf eine txt.fyi-Seite.

Sancta Susanna – Berlin, 1917

Es klirrte, als dem Kellner des Romanischen Cafés das Tablett aus der Hand rutschte. Mit einer flinken Armbewegung schaffte er es noch, eines der herabrutschenden Gläser zu greifen; das darin transportierte, mit Schnittlauch garnierte Ei sprang jedoch hinaus und über den Dielenboden des Cafés. Es war so hart gekocht, dass es wie ein Gummiball auf und ab hüpfte. Flusen und Sand des Dielenbodens vermischten sich mit den Kräuterschnipseln auf dem weißen Ei, das ergraut unter einen Kaffeetisch rollte.

Der Kellner kniete sich hin und suchte das Ei zwischen den Hosenbeinen und Rocksäumen der Cafégäste. Eine Tasse Tee war ebenfalls auf dem Boden zerbrochen, er sah die Scherben meterweit verstreut. Der goldbraune Tee war an seinen Hosenbeinen hinaufgespritzt. Auch der Samtmantel des dunkelhaarigen Mädchens, das dem am Boden hockenden Kellner am nächsten saß, hatte einige Flecken abbekommen, die er jedoch rasch mit der Serviette forttupfte. Das Mädchen und ihr rauchendes Gegenüber, ein Herr mit Stirnfalte und ungepflegter Strubbelfrisur, schauten den Kellner geistesabwesend an und wandten sich zurück zu den Papieren, die verstreut vor ihnen lagen.

»Nun haben wir ein Jahr lang gearbeitet. Unser Verständnis der neuen Theaterform ist wirklich weit gediehen, jetzt müssen wir endlich etwas aufführen. Ich denke, Stramms Text ist perfekt für die Premiere der Sturmbühne. Den Symbolismus im Stück werden wir streichen, die Schauspielerinnen sollten eher wie Marionetten aussehen und nicht wie Nonnen.« Der Herr machte eine Pause, zog nachdenklich an seiner Zigarette, bevor er fortfuhr. »Es bleibt nur eines zu klären: Fräulein Schulz, sind Sie bereit, diesen Text so radikal zu spielen, wie er gedacht ist?«

Lavinia raschelte mit ihren Papieren, bis sie den gesuchten Text fand, und las vor: »... reißt sich Brustschleier, Kopftuch und Binde ab ... Soll ich also auf der Bühne nackt sein, Herr Schreyer?«

»Ohne Blöße kann die Verwandlung der Susanna, ihre Überwältigung durch die vitalen Lebenskräfte der Mainacht, gar nicht glaubwürdig gezeigt werden. Für diesen Text gilt: nackt oder gar nicht.« Nachdrücklich legte Lothar Schreyer beide Hände auf die Marmoroberfläche des Tisches, der weiße Stein mit dem grauen Adermuster betonte seine nikotingelben Fingerspitzen.

Als Lavinia langsam nickte, lächelte Lothar Schreyer zufrieden.

»Sicherlich wird es Protest und Entrüstung geben, vielleicht sogar ein Verbot, aber das wird unsere Sache eher befördern. Und Sie, Fräulein Schulz, sind von all meinen Schülerinnen am besten geeignet, die Susanna auf die Bühne zu bringen.«

Durch die Drehtür zog ein kalter Luftzug zu dem Tisch von Lavinia und Lothar Schreyer, als eine sehr schlanke Frau mit einem riesigen Medaillon um den Hals das Café betrat. Sie nickte kurz dem Portier zu, der sie mit einem knappen Lächeln begrüßte, und ließ ihren Blick über die anwesenden Gäste schweifen. Als sie Lothar Schreyer erkannte, begann sie zu lächeln.

»Ah, die Stieglitz, eine harte Probe für meine Nerven, aber künstlerisch für uns eine Notwendigkeit«, sagte Lothar Schreyer, während sich die junge Dame durch das volle Café einen Weg zu ihnen bahnte.

»Guten Tag, Herr Schreyer, wie gut, Sie hier zu treffen.« Fräulein Stieglitz reichte ihm die Hand. »Und meine liebe Lavinia ebenfalls«, sagte sie mit einem Kopfnicken in ihre Richtung.

»Irma, wir sprechen gerade über die *Sancta Susanna*, du kommst genau richtig. Die Rolle der Magd ist perfekt für dich, nicht als Mensch, sondern als klingende Farbform«, sagte Lavinia.

Irma Stieglitz schaute mit einem verständnislosen Lächeln von Lothar Schreyer zu Lavinia Schulz und winkte einen Kellner an den Tisch, bestellte sich zwei Makrönchen und einen schwarzen Kaffee, bevor sie sich in das Gespräch mit Lavinia und Lothar Schreyer vertiefte: Farben, Formen, Theaterrevolution.

Als Lothar Schreyer nach einer Stunde die Rechnung bezahlte und sich auf den Weg zu Herwarth Walden machte, mit dem er weitere Angelegenheiten zur Premiere der Sturmbühne besprechen wollte, blieben Lavinia und Irma noch eine Weile sitzen.

»Also diese schwarze Spinne, ekelhaft. Was für ein sonderbares Theaterstück. Ich beneide dich nicht um deine Rolle. Warum, glaubst du, will er dich die Susanna spielen lassen?«

»Er hat nicht viel dazu gesagt, nur dass es unumgänglich sei, die Susanna nackt auf die Bühne zu bringen. Wahrscheinlich weiß er, dass ich bereit bin, alles einzusetzen für das neue Theater.«

»Falls du Angst hast, nackt auf der Bühne zu stehen, habe ich hier ein gutes Mittel gegen Lampenfieber.« Irma kramte in ihrer lilafarbenen Pochette und zog ein herzförmiges Silberdöschen heraus. Sie lehnte sich zu Lavinia hinüber und ließ mit weltmännischer Geste den Deckel aufschnappen. In der Dose befand sich weißes Pulver.

»Kokain?«, fragte Lavinia, die Augenbrauen hochgezogen.

»Das erste Mal habe ich Kokain probiert, als mein Bruder Herbert auf Heimaturlaub war. Unsere Jungs in den Schützengräben nehmen es alle, ansonsten würde man es da gar nicht aushalten, sagt er. Er hat mir die Dose geschenkt, es ist kein Problem, in Berlin an Nachschub zu kommen. Wenn du aufgeregt bist, hilft es dir. Du hast ja noch keine Erfahrung vor Publikum auf der Bühne.«

»Danke, das ist sehr liebenswürdig, aber es ist gar kein Problem für mich, nackt zu sein, wenn die Aufführung es erfordert. Ich will die Sturmbühnen-Premiere ganz bewusst erleben.«

Irma Stieglitz zog lächelnd an ihrer Zigarette, Lavinia beobachtete den Lippenstiftrand an ihrer Kaffeetasse, ihre sorgfältig gelegten blonden Locken und die Art, mit der sie den Rauch aus gespitzten Lippen hoch in die Luft blies, in die Kuppel aus abgestandener Luft, Parfümgeruch und Zigarettenqualm, die über dem vollen Café hing. Sie würde es Irma nie sagen, aber es war für Lavinia völlig offensichtlich, dass die Rolle einer von erotischen Gefühlen überwältigten Nonne nicht glaubwürdig von ihr gespielt werden konnte. Die Nacktheit wäre kein Problem für Irma, bloß die Unschuld würde ihrem verlebten Gesicht niemand abnehmen.

Das Murmeln der vielen Cafégäste wirkte einschläfernd, und während Irma sich an den Nachbartisch setzte, um mit zwei jungen Künstlern in etwas zu speckigen grauen Anzügen zu schäkern, trank Lavinia ihren Tee, den der Kellner ihr zum Ausgleich für den befleckten Mantel auf Kosten des Hauses serviert hatte, und zeichnete mit dem Bleistift verzerrte Gesichter auf das Manuskript des Stückes. Um den Gesprächen von Irma und ihren Bewunderern zu lauschen, hätte Lavinia den Kopf drehen müssen, ihnen ihr linkes Ohr zuwenden. Auf dem rechten Ohr hörte sie zwar wieder, jedoch nicht besonders gut. Stattdessen konzentrierte sie sich auf die gezeichneten Fratzen, die ihr leicht von der Hand gingen.

Seitdem sie in Schreyers Bühnenklasse begonnen hatte,

zeichnete Lavinia nur noch wenig. In die Kunstakademie ging sie nur, um die Theaterproben zu besuchen, die im selben Gebäude stattfanden. Irma kam selten zu den Proben, dafür hatte sie sich in den letzten Monaten einen mondänen Ruf in Berlins Nachtleben erarbeitet. Im Gegensatz zu Lavinia interessierte sie sich nicht im Geringsten für die Idee, ein neues Theater aufzubauen, das sich abhob von den langweiligen Stücken, die sie sich regelmäßig auf den Berliner Bühnen anschauten.

Irma wollte nur auf der Bühne sein, Schreyers Theaterexperiment war da eine Gelegenheit von vielen. Lavinia hingegen sehnte sich nach der Theaterrevolution, passend zum Umbruchsgefühl, das undefiniert durch die Straßen waberte und sich immer wieder in Schlägereien unterschiedlicher politischer Gruppen entlud. Sie hatte Lyrikabende in der Sturm-Galerie besucht und war fasziniert von den radikalen Sprachverstümmelungen, wollte teilhaben an diesem eindringlichen gegenwärtigen Rhythmus. Sie wusste, dass mit der Aufführung der *Sancta Susanna* eine Revolte auf der Bühne stattfinden würde, und sie mittendrin. Nackt.

Eine Bühne, die Wände schwarz, rot, gelb und grün, kreisförmige Farbflächen. Davor zwei Frauen, Mainacht im Kloster. Schwester Klementia trug eine Maske über dem Gesicht. Der berauschende Duft des blühenden Flieders drang zu den Nonnen herein. Ein Dienstmädchen wälzte sich mit ihrem Geliebten auf dem warmen Boden. Schwester Susanna und Klementia beteten singend für die Sünder der Mainacht, schrilles Lachen außerhalb der Klostermauern. Die alte Klementia berichtete von der gefallenen Beata, die vor vielen Jahren, von ihren erotischen Fantasien überwältigt, ihren nackten Körper an der Jesusstatue rieb und dafür hinter dem Altar eingemauert wurde.

Seitdem musste die Jesusfigur, Quelle der Verführung der jungen Nonne, ein Tuch um die Lenden tragen. Als die Windböen noch mehr Fliederduft in das muffige Kirchenschiff drückten, riss sich Schwester Susanna ihren Habit vom Kopf, warf ihre Kleidung auf den Boden. Wilder Gesang. Sie stand nackt vor ihrem Heiland, am Kreuz über ihr. Überwältigt zog sie dem Gekreuzigten das Lendentuch von der Hüfte, schmiegte sich rhythmisch an die kühle Statue, als ihr eine große schwarze Spinne auf die Wange fiel. Haarige dicke Beine krabbelten über ihre Haut, sie schrie gellend, warf sich auf den Boden, schlug mit dem Kopf rhythmisch gegen den Stein. Aus ihrer Augenbraue tropften Blutstropfen, rannen ihr Gesicht hinab über den nackten Körper. Susanna stand nackt, umringt von maskierten Nonnen. Sie schrien lauter und immer lauter »Satana!«, unerträglicher Lärm, Geschrei, Kakophonie, bis der Vorhang fiel.

Lavinia stand am Bühnenrand, das Kostüm wieder übergeworfen, das in seiner geometrischen Abstraktion kaum an einen Habit erinnerte. Sie schaute über die Köpfe des Publikums hinweg. Frenetischer Beifall, einige Zuschauer standen auf den Stühlen des Künstlerhauses, andere verließen schimpfend den Saal. Polizisten kamen durch die Flügeltüren und trennten wütende Zuschauer voneinander, Programmzettel flogen zusammengeknüllt auf die Bühne, während der Applaus anschwoll. Die gewaltige Energie, die Emotionen des Publikums, die Wut und die Begeisterung, entluden sich gegeneinander. Lavinia verbeugte sich, wieder und wieder und wieder, schweißnass klebten ihre braunen Haare an der Stirn.

Die Straßenbahn ruckelte so stark, dass Lothar Schreyer immer wieder gegen Lavinias Schultern prallte, worauf er jedes Mal lallend um Verzeihung bat. Er rief seine Begeisterung über das Rattern hinweg, seine Wangen glühten. Das Theaterensemble, Gäste, Freunde der Sturm-Galerie und Anhänger des neuen Theaters besetzten die komplette hintere Hälfte der Straßenbahn auf dem Weg zum Ballhaus zur Fortsetzung der Premierenfeier.

Im vorderen Teil saß eine Gruppe rauchender Kommunisten mit Ballonmützen, einer trug eine rote Binde um den Oberarm. Als die Theaterleute an der Haltestelle in die hell erleuchtete Nacht drangen, begannen die Kommunisten in der Straßenbahn eine Schlägerei mit neu zugestiegenen Soldaten, von denen einer einen dicken Verband um den Kopf trug. Lavinia hörte das Klatschen von Fäusten auf bartstoppeligen Männerwangen, als die Straßenbahntür sich hinter ihr schloss.

Am Rinnstein fegte ein alter Mann Pferdeäpfel zusammen und lud sie, ohne aufzuschauen, auf seinen Mistwagen. Die Gruppe bewegte sich die Straße hinab in Richtung des Ballhauses, aus dem lauter Tango auf die Straße drang. Kleine Grüppchen standen vor dem Tanzlokal im Lichtkreis der Laternen, die Mantelkragen gegen die kalte Herbstluft hochgeschlagen. Irma hatte sich bei Lavinia untergehakt und kicherte aus ihrem bemalten Gesicht in die Berliner Nacht hinein.

»Mein lieber Herr Schreyer, was für ein Erfolg. Ihre Frau wird begeistert sein. Wir können nur hoffen, dass die Kritiker verstanden haben, was heute auf der Bühne stattgefunden hat. Lavinia du warst revolutionär, so nackt«, rief Irma durch den Lärm, als Lothar Schreyer ihnen die Tür zum Ballhaus aufhielt.

Drinnen wanden sich Rauchschwaden spiralförmig bis zur hohen Decke, und ein riesiger Kronleuchter aus dekorativem Kristall übergoss den Saal mit warmen Glitzerfunken. Eine Tanzkapelle spielte abwechselnd Tango und langsamere Stücke, zu denen die Gäste aneinandergeschmiegt über das Parkett glitten, gefolgt von schnellen Revuenummern und Ragtime. Die Tanzfläche war voll, an den Tischen am Rand des Lokals wurde Schaumwein und Gin getrunken.

Als Irma dieses Mal ihren Tischnachbarn eine Prise aus ihrem silbernen Herzen anbot, griffen alle zu. Das Kokain wirkte rasch. Lavinia zog Irma zum Tango auf die Tanzfläche. Unter der Hand, mit der sie Irma an sich drückte, konnte sie deren galoppierenden Herzschlag unter dem Stoff ihres Kleides fühlen. Sie drehten sich mit zusammengepressten Körpern zwischen den anderen Tanzenden, schweißnasse Oberhemden und kühle Kleiderstoffe, dazu das euphorische Blitzen in Irmas Augen. Das Gefühl, zum richtigen Zeitpunkt an exakt dem besten Flecken Erde zu sein, hämmernder Herzschlag in den Trommelfellen, Gin-Geschmack auf der Zunge.

Irmas Lippen rot und glänzend, das fahle Gesicht übersät vom prismatischen Funkeln des Kristallleuchters, die weichen Bewegungen ihrer Hüften, Zusammenstöße mit anderen Paaren. Lavinia wirbelte ihre Tanzpartnerin herum, das Klavier hämmerte schneller, als sich Irma plötzlich mit einem panischen Fiepen auf ihren Unterarm schlug. Sie stieß Lavinia von sich und rutschte auf die Tanzfläche. Dabei kratzte sie sich immer weiter an den Unterarmen. »Fliegen, Fliegen, überall Fliegen … Fliegen«, stammelte Irma, während Lavinia versuchte, ihr beruhigend über den Rücken zu streicheln. Um sie herum drehten sich die Tanzenden durch die Rauchschwaden, ohne die wimmernde Frau in ihrer Mitte wahrzunehmen.

public static Life six(){ return null; }

/*Stillstand ist unser Gegner – wir sind jung und dynamisch, jederzeit zu Veränderungen bereit. Regelmäßig erproben wir neue Strategien, damit wir als Team wachsen und produktiver werden.*/

Martin ist so begeistert, dass er seinen Kugelschreiber die ganze Zeit zwischen den Fingern hin und her kreisen lässt, zwischendurch schnipst er ihn mit einer Drehung in die Luft und fängt ihn dann wieder auf, um ihn weiter von Finger zu Finger zu wirbeln. Ich kann mich auf nichts anderes konzentrieren, obwohl Johannes eindringlich auf mich einredet. Ob er diese Tricks mit einem YouTube-Video gelernt hat oder kann er das schon länger? Während ich auf den hypnotischen Kugelschreiber starre, überlege ich, ob ich diese Kunststücke schon in früheren Meetings gesehen oder ob ich immer nur vor mich hin geschaut habe.

Wir warten auf Nila, das restliche Team Rot ist bereits um den Konferenztisch versammelt. Irgendwann gibt Johannes auf und dreht sich zu Lea, die auf der anderen Seite neben ihm sitzt. Ich weiß nicht, was genau Martin uns berichten will, aber von seinem eigenen Kugelschreibertwirlen wird er offensichtlich immer aufgeregter. Sein Gesichtsausdruck ist fröhlich, also wird er uns etwas zu sagen haben, das zumindest in seiner Welt durchweg positiv ist. Als Nila endlich durch die Glastür eilt und sich an den Tisch fallen lässt, springt Martin auf und begrüßt uns zu diesem Meeting.

Er sagt, dass er gemeinsam mit Alex überlegt hat, etwas Neues auszuprobieren, damit das Team noch besser zusammenwächst. Die Wahl sei auf uns gefallen, als Belohnung für den erfolgreichen Wettkampf. Als er seine Projektion startet, erscheint auf dem Whiteboard hinter seinem Rücken eine Gruppe sehr attraktiver junger Menschen in Sommerkleidung, einige mit Kopfhörern, die jedoch um ihren Hals hängen, weil sie sich lachend mit ihren ebenso glücklichen Sitznachbarn austauschen. Sie sitzen an einem Holztisch, vor sich geöffnete Notebooks, einige schauen in Smartphones, dahinter Palmen.

»Martin will mit uns in den Urlaub fahren«, flüstert Johannes mir ins Ohr, während Martin zum nächsten Bild klickt: Menschen in Hängematten, ein Mann ohne T-Shirt hat sich einen weißen Hut aufs Gesicht gelegt, wieder Palmen, danach kommen noch Bilder vom gemeinsamen Kochen mit exotischen Zutaten, auf dem großen Holztisch Früchte, die aussehen wie Spielzeug von Außerirdischen, danach Gruppen beim Beachvolleyball und eine Frau, die auf ein unter einer großen Palme stehendes Whiteboard schreibt.

»Martin will mit uns im Urlaub arbeiten«, flüstert Johannes wieder, dieses Mal etwas zu laut. Lea dreht sich zu ihm um und zieht vorwurfsvoll die Augenbrauen zusammen, denn Martin beginnt gerade zu erklären, was geplant sei: »Vielleicht habt ihr schon von Drift gehört, ein junges Unternehmen, das an zahlreichen Orten auf der Welt Co-Working-Spaces bereithält mit exzellentem Internet und Räumen in exklusiver Ausstattung. Die Angebote richten sich an Digital Nomads, aber auch an Tech-Unternehmen, die mit ihren Mitarbeitern intensive Arbeitsphasen an fantastischen Orten durchführen wollen. Wir werden gemeinsam zehn Tage in Barcelona verbringen, davon sind drei Tage für den Mobile Summit geplant, eine der größten Tech-Konferenzen weltweit. Wir haben relativ kurzfristig beschlossen, Drift auszuprobieren, und da sowieso drei Leute aus unserem Team zum Mobile Summit fahren sollten, passte uns Barcelona am besten. Der Summit ist Anfang Oktober und am Ende unseres Aufenthaltes in Spanien. Wir werden also schon in drei Wochen losfahren. Das ist natürlich ziemlich kurzfristig, es wäre trotzdem gut, wenn alle aus dem Team mitfahren würden. Sollte ihr mit dem Termin Probleme haben, dann kommt bitte auf mich zu.«

SEV (1) – Set Event

Scrum:
Der Titan Atlas aus der griechischen Mythologie trägt das Himmelsgewölbe. Beim Anblick des furchterregenden Gesichts der Medusa ist er versteinert. Scrum lautet das englische Wort für Gedränge, speziell beim Rugby – eine Methode des Projektmanagements, die bei der Softwareentwicklung entstanden ist. Das Gedränge bündelt Aktivitäten, Artefakte und Rollen. Scrum ist gedacht für Entwicklerteams, die nicht mehr als zehn Mitglieder umfassen, und macht überkomplexe Prozesse strukturier- und handhabbar. Die Methode soll agile Softwareentwicklung ermöglichen, wobei agil für komprimiert und beweglich steht: kleine Teams, kaum Bürokratie, Effizienz bei der Eingliederung von Neuem. Die Regeln für Scrum sind im Agile Atlas festgeschrieben, der Weltenträger wird so beweglich gemacht.

Natürlich fahren alle aus unserem Team mit nach Barcelona. Als wir am Flughafen stehen, ist das Gefühl ein wenig so wie auf einer Klassenfahrt, bloß dass die knallbunten Nylonrucksäcke Handgepäckkoffern oder Umhängetaschen in gedeckten Farben gewichen sind. Der Wartebereich vor dem Sicherheitscheck ist voll mit versprengten Geschäftsleuten in Nadelstreifenuniform samt dem obligatorischen leichten Handgepäck, vor Ferienvorfreude vibrierenden Urlaubern und uns. Als wir ohne Schuhe in der Reihe beim Sicherheitscheck stehen, fragt die uniformierte Frau uns freundlich, ob wir technische Geräte in unseren Taschen haben. Martin, der am Anfang der Reihe steht, dreht sich zu uns um und zieht grinsend eine Augenbraue hoch.

Wir legen alle nacheinander unsere Notebooks, einige haben mehr als eins dabei, Kopfhörer, Smartphones, Ladegeräte und diverse Gadgets in die Plastikwannen, ein älteres Ehepaar hinter mir wechselt kopfschüttelnd die Schlange.

Das Drift in Barcelona hat gar keine Palmen. Martin zuckt entschuldigend die Schultern, er habe die Bali-Bilder genommen, weil sie spektakulärer ausgesehen hätten. Dafür gibt es eine riesige Dachterrasse, von der aus man über die beige-braun-weißen Straßenzüge hinweg das Mittelmeer sehen kann. Der Boden der Dachterrasse ist aus grauem Beton, auf Holzpaletten stehen Kübel mit Grünpflanzen, und einige lackierte Holzliegen sind an der Dachmauer aufgereiht, außerdem riesige eckige Sitzkissen, auf denen wahrscheinlich nicht mal Schlangenmenschen eine bequeme Sitzposition finden können. Die Fenster der klein gefliesten Arbeitsräume sind hoch und geben den Blick frei auf die schmale Straße vor dem Haus mit einer Baumreihe und großen weißen Sonnenschirmen vor Bars und Restaurants. In den obersten zwei Stockwerken sind unsere Zimmer, elegant und modern eingerichtet, das WiFi ist in bester Qualität.

Am ersten Abend sitzen wir nach dem obligatorischen Tapas-Essen auf der Dachterrasse. Unser Team füllt die Hälfte der Zimmer des Drifts, außerdem haben wir bereits drei junge

Amerikaner, eine Dänin und einen Kanadier kennengelernt, die an jeweils eigenen Produkten arbeiten. Die Dänin sitzt mit bei uns und erzählt, dass sie Drift bereits in Bali und Peking genutzt habe, sie arbeitet selbstständig in Projekten und ist völlig begeistert, parallel neue Orte kennenzulernen. In Peking sei sie auch einem Franzosen wiederbegegnet, den sie bereits in Bali kennengelernt habe. Sie findet es toll, dass wir komplett als Team nach Barcelona gekommen sind, und stellt viele Fragen zu unserem Produkt, die Martin ihr enthusiastisch beantwortet.

Ich liege auf dem Kissen, die Beine angezogen, und muss mich für jeden Schluck Rotwein aus meiner komfortablen Liegeposition aufraffen. Mir ist schleierhaft, wie dekadente Römer im Liegen gegessen und getrunken haben, auf diesen Sitzkissen ist es eine Zumutung. Johannes und Lea machen sich über mein unzufriedenes Herumrutschen lustig und nennen mich den ganzen Abend Rotweinwurm. Lea erzählt, ihre Mutter sei sehr beeindruckt von den Abenteuern, die sie mit ihrer Arbeit erlebe. Wir reden über die Berufe unserer Eltern, ich erzähle von der Forschung meines Vaters und frage mich, ob er damals schon geahnt hat, dass seine Arbeit einen perfekten Partywitz für seine Kinder abgeben würde?

Es ist dunkel geworden, auf der Terrasse hat jemand kleine LED-Lichterketten angemacht, die Luft ist immer noch recht warm. Die Hälfte unserer Gruppe ist bereits auf ihre Zimmer gegangen, nur Martin, Nila und die Dänin unterhalten sich auf einem Sitzsack noch angeregt miteinander, und wir sitzen hier oben wie kleine Kinder, die trotz Müdigkeit dem Bett fernbleiben wollen, so lange es nur irgend geht.

»Habt ihr nicht manchmal Lust, etwas völlig Unerwartetes zu tun?«, frage ich die beiden unvermittelt.

»Was wäre denn unerwartet?«, entgegnet Lea, und wir schweigen alle drei und denken darüber nach.

»Vielleicht nackt U-Bahn fahren?«, sage ich nachdenklich. Johannes zückt sein Handy und zeigt mir in der Google-Bildersuche binnen weniger Sekunden Unmengen wackelige Fotos von nackten Menschen in der U-Bahn.

»Vor einigen Monaten hat jemand seinen Partner mit Gag-Ball und Hundeleine neben mir in die U-Bahn geführt, und keiner hat mit der Wimper gezuckt, ich glaube, nackt würdest du nicht besonders viel Aufsehen erregen. Vielleicht auf dem Dorf, aber selbst da. Meine Nachbarin hat früher immer nackt ihren Rasen gemäht, die Familie bestand aus Nudisten. Es gab zwar Getuschel, aber wirklich gestört hat es, glaube ich, niemanden«, erzählt Lea.

»Es ist verdammt schwierig, etwas zu finden, was wirklich unerwartet ist. Und selbst wenn du etwas gefunden hast, sorgt es wahrscheinlich nur für einen sehr kurzen Moment für Aufsehen.« Johannes steht auf und schaut über die Brüstung. »Ich gehe jetzt schlafen«, sagt er, und wir gehen ebenfalls auf unsere Zimmer.

An meiner Decke hängt ein großer Ventilator, der leise im Kreis rattert wie in einem Wüstenfilm aus den Fünfzigerjahren. Vor der Bar im Nachbarhaus sitzen Menschen noch lange auf der Straße und unterhalten sich, Lachen dringt durch das geöffnete Fenster in mein Zimmer. Ich genieße es, das Stimmengewirr zu hören, fühle mich wie eine glückliche Ameise in einem großen Haufen, umringt von lebendigen Wesen, und schlafe gut gestimmt ein. Nachts wache ich ständig auf, weil eine Mücke um mein Gesicht schwirrt, sobald ich jedoch das Licht anmache, um sie zu erschlagen, ist sie spurlos verschwunden. Irgendwann gebe ich auf und setze mich an meinen Computer, um einen neuen Brief an Toboggan auf meinen Blog zu stellen.

www.toboggan.eu/Dermatozoenwahn

Lieber Toboggan,

Dermatozoenwahn: Wenn man sich einbildet, Käfer oder Insekten unter der Haut zu haben, eine Nebenwirkung von zu hohem Drogenkonsum. Ich nehme keine illegalen Drogen, obwohl um mich herum sehr viel Kokain genommen wird, weil ich versuche, ein guter Mensch zu sein. Das klingt nun ziemlich pathetisch, aber ich möchte keine Drogen nehmen, die aus Kartellen unterdrückter Länder kommen und mit der Gewalt verknüpft sind, die dort passiert. Mein guter Freund Johannes sagt immer, ich wäre die perfekte Kundin für Fair-Trade-Kokain.

SEV (2) – Set Event

Scrum / Rollen:
In einem Scrum-Team gibt es drei unterschiedliche Rollen, die zusammen die Artefakte herstellen. Der Product Owner achtet auf die Nutzenmaximierung, nur eine einzelne Person hat diese Rolle. Sie gibt den Weg vor, indem sie die Produkteigenschaften festlegt. Der Scrum Master ist Trainer und Schiedsrichter; als Verantwortlicher für das Gelingen des Scrums wacht er über die Einhaltung der Regeln. Die dritte Rolle wird vom Entwicklungsteam übernommen, das sich selbst organisiert. Das Team ist kollektiv verantwortlich, die Teammitglieder sind Spezialisten und Generalisten, sie erreichen gemeinsam ihr Ziel.

Wir arbeiten tagsüber, und der einzige Unterschied zu unserem Büro in Berlin ist, dass die Stühle unbequemer sind und wir Sommerkleidung anhaben. Mein Rock rutscht auf der glatten Sitzfläche nach oben, und ich klebe mit dem nackten Hintern am Stuhl fest. In der Mittagspause schauen wir uns die Umgebung an, ich sitze drei Tage hintereinander am Hafen und beobachte die kleinen Schiffe, bis ich ein schlechtes Gewissen bekomme und denke, dass ich mich vom Meer ab- und der Stadt zuwenden muss, wenn ich Barcelona zumindest etwas kennenlernen will.

Lea, Nila und ich gehen am späten Nachmittag zur Sagrada Família, wir bewundern die detaillierte Fassade. Ich lese den anderen den Wikipedia-Artikel zur Kathedrale vor, es macht die Kirche beeindruckender zu wissen, dass sie auch nach über 140 Jahren immer noch nicht fertiggebaut ist. Nila überlegt, ob sie die Baukräne später spaßeshalber aus dem Foto wegretuschieren soll, aber Lea und ich plädieren dagegen. Vor der Kirche stehen zahlreiche Polizisten mit Maschinengewehren, vermutlich um den gefüllten Vorplatz vor Terrorangriffen zu schützen. Es sieht ein wenig zu dystopisch aus für meinen Geschmack. Wir trinken einen Kaffee in der Nähe der Kathedrale und zählen auf dem Weg dorthin die Überwachungskameras.

Nila erzählt uns von chinesischen Polizisten mit Kamerabrillen, die ähnlich aussehen wie die legendären Google-Brillen, die dann doch kaum jemand wirklich auf der Nase haben wollte. Die Brillen der chinesischen Polizisten sind an eine Datenbank angeschlossen und verfügen über Gesichtserkennung, sodass die Polizisten durch die Menge gehen und Verdächtige identifizieren können. Damit sind sie viel effizienter als statische Sicherheitskameras. Kein Land hat so viele Überwachungskameras wie China, erzählt Nila, und dass China gleichzeitig viel Geld für die Entwicklung von Software zur Gesichtserkennung ausgebe, besonders für den Einsatz von künstlicher Intelligenz und Maschinenlernen. So werden die Kameraaugen nicht nur immer zahlreicher, sondern gleichzeitig immer besser, was Nila ein wenig faszinierend, aber vor allem erschreckend findet.

Ich frage, ob die beiden schon mal am Südkreuz in Berlin waren, wo seit 2017 erstmalig in Deutschland in einem Feldversuch Sicherheitskameras mit Software zur Gesichtserkennung verwendet werden. Weder Nila noch Lea haben sich die Kameras schon mal bewusst angeschaut, obwohl überall Hinweisschilder stehen, auch auf dem Boden des Bahnhofs sind die Bereiche, die von den Kameras abgedeckt werden, exakt markiert. Ich erzähle davon, dass auf den Rolltreppen immer wieder Menschen mit Masken, tief gezogenen Kapuzenpullovern oder Faschingsnasen fahren, um gegen die Gesichtserkennung durch die Kameras zu protestieren.

Ich denke an die Passanten mit Masken am Berliner Südkreuz, an die Ganzkörpermasken von Lavinia Schulz und Walter Holdt und daran, dass es kaum Bilder von Walter und Lavinia ohne ihre Masken gibt, an die 3768 Bilder, die auf der SD-Karte meines Smartphones gespeichert sind, die vielen Bilder in Google Image, an die ich öfter per Service-Mail erinnert werde: »Schau mal, was du an diesem Tag vor vier Jahren gemacht hast.« Manchmal verbindet Google meine Fotos, man macht ja häufig mehr als ein Foto von einem Menschen oder Gegenstand, zu grotesken kleinen Animationen, die etwa zeigen, wie ich die Lippen spitze und den Kopf drehe, um das perfekte Selfie im Sonnenuntergang zu schießen, oder verschiedene Gruppenfotos werden so animiert, dass die Dargestellten minimale Bewegungen vollziehen, alles gespeichert in solcher Vielzahl, dass das einzelne Bild völlig unwichtig wird.

www.toboggan.eu/HarryInBarcelona

Lieber Toboggan,
ich wollte in das CosmoCaixa gehen, ein Naturkundemuseum hier in Barcelona, dort gibt es eine große Insekten-

ausstellung und wohl auch Meteoritenstücke, aber die Öffnungszeiten beißen sich mit unserem Arbeitsrhythmus, wir sind nämlich gerade eine Woche zum Arbeiten als Team in Barcelona. Ein wenig fühle ich mich wie Pixel-Harry: Statt im Dschungel renne ich durch Barcelona.

SEV (3) – Set Event

Scrum / Sprint:
Der Sprint ist eine Arbeitsphase, die auf ein klar abgestecktes Zeitfenster festgelegt ist. Der Rahmen definiert den Sprint; selbst wenn die Aufgabe am Ende eines Sprints nicht erledigt ist, wird dieser beendet. Der Sprint wird nach Beendigung der Arbeitsphase in der Retrospektive reflektiert, sodass die Effizienz für zukünftige Sprints gesteigert werden kann.

Am Ende der sieben Arbeitstage finden alle Beteiligten, dass wir die Zeit in Barcelona intensiv genutzt haben und unser Projekt einen großen Schritt weitergekommen ist. Martin ist sich völlig sicher, dass wir auch in Zukunft die Möglichkeiten von Drift nutzen werden, er ist sehr glücklich mit unserem tollen Team und will uns deswegen zur Feier des Sprints zum Paella-Essen einladen, bevor wir drei Tage den Mobile Summit besuchen werden. Die Dänin, die mittlerweile wieder nach Kopenhagen abgereist ist, hat ihm für die beste Paella Barcelonas ein 130 Jahre altes Restaurant im historischen Zentrum empfohlen, und er hat sowohl auf TripAdvisor als auch auf Yelp gesehen, dass es nur die besten Bewertungen erhält.

Auf dem Weg zum Restaurant gehen wir an einem kleinen Platz vorbei, Pfeiler aus Metall, die typisch bräunlichen

Hausfassaden mit den schmiedeeisernen Balkongittern, einige Palmen und in der Mitte eine Skulptur, die aussieht wie eines dieser Motorikspiele für Kleinkinder, bei denen bunte Holzperlen über spiralförmig aufgewickelte Drähte geschoben werden müssen. Hier ist es eine große schwarze Kugel auf einer Metallspirale, die sich um eine dicke weiße Säule wickelt. Niemand hätte für diesen Platz sein Handy in die Hand genommen, um Fotos zu machen. Als uns aber Johannes auf ein Straßenschild hinweist, sehen wir, dass der Platz nach George Orwell benannt ist. Das wäre für sich auch noch nicht allzu interessant, wäre das weiße Schild mit der Aufschrift »Plaça George Orwell« nicht direkt in der Nähe eines blauen Straßenschildes, das auf die Videoüberwachung des Platzes hinweist. Wir machen Fotos der beiden Schilder nebeneinander und freuen uns an dieser Widersprüchlichkeit.

Lea schaut beim Weitergehen nach, wieso Barcelona einen Platz nach Orwell benannt hat, und teilt uns kurz aufblickend mit, dass er in den Dreißigerjahren im spanischen Bürgerkrieg auf Seiten der Republik kämpfte. Ausgelöst von den Verlinkungen des Artikels vertieft sie sich so sehr in die Geschichte des spanischen Bürgerkriegs, dass Johannes sie am Oberarm festhalten muss, damit sie nirgendwo gegenläuft.

Das Restaurant liegt in den alten Werkstattgebäuden eines Uhrmachers, eckige Tische mit weißen Tischdecken, auf denen die Rotweinflaschen wie abgestimmte Dekoration wirken, die Wände behängt mit Ölgemälden. Wir essen goldgelbe Paella, selbst Johannes traut sich, die Muscheln zu essen, obwohl er sonst sehr skeptisch ist gegenüber allem, was aus Gewässern kommt. Martin versucht uns nach dem Essen Tipps und Hinweise für den Summit zu geben, aber die Stimmung ist so aufgeladen mit Albernheit, dass keiner ihm zuhört. Schließlich erinnert er uns nur daran, dass wir auch unsere Firma repräsentieren und uns bitte dementsprechend verhalten sollen. Lea hat knallrote Wangen und schlägt unserer Ecke des Tisches mit übertriebenem Flüstern vor, ein Bingo-Spiel für die Konferenz zu entwickeln, und Johannes beginnt begeistert, eine Liste mit der Überschrift »Summit-Bingo« zu schreiben:

- Irgendwas mit Anti-Stress-Funktion sammeln (z. B. Quetschbälle, Fidget-Spinner, Rubik-Würfel)
- Einen Memorystick als Werbegeschenk (als Lea das vorschlägt, schüttelt Johannes sich und sagt: »Einen Memorystick aus unbekannter Quelle in seinen Computer zu stecken ist ekelhafter als Sex ohne Kondom!«)
- Irgendwas mit Energy
- Eine Visitenkarte von einer Firma mit QR-Code drauf
- Ein Werbegeschenk von einer Firma mit »augmented« im Namen
- Eine Gratis-Massage in Anspruch nehmen, eine Kopfmassage zählt doppelt
- Eine komplett schwarze Visitenkarte (Bonuspunkte für Neon-Schriftzug)
- Was mit Xylitol (Kaugummis, Getränke, Lutschbonbons, für Aspartam gibt es nur einen halben Punkt, weil das nicht zahnpflegend sei, behauptet Lea)

www.toboggan.eu/Biometrie

Lieber Toboggan,

seitdem ich den Text über *Sancta Susanna* gelesen habe, denke ich über Nacktheit nach, wie es gewesen ist, sich 1917 nackt auf eine Bühne zu stellen, und ob es etwas damit zu tun hat, dass sie später nur noch Masken getragen hat? Wie es ist, gemeinsam als Gruppe Grenzen zu sprengen, und ob es Lavinia Sicherheit gegeben hat dazuzugehören oder ob es ihr völlig egal war.

Übermorgen kehren wir aus Barcelona zurück nach Berlin, die letzten Tage waren wir auf dem Mobile Summit. Während unserer Zeit in Barcelona haben wir Überwachungskameras gezählt (die Idee einer Freundin), und ich habe über Biometrie nachgedacht, vielleicht wegen Lavinias verborgenem Gesicht? Auf dem Mobile Summit habe ich einen Aussteller gesehen, der eine neue Möglichkeit der Identifizierung perfektioniert, die unabhängig von der Gesichtsvermessung funktioniert. Es geht darum, die Venen im Handgelenk zu scannen, denn die Spuren deiner Adern unter der Haut sind so einzigartig wie der Fingerabdruck oder die biometrischen Maße deines Gesichts. Der Ingenieur am Stand erzählte mir, dass es auch Versuche gibt, Parameter der Körpersprache festzulegen, die individuelle Schrittfrequenz und das ganze eigene Bewegungsmuster in Daten umzurechnen, die eine eindeutige Identifizierung in Videos ermöglichen. Er war sehr begeistert und erklärte mir, dass es doch unglaublich praktisch wäre, wenn die Garagentür dich schon anhand deiner Bewegungen auf der Auffahrt erkennen und sich entsprechend öffnen würde.

Hätte es Videoaufzeichnungen von Lavinia und Walter

gegeben, hätten die beiden nicht mehr in ihren Masken verschwinden können. Ich stelle mir vor, wie maskierte Passanten in sonderbaren Bewegungsmustern – kennst du Monty Pythons »Silly Walks«? – durch die Stadt streifen, um die Sicherheitskameras auszutricksen. Nur das mit den Venen macht mir Sorgen, wie sollen wir die Gegebenheiten unter unserer Haut auf Dauer verbergen?

SEV (4) – Set Event

Scrum / Artefakte:
Die Artefakte sind dynamisch, nicht festgeschrieben, und werden permanent mit der Realität abgeglichen. Eines dieser Artefakte ist der Product Backlog, er legt Grundsätzliches über das Produkt fest. Es müssen beschreibende Worte für die gewünschten Funktionen des Produkts gefunden werden. Solche Geschichten über das Produkt und seine Anwendungen, Traumerfüllungen, Bedürfnisbefriedigungen heißen User Story.

Während wir auf dem Mobile Summit durch die Messehallen streifen, spielen wir weiter das Konferenzbingo, und ich habe bereits die Hälfte der Aufgaben erledigt, als ich in der Ecke für 3D-Druck ankomme und dort von Lea und Johannes zurückgelassen werde wie ein Kleinkind im IKEA-Bällebad. Ich schaue mir Anbieter von Apps an, mit denen ich meinen 3D-Drucker auch aus der Ferne steuern kann. An einem Stand mit portablen 3D-Druckern stehen zwei junge Franzosen, mit denen ich mich ewig über Nutzen und Möglichkeiten des 3D-Drucks für die Erforschung des Weltraums unterhalte. Das Gespräch ist so interessant, dass wir uns sofort in diversen sozialen Medien vernetzen.

Später treffe ich Lea und Nila an einer Konferenzbar, wir sitzen in den unbequemen bunten Stühlen auf diesen Multifunktionsteppichen, mit denen Aussteller ihre Stände heimelig machen wollen, und trinken Kaffee. Johannes kommt hinzu und wirkt sonderbar aufgeregt, wartet jedoch, bis Nila fortgegangen ist, um sich mit Martin zu treffen. Er lässt sich in seinen Sessel zurücksinken, schaut uns an und sagt: »Ich habe die perfekte Idee für etwas Unerwartetes gefunden.«

Wir schauen ihn an, abwartend, und er holt tief Luft, um uns die Gewichtigkeit dessen zu signalisieren, war er nun sagen wird.

»Kennt ihr TechBus?« Als wir beide fragende Gesichter machen, fährt er direkt fort: »Ich glaube, Alex hat mal darüber geredet, und gerade haben sich am Samsung-Stand zwei Leute darüber unterhalten, da habe ich gleich online nachgeschaut, um was es genau geht. Der TechBus ist ein Event, das ursprünglich von Startup-Typen aus Kalifornien entwickelt wurde, die eine Art Hackathon im Reisebus veranstaltet haben. Man bewirbt sich als Team mit einer Projektidee, dann fährt man gemeinsam drei Tage lang mit einem Bus durch die Gegend, und am Ende wird ein Pitch-Wettbewerb gemacht. Das heißt, alle Beteiligten zeigen ihre konzeptionierten und programmierten Entwürfe einer Jury, die dann entscheidet, wer Unterstützung bekommt, also ein Jahresstipendium für einen Büroplatz in einem Inkubator nach Wahl, Mentoring und Geldpreise, um das Ganze kommerziell zu realisieren. Am Anfang ist der Bus nur in den USA gefahren, es gab auch keinerlei Preisgeld, und alles war eher schäbig, aber seit zwei Jahren gibt es auch einen europäischen TechBus, der von einigen Venture-Capital-Firmen gesponsert wird. Der Bus fährt im November los. Bis Mitte Oktober kann man sich noch bewerben. Wir haben also noch ein paar Tage Zeit.«

»Aber was ist daran unerwartet? Das Ganze klingt ehrlich gesagt ziemlich unbequem, tagelang im Bus mit einer Horde schwitzender Entwickler mit Dollarzeichen in den Augen eingesperrt zu sein. Hat es da schon mal Thrombosen gegeben? Das kann echt nicht gesund sein«, meint Lea.

»Stellt euch vor, wir bewerben uns da als Team und fahren mit …«

«Das ist ja ganz unerwartet, dass sich ein Programmierer für eine solche Tech-Klassenfahrt bewirbt«, spotte ich.

»Jetzt lass mich doch mal ausreden. Hier ist mein Vorschlag: Wir bewerben uns mit einer realistisch klingenden Idee und verwenden die Zeit darauf, etwas völlig Absurdes zu programmieren. Das wäre in der Abschluss-Pitchrunde mit Sicherheit unerwartet.«

Lea schaut unsicher: »Das kann aber auch richtig peinlich werden. Und gibt es dann nicht Ärger?«

Genau in diesem Moment weiß ich, dass Johannes das Richtige gefunden hat.

Elevator Pitch /TechBus

Am letzten Abend in Barcelona setzen wir uns auf der Dachterrasse zusammen und planen unseren Elevator Pitch für den TechBus. Der Text für die Bewerbung muss so kurz sein, dass man ihn in einer Aufzugsfahrt erzählen kann. Lea haben wir trotz anfänglicher Skepsis überzeugen können, bei unserem Projekt mitzumachen, unter der Bedingung, dass sie bei dem Pitch am Ende nicht mit auf der Bühne vortragen muss. Johannes hat sie beruhigt, indem er ihr erklärte, dass sich unzählige Teams bewerben, sodass es nicht unbedingt wahrscheinlich ist, dass wir mit unserem Vorschlag überhaupt angenommen werden.

Wir überlegen, welche Wörter in unserem Pitch vorkommen könnten: Blockchain, Internet of Things, Self-Service Analytics. Lea schlägt vor, einen Bot zu programmieren, der aus vorgefertigten Textbausteinen kurze Pitches mit Geschäftsideen zusammensetzt. Sie habe vor einiger Zeit einen Bot gesehen, der Wortblasen für die Beschreibung von Gegenwartskunst komponieren könne. Sie schlägt Pitchsalat als Namen für den Bot vor. Wir diskutieren eine Weile lang über die technischen Möglichkeiten, einen solchen Bot zu perfektionieren, und widmen uns dann wieder dem Elevator Pitch für den TechBus.

Als es langsam still wird vor den Bars unten auf der Straße und wir uns wärmere Pullover gegen die Nachtkälte angezogen haben, ist unser Textblock fertig, der eine App verspricht, die auf innovativer Gamification der Realität basiert und dem User ermöglicht, Daten zu seinem eigenen Fortschritt zu sammeln und zu analysieren (Self-Service Analytics). Als wir kurze Zeit später den Pitch – drei Tage vor Ende der Bewerbungsfrist – in das Onlineformular eingetragen und abgeschickt haben, legen wir uns zufrieden auf die unbequemen Sitzkissen der Dachterrasse in Barcelona zurück.

SEV (5) – Set Event

Scrum / Burn-Down-Chart:
Die Burn-Down-Chart visualisiert den Arbeitsprozess. Auf der vertikalen Achse befindet sich der Berg an Aufgaben und auf der horizontalen Achse der Zeitverlauf. Die Kurve muss fallen, bis sie die X-Achse erreicht hat und keine Aufgaben mehr übrig sind.

Wir sind wieder in Berlin. Der Trip nach Barcelona war ein voller Erfolg, sagt Martin jedem, der es hören möchte. Alex gratuliert uns bei der Rückkehr per Handschlag zu dem gelungen Experiment, und wir berichten den anderen Teams von unseren Erfahrungen im Drift House und beim Mobile Summit. Meine Mutter ruft mich an und will ebenfalls mit mir über Barcelona sprechen, sie war dort vor einigen Jahren mit meinem Vater. Wir reden über Paella, den Hafen und die Kirche, aber als sie mich nach Museen fragt, muss ich bekennen, dass ich die meiste Zeit gearbeitet und nicht sonderlich viele Sehenswürdigkeiten gesehen habe. »Dann warst du ja eher wie eine wirkliche Einheimische«, sagt meine Mutter daraufhin, gewohnt optimistisch, und bietet mir an, bei meinem nächsten Besuch noch mal das Barcelona-Fotobuch herauszuholen, das sie nach ihrer Reise aus ihren digitalen Aufnahmen hat drucken lassen.

Ich schaue regelmäßig in meinen Blog, finde aber keine

Neuigkeiten von Toboggan. Ende Oktober bekommen wir den Bescheid, dass wir tatsächlich im November an der Fahrt des TechBus teilnehmen dürfen. Die Strecke wird im Kreis von Berlin nach Wien nach Köln und dann nach Hamburg führen, zwischendurch gibt es Bewegungspausen auf Autobahnraststätten, denn der Reisebus fährt nur langsam. Nach dem ersten Streckenabschnitt werden wir in Wien aussteigen, die nächste Etappe führt nach Köln und die letzte nach Hamburg, wo wir unseren finalen Pitch im Wettbewerb vorführen werden. Aufgrund der vielen erfolgsversprechenden Bewerbungen wurde beschlossen, zwei Tech-Busse fahren zu lassen. In jedem Bus befinden sich fünf Teams, die aus drei bis vier Teilnehmern bestehen. Wir feiern unsere Teilnahmebestätigung, als wollten wir ernsthaft an dem Wettbewerb teilnehmen, und nehmen sofort alle drei Tage Urlaub für die Fahrt. Wir beschließen, den anderen zunächst nichts von unserem Projekt zu verraten, um keine falschen Hoffnungen auf eine anstehende erfolgreiche Gründung zu wecken. Als wir gemeinsam am Tisch sitzen, mit unseren Kaffeebechern anstoßend feiern und Lea ihre Arme um uns legt, fühle ich mich genau richtig.

Abends pingt mein Handy mit der Benachrichtigung, dass mein letzter Blogeintrag einen Kommentar erhalten hat: ein Link zu einer Website.

www.tbggn.me

Als ich die Website öffne, sehe ich ein schwarz-weißes Bild vom Kopf der Toboggan-Maske, über das Maskengesicht ist ein Netz aus Linien gelegt, wie das biometrische Muster einer Gesichtsvermessung. Ich klicke auf das Foto, aber es passiert nichts. Ich doppelklicke, dreifachklicke, versuche an mehreren Stellen des Fotos zu klicken, nichts passiert. An den Schnittpunkten der Linien über dem Maskengesicht sind kleine Punkte gemalt, die ich beginne in allen möglichen Variationen zu klicken. Die Seite bleibt statisch, nichts verändert sich, nur die Maske schaut mich an, das schwarze Mundloch sieht plötzlich höhnisch aus, als würde die Maske laut schreien. Irgendwo in diesem Bild ist der Zugang zu mehr Text verborgen, ich bin mir sicher, komme aber nicht weiter.

Ich stehe auf und sortiere meine Plastiktiere. Als ich mein Smartphone in die Hand nehme, um kurz meine Nachrichten zu checken, muss ich es mit dem Unlock-Pattern entsperren. Ich wische das geometrische Muster über das Punktenetzwerk und stocke, als das Telefon sich entsperrt. Sofort öffne ich den Browser des Telefons zu der Website von Toboggan, die Maske schaut mich an, über ihr das Punktenetzwerk. Natürlich. Ich wische mit dem Finger in einer fließenden Bewegung über das Maskengesicht, von einem Punkt zum nächsten. Der Bildschirm lädt kurz, und ich habe den nächsten Text freigeschaltet.

Dämmerung der Zeitlosen – Hamburg, 1919

Im Frühjahr hatten sie angefangen, gemeinsam aus der *Edda* zu lesen, eine zerfledderte Ausgabe der *Lieder-Edda*, die Lothar Schreyer noch aus seinen Schülertagen hatte. Er sprach nun viel vom gemeinsamen nordischen Erbe und befand, dass Hamburg als Ort für das neue Theater, das er als Weltwende bezeichnete, viel geeigneter sei als Berlin. Da Lothar Schreyer seine Hamburger Wohnung nie aufgegeben hatte, fiel ihm der Ortswechsel von Berlin nach Hamburg leicht. Lavinia war mitgezogen, und obwohl sie es angenehm fand, nicht ständig von Schüssen und lautstarken Protestumzügen vor ihrem Fenster abgelenkt zu werden, war auch die Atmosphäre in Hamburg angespannt, geprägt von Streiks und immer wieder ausbrechenden gewalttätigen Auseinandersetzungen. Sie versuchte, vor der Dunkelheit in ihrem Zimmer zu sein, und mied größere Menschenansammlungen. In dieser aggressiven Aufbruchsstimmung war es Lothar Schreyer leichtgefallen, mehrere hundert Freunde des Expressionismus zu finden, die gemeinsam mit der Sturmbühne nun auch die Bühnenkunst revolutionieren wollten.

Die meisten dieser Theaterbegeisterten waren jedoch genauso arm wie Lavinia selbst, konnten die Sturmbühne also nur mit Eifer und Begeisterung unterstützen. Obwohl Schreyer ihr mehrfach vorgeschlagen hatte, sich eine Anstellung als Verkäuferin oder Büroangestellte zu suchen, lehnte Lavinia ab und hielt sich mit etwas magerer Unterstützung durch ihre Eltern und kleineren Auftragsarbeiten als Näherin geradeso über Wasser. Lavinias Vater hatte vor dem Krieg einen erheblichen Teil des Familienvermögens in Kriegsanleihen investiert, und die Familie litt nun durch den verlorenen Krieg unter großen Geldproblemen. Oft war sie froh, dass sie nicht zu Hause sitzen und die Sorgen ihrer Eltern miterleben musste.

Stattdessen verbrachte sie viel Zeit bei den Theaterproben, obwohl sie die große Truppe mit ihrem Furor manchmal überwältigte. Sie hatte zwar die Theaterrevolution herbeigesehnt, aber im Gegensatz zu Schreyer nicht unbedingt Teil eines Ganzen sein wollen, ein kleines Rädchen in einer Maschine, die nur von Leidenschaft angetrieben wurde. Manchmal fragte sie sich, ob es nicht auch Schreyer widerstrebte, sich in ein Kollektiv einzufügen, und ob es ihm nicht vielmehr um die Leitung einer begeisterten Masse ging.

Lavinia Schulz und Lothar Schreyer saßen fröstelnd nebeneinander auf einer Parkbank mit Blick auf die Außenalster. Um sie herum versuchten die Passanten, den braunen Pfützen auszuweichen. Lavinia gefiel Hamburg in den Wintermonaten, auch wenn es grau und matschig war und der Wind gnadenlos durch ihren Wollmantel pfiff. Neben der Bank waren die ersten Schneeglöckchen zu sehen. Schreyer schaute gerade stirnrunzelnd auf seine Taschenuhr und murmelte, dass er nicht mehr lange warten werde, als ein hochgewachsener junger Mann mit einer Haarfarbe, die dem brackigen Wasser in den Hafenpfützen ähnelte, herbeigelaufen kam. Sie standen von der Parkbank auf, und Schreyer stellte den leicht atemlosen Herrn im schlecht sitzenden Anzug als Walter Holdt vor, ein neuer Tänzer für die Sturmbühne.

Die Dämmerung warf im Zusammenspiel mit dem Licht einer Laterne Schattenmuster an die Wand gegenüber dem großen gebogenen Fenster in der Wandelhalle des Curiohauses. Lavinia schaute in den Hof, dessen Gewächse die Ursache für die unheimliche Schattenverschlingungen an der Wand hinter ihr waren. Aus dem großen Theatersaal drang laute Musik zu der mächtigen Steintreppe, an deren Fuß sie stand. Um sie herum bunte Stoffbahnen, an den Wänden gedruckte Holzschnitte, kräftige Farben, dicke Linien. Die in den Theatersaal strömenden Anwesenden hatten sich die Gesichter mit Schminke verfremdet oder trugen groteske Masken.

An den Türen zum Saal hingen Plakate, darauf in eckiger Schrift: »Dämmerung der Zeitlosen.« Herren in Anzügen, dunkle Masken über den Gesichtern, alte Bestände an Abendkleidung aus der Vorkriegszeit, umgenäht und herausgeputzt. Elegante Damen in langen Ballkleidern, die Lippenstiftmünder grotesk rot, blutbeschmierte Mäuler. Junge Männer in bunten Umhängen, Frauen in weißen Pierrotkostümen. Lavinia hielt ein Glas mit saurem Weißwein in der Hand, das ihr Lothar Schreyer bei der Ankunft überreicht hatte. Er tanzte bereits im Festsaal, schwankend, mit seiner Ehefrau, deren blitzende Ohrringe ihr fast bis auf die Schultern reichten. Zuvor hatte er Lavinia die Organisatoren des ersten Künstlerfestes vorgestellt, sie hatte zwei tanzende Schwestern, Töchter eines stadtbekannten Dichters, kennengelernt, die sich mit ihren geschmeidigen Tanzbewegungen und fließenden Kleidern bewegten wie die Schlangen eines Schlangenbeschwörers.

Als sie ihren Namen hörte, schaute sie hinauf und sah Walter Holdt, wie er mit großen Sprüngen die Treppe hinunterkam. Sie lächelte, etwas im Körper des Tänzers schien es ihm unmöglich zu machen, sich langsam zu bewegen. Seine Augen waren hinter einer mit Pailletten bestickten schwarzen Maske verborgen, passend zum Zwielicht des Festsaals. Er musterte sie, ihre Theaterschminke hatte sie bis zum Haaransatz der streng nach hinten gekämmten braunen Haare verstrichen und damit ihr Gesicht diagonal in eine blaue und eine weiß gepuderte Hälfte unterteilt. Sie lächelte ihn an, stellte das Weinglas auf die Fensterbank und zog ihn mit sich, Tango auf der Tanzfläche. Sie tanzten eng aneinandergeschmiegt, sein graues Revers wurde im Verlauf der Nacht immer blauer, die Pailletten seiner Maske verstreuten sich über die Tanzfläche. Ihre Körper aneinandergepresst, bis sie den Stoff nicht mehr als Grenze wahrnahmen.

»Fräulein Schulz, wenn Sie so spielen, kann der Engel nicht wahrhaftig sein. Wir brauchen einen gesteigerten Ausdruck, so ist die Verkündigung zu monoton!«, rief Lothar Schreyer aus der ersten Reihe des Theatersaals zu Lavinia auf die Bühne. Zur Unterstreichung seiner Forderung schlug er sich mehrfach mit dem Reclam-Heft in die Hand, das die Textvorlage des Stücks enthielt.

Zum wiederholten Male stand Lavinia am Rand der aus Zeichenbrettern zusammengenagelten Bühne, unter dem kurzen weißen Engelskleidchen froren ihre nackten Beine, und der geometrische Kreis, der an einen Heiligenschein erinnern sollte, bohrte ihr in die Schläfe. Der Theaterraum der Kunstgewerbeschule roch nach Feuerholz, das in dem bullernden Ofen in der Ecke knackend verbrannte, aber es war so kalt, dass die anderen Schauspieler sich dicke Wolljacken umgelegt hatten.

»Vernehmt mich recht, ihr Menschenkinder, beladen hart mit schwerer Sünde, Gott ist geboren, euch zu …«

»Unverdorbenheit. Wir brauchen Unverdorbenheit!«, schrie Lothar Schreyer, sein Gesicht war mittlerweile vor Zorn gerötet. »Wir wollen doch keine Mimesis, sonst könnten wir ja Sonntagsschüler auf die Bühne lassen, wir brauchen wahrhaftige Empfindung. Wenn Sie mir keine Empfindung geben können, Fräulein Schulz, dann können wir hier alles einpacken. Strengen Sie sich an!«

»Vernehmt mich recht, ihr …«

»Pause!«, rief Lothar Schreyer. »Danach sehen wir, ob das Singsprechen wahrhaftiger geht, Fräulein Schulz.«

Lavinia zog sich einen Wollmantel über das knappe Kostüm und setzte sich auf einen der Klappstühle in der ersten Reihe. Walter setzte sich neben sie und legte ihr tröstend den Arm um die Schultern. Ihr Körper war hart, die Nackenmuskeln wie unter der Haut gespannte Drahtseile.
»Das Singsprechen war sehr gut, aber du stehst so stocksteif da. Es sieht sonderbar aus«, sagte Walter.
»Ich sehe sonderbar aus? Dein Josef ist so unpräzise gespielt, dass du beinahe so furchtbar bist wie die Maria. Euch beiden kann man nichts verkünden, weil ihr gedanklich überhaupt nicht auf der Bühne seid.«
Lothar Schreyer versuchte einzulenken: »Fräulein Schulz, Ihre Präsenz ist beeindruckend, doch der Engel wirkt fast dämonisch. Wir werden hier sicherlich weiterarbeiten müssen.« Als weder Lavinia noch Walter antworteten, ging er zu der Maria-Darstellerin an der anderen Seite des Theatersaals.
Hinter seinem Rücken hörte er es plötzlich klatschen, dann ein gewaltiger Krach, umfliegende Stühle. Er drehte sich um. Lavinia Schulz und Walter Holdt rollten sich über den Boden. Sie saß auf seinem Brustkorb und schlug mit der flachen Hand auf sein Gesicht ein, er versuchte sich den Unterarm schützend vor die blutende Nase zu halten. Lavinia riss an seinem Hemd, und er schubste sie so gewaltsam zur Seite, dass ihr Kopf gegen das Bein eines umgefallenen Stuhls knallte. Lothar Schreyer und der Hirte versuchten eilig, das fauchende und schreiende Paar zu trennen. Lavinias Engelkostüm war inzwischen mit dem Dreck des Bodens und Blutspritzern von Walters Nase übersät. Lothar Schreyer versuchte, Walter Holdt an den Schultern festzuhalten, als Lavinia sich umdrehte und Walter mit der Faust ins Gesicht schlug,

woraufhin dieser aufsprang, ihre Haare packte und sie daran hinter sich her durch den Raum zog.

Eine halbe Stunde später saßen die Schauspieler des Krippenspiels auf Stühlen im Kreis, Lavinia und Walter von dem schüchternen Hirten getrennt, der zwischen ihnen saß und sich nervös mit den Händen über die Hosenbeine strich. Die Maria schaute angewidert zu Lavinia hinüber.

»Wir werden die Premiere in der Katharinenkirche ausfallen lassen müssen, wenn unser Engel und Josef ihre sinnlichen Verwirrungen nicht eindämmen können. Seit Wochen stören diese Leidenschaften unseren Probenablauf. Es ist noch eine Woche bis zu unserer Premiere hier in Hamburg, zum Wohl der Sturmbühne müssen wir an einem Strang ziehen.« Schreyer schaute ernst von Lavinia zu Walter. »Nach diesem Ausbruch denke ich, dass es besser ist, wenn sich unsere Wege nach der Premiere trennen.«

Lavinia schnaubte aus, erhob sich vom Stuhl und verließ den Theatersaal. Walter folgte ihr.

NEG (1) – Negate

Impediment Backlog:
Das Impediment Backlog ist ein Verzeichnis von Hemmnissen, hier werden alle Probleme, Hindernisse und Störungen gesammelt, die sich im Verlauf eines Projektes ergeben. So sollen möglichst rasch Hindernisse und Schwierigkeiten aus dem Weg geräumt werden, bevor sie das Projekt gefährden.

Es ist noch halb dunkel, als ich in die Küche komme, früher Morgen. Ich habe Durst und will mir ein Glas Wasser holen. Schläfrig öffne ich die Tür, gehe zum Waschbecken, als ich von hinten an den Haaren gepackt werde. Ein Angreifer hält mich am Zopf, ich schreie und fuchtele mit den Armen, bis mir auffällt, was mich festhält: Der Fliegenfänger.

Meine Haare kleben in dem Fliegenfänger fest, den ich neben der Tür aufgehängt habe in der Hoffnung, eine fette Fliege zu fangen und vernünftige Fotos zu machen, um daraus ein gutes 3D-Modell bauen zu können. Normalerweise fotografiere ich die Tiere, die ich anschließend drucke, lebend, aber nach den Misserfolgen bei meinen letzten Versuchen, Insekten zu fotografieren, hatte ich beschlossen, zu drastischeren Maßnahmen zu greifen. Leider bezahle ich gerade mit meiner Kopfhaut für diesen Plan. Meine Haare kleben im an der Decke befestigten Fliegenfänger, an den ich ohne Stuhl nicht richtig rankomme. An die Schere zum Abschneiden komme ich ebenfalls nicht, deswegen versuche ich den Fliegenfänger von der Decke abzureißen. Nach kräftigem Ziehen kommt der Fliegenfänger samt dem kleinen Nagel, mit dem ich ihn an der Decke befestigt habe, runter.

Nun hängt er mir bombenfest in den Haaren, und ich suche mein Telefon, um herauszufinden, wie man das klebrige Zeug am besten wegbekommt. Wie immer ist das Potenzial menschlicher Missgeschicke grenzenlos und das Internet ein gutes Sammelbecken für all diese großen und kleinen Katastrophen. Es gibt zahlreiche Foreneinträge von Menschen in ähnlicher Problemlage.

Kurze Zeit später hänge ich über dem Waschbecken und versuche den klebrigen Leim mit Mehl zu trocknen. Das funktioniert erstaunlich gut, auch wenn das Waschbecken und die gesamte Umgebung komplett weiß werden, es sieht aus wie ein Film aus frisch gefallenem Schnee. Ich krümele mir die trockenen Klebebrösel aus den Haaren, in Vorbereitung auf die nächste Phase, in der ich laut der Onlineratgeber die übrig gebliebenen Leimreste mit Öl entfernen muss. Ich fluche vor mich hin und frage mich, warum wir keine besseren technischen Möglichkeiten zum Fliegenfangen haben als gefährlich herumhängende Klebestreifen. Als ich schließlich mit öligem Kopf auf dem Fußboden der mehlbestäubten Küche sitze und anfange, die Spuren zu beseitigen, sehe ich ein Stück des abgerissenen Fliegenfängers, an dem tatsächlich ein dicker Brummer klebt. Er ist weiß bestäubt, aber völlig intakt. Ich puste das Mehl von dem festgeklebten Tier und beginne die Fliege zu fotografieren.

NEG (2) – Negate

```
Planungspoker:
Mit dem Planungspoker können alle Mitglieder
eines Teams ihre Einschätzungen von Zeitaufwand
und Schwierigkeit der Aufgaben kommunizieren.
Jeder bekommt einen Kartensatz mit unterschied-
lichen Punktzahlen, die im weiteren Verlauf den
eingeschätzten Aufwand einer Aufgabe markieren.
Alle Mitglieder des Teams decken gleichzeitig
die Karte auf, mit der sie den Arbeitsaufwand
eingeschätzt haben, danach erklären die Spieler
mit den extremsten Einschätzungen ihre Beweg-
gründe. Es wird Planungspoker gespielt, bis
Konsens über den zu erwartenden Arbeitsaufwand
einer Aufgabe erreicht ist.
```

»Das ist schon ziemlich ekelhaft«, sagt Johannes und schaut mich an, als hätte ich ihm eine heimliche Schrumpfkopfsammlung gezeigt.

»Das ist doch nur Plastik«, sagt Lea und schiebt einige der weißen Plastikfliegen, die ich auf dem Küchentisch angeordnet habe, mit der Hand zur Seite, um Platz für ihren Apfelkuchen zu machen. Sie hat für unser sonntägliches Treffen einen Kuchen gekauft, wir wollen das Projekt für den Tech-Bus ausarbeiten. Nachdenklich schaut sie eine meiner Figuren an, hebt sie mit den Fingern vorsichtig hoch und hält sie gegen das Licht: »Die sind beeindruckend realistisch. Das Einzige, was nicht stimmt, ist die Farbe. Ich habe gestern gelesen, dass dieser eine Schauspieler, der mit den riesigen Geheimratsecken, Menschenzähne sammelt. Das finde ich viel ekliger als so kleine Plastiktierchen.«

»Mein Zahnarzt hat sich zum Fasching als Steinzeitmensch verkleidet und eine Kette aus echten Zähnen um den Hals getragen. Er hat mir während einer Zahnbehandlung stolz ein Foto auf seinem Smartphone gezeigt. Das war auch ekliger als Betas Plastikfliegen«, stimmt Johannes ihr zu.

Ich räume die Plastikfliegen aus der Küche und stelle sie auf meinen Schreibtisch, Johannes und Lea kochen Kaffee, und wir beginnen über den TechBus zu sprechen. Lea findet unter dem Rand ihres Tellers noch eine kleine Fliege, die ich übersehen habe, und legt sie heimlich auf Johannes' Apfelkuchen. Er merkt es gerade noch, bevor er die Fliege in den Mund nimmt, ist aber nicht amüsiert darüber.

Ich schlage vor, dass wir ein kleines unsinniges Spiel programmieren, immerhin haben wir in unserem Pitch von Gamification gesprochen. Johannes ist begeistert, Spiele jedweder Art interessieren ihn, und er macht sofort einige Vorschläge von Spielmechanismen, die einfach und rasch umzusetzen wären. Als Lea einwendet, wir hätten doch beschlossen, etwas Unverkäufliches zu programmieren, weil wir die Erwartungen beim Pitch enttäuschen wollen, wissen wir nicht weiter. Johannes schlägt vor, irgendwas mit 8-Bit-Computerspielen zu machen, weil er im Zweifel immer etwas vorschlägt, das mit alten Computerspielen zu tun hat. Ich sage, dass ich etwas mit 3D-Druck toll fände, Lea interessiert sich für Design, und nachdem wir das alle gesagt haben, sind wir genauso ideenlos wie vorher. Johannes schnipst die

Plastikfliege, die zuvor auf seinem Apfelkuchen saß, mit seinem Finger über den Tisch. »Kennt ihr Galaga?«, fragt er.

»Ist das nicht so ähnlich wie Space Invaders?«, fragt Lea, und Johannes zeigt uns ein Video. Man spielt ein Raumschiff, das sich schießend gegen wie Insekten aussehende feindliche Aliens zur Wehr setzen muss. Die Insekten fliegen in lustigen Formationen, bevor sie sich zum Kampf aufstellen und rasch abgeschossen werden müssen. Die meisten sehen aus wie Fliegen in Primärfarben.

»Du bist sicher wegen der Plastikfliege draufgekommen«, sage ich, und Johannes nickt.

»Vielleicht können wir etwas mit Galaga und Fliegen machen?«, fragt Lea. Wir schauen uns an.

Nach zwei Stunden eifrigem Überlegen haben wir eine App geplant. Wir wollen den Galaga-Spielmechanismus nachbauen, jedoch spielen die Spieler bei unserer Version nicht das Raumschiff, sondern die Fliegen. Werden mehrere Telefone nebeneinander gehalten, dann wird der Fliegenschwarm stärker. Als Grafik für die Fliegen werden wir auf Leas Vorschlag hin alte Tierillustrationen aus dem 19. Jahrhundert nehmen, sodass die Fliegen nur wenig nach 8-Bit aussehen. Für das Raumschiff wollen wir uns an dem Aussehen des Original-Galaga orientieren.

www.toboggan.eu/DämonischePräsenz

Lieber Toboggan,
ich habe recherchiert und Lothar Schreyers Memoiren gefunden. Er schrieb von der dämonischen Seite Lavinias und den sinnlichen Verwirrungen zwischen Lavinia und Walter,

aber hat diese Prügelei wirklich stattgefunden? Ein Foto von Lavinia in dem Engelskostüm habe ich gefunden, wahrscheinlich hat es dich inspiriert. Es gibt so wenig Überliefertes von Lavinia und Walter außer ihren Masken, einige Briefe werden in einer Forschungsarbeit angeführt, aber ich kann nicht alles bei Google Books einsehen. Ich arbeite wie ein Detektiv, setze Lavinias Spuren zusammen und vergleiche sie mit deinen Texten, aber vielleicht geht es gar nicht um Lavinia, sondern um etwas ganz anderes?

Vielleicht darf ich mich nicht von Lavinias Leben ablenken lassen und muss zur Toboggan-Maske zurückkehren, vielleicht ist sie der Schlüssel zur Entsperrung? Zumindest haben in deiner Geschichte Lavinia und Walter die Sturmbühne verlassen und sind nun allein. Laut Wikipedia entstehen jetzt die ersten Masken, ich bin gespannt, wie es weitergeht!

Wir haben uns als Gruppe für eine Fahrt in einem Bus mit anderen Programmierteams beworben, am Ende gibt es in Hamburg einen Pitch des auf der Reise entwickelten Projekts. Wir werden von Berlin bis nach Hamburg fahren, und dort werde ich mir endlich die Masken in der Realität anschauen. Das wird sicher sehr spannend.

Ich habe übrigens unter großem körperlichen Einsatz versucht, eine Fliege zu fangen, um aus den Bildern ein Modell zum Ausdrucken zu bauen. Fliegen erinnern mich an das Toboggan-Kostüm, die anthropomorphe Riesenfliegenhaftigkeit der Masken. Für dieses 3D-Modell habe ich mit zahlreichen Haaren bezahlt, die an dem ekelhaften Fliegenfänger kleben geblieben sind:

fliege.stl

NEG (3) – Negate

```
Kanban-Tafel:
Kanban ist der japanische Begriff für Karte oder
Beleg. Die Kanban-Technik wurde für die Firma
Toyota entwickelt, um die Produktionsgeschwin-
digkeit zu erhöhen. Auf der Kanban-Tafel wird der
Arbeitsprozess in drei Bereiche geteilt: To-Do,
Doing und Done. Das Verschieben von Kärtchen,
Post-its, Magneten auf der Tafel visualisiert
den Arbeitsprozess. Es gibt Kanban-Tafel-Soft-
ware für das Projektmanagement, aber das Bewegen
von realen Gegenständen hat sich als motivieren-
der für die Teammitglieder erwiesen. Menschen
möchten ihre Fortschritte gerne messbar vor Augen
haben.
```

Meine Reisetasche ist voller Jogginghosen und Sweatshirts, wenn ich den ganzen Tag in einem Bus hocken muss, brauche ich kaum andere Kleidungsstücke. Ich bin gespannt, was Lea und Johannes anziehen werden, besonders Lea legt sonst ziemlich viel Wert darauf, gut gekleidet zu sein. Für das Pitch-Event in Hamburg hat Johannes drei gleichfarbige graue T-Shirts mit unterschiedlichen Motiven aus der Originalversion von Galaga bestellt, auf meinem sind zahlreiche Pixelfliegen mit blauen Flügeln. Ich sitze auf meinem Bett und föhne mir die Haare, morgen wird es früh losgehen.

Am Anfang der TechBus-Reise steht ein Kick-off in einem Tagungssaal, und danach besteigen wir mit unseren Teams die zwei Busse. Mich beschleicht das aufgeregte Gefühl, das mich früher an den Abenden vor Klassenfahrten und Jugendgruppenreisen nicht hat einschlafen lassen, als ob ein schlafendes Saatkorn im Bauch gegossen worden ist und nun in der Hitze des Reisefiebers anfängt zu sprießen.

Ich sitze mit halb feuchten Haaren vor dem Computer, weil mich das Föhnen immer nach kürzester Zeit langweilt, und lasse mich ohne Ziel durch das Netz treiben. Während Musik durch meinen Kopfhörer dringt, sehe ich mir untertitelte YouTube-Videos ohne Ton an. Manchmal finde ich menschliche Stimmen furchtbar anstrengend, stattdessen höre ich elektronische Musik – die Playlist habe ich wahllos angeklickt, »Die besten Chill-Out-Sounds Elektronik«. Mein E-Mail-Postfach benachrichtigt mich per Pushnotification, die meine Aufmerksamkeit erzwingt, dass es einen neuen Kommentar unter meinem letzten Blogpost gibt. Es ist wieder einfach nur der Link zu

www.tbggn.me

Das Bild vom letzten Mal ist fort, stattdessen ist auf der Internetseite nur ein sehr hochaufgelöstes Foto zu sehen, diagonal ragt ein Stück rostrotes Brückengeländer in das Foto hinein, darunter graugrünes Meer. Die Farbe ist so speziell, dass ich mir ziemlich sicher bin, ein Bild von der Golden Gate Bridge vor mir zu haben. Auf dem Geländer sind undeutlich weiße Punkte zu sehen. Ich vergrößere das Bild und finde eine Reihe weißer Plastikfliegen, wahrscheinlich nach meinem Modell ausgedruckt.

Mir gefällt, dass die Fliegen, für die ich so viele Haare gelassen habe, es bis nach Kalifornien geschafft haben. Dieses Mal muss ich mich nicht sonderlich anstrengen, den Weg zum Text zu finden. Ich klicke nur auf das Foto, und der nächste Teil von Lavinias Geschichte öffnet sich auf dem Bildschirm.

Der Himmlische Kreisel – Hamburg, 1921/1922

Hans Heinz Stuckenschmidt fröstelte. Hamburg hatte ihn bis jetzt nicht so warm empfangen, wie er es sich gewünscht hatte, als er mit wenigen Mark in der Tasche, einem schmalen Reisekoffer, vollgestopft mit seinem besten Anzug, Wechselkleidung und Notenpapieren, unterm Arm seine Eltern am Bremer Bahnhof verabschiedet hatte und in den Zug gestiegen war. Bei der Einfahrt des Zuges in den Hamburger Bahnhof hatte er beeindruckt aus dem Abteilfenster auf den Bahnhof geschaut und die Konstruktion aus Stahl und Glas bewundert, die sich wie eine Kuppel über den Gleisen aufspannte.

Bei einem Familienausflug nach Hamburg hatte sein Vater ihm, der damals noch mit kurzen Hosen hinterherstolperte, das gläserne Dach des Bahnhofs gezeigt und von der Weltausstellung in Paris erzählt, die er als junger Mann besucht hatte. Er war so geblendet gewesen von dem vielen Licht, das durch die Glasdecke des Ausstellungspavillons fiel, dass er sich in den novemberdunklen Bremer Mietwohnungen oft in die lichtdurchfluteten Hallen der Pariser Weltausstellung zurückgeträumt hatte. Hans Heinz Stuckenschmidt erinnerte sich bei der Einfahrt seines Zuges daran, wie er als Kind in das Gewölbe des Hamburger Bahnhofs geschaut hatte, über dem Glas die grauen Wolken, die im Norden monatelang den Himmel verhängen, und die Pariser Lichteindrücke seines Vaters nicht nachvollziehen konnte. Doch bei dieser Einfahrt in den Bahnhof schien die Sonne über Hamburg, es war ein klarer Wintermorgen, und der Moment kam ihm schicksalhaft vor.

Beschwingt hatte er sich in der Nähe des Bahnhofs ein verwohntes Zimmer genommen, die Miete für den Januar einen Monat im Voraus bezahlt. Für einen längeren Zeitraum reichte sein Geld nicht, aber er hoffte, bis dahin einige Musikkritiken verfasst oder eine bezahlte Stelle als Salonpianist gefunden zu haben. An dem Tisch seines Zimmers mit Fensterblick auf die Mauer einer weiteren Mietskaserne komponierte er in den Abendstunden eigene Stücke, ohne die Gelegenheit zu haben, diese an einem Instrument zu probieren. Zum Klavierspielen besuchte er alle paar Tage einen mittelmäßig erfolgreichen Künstler namens Karl, der außerhalb Hamburgs lebte.

Nun stand er im fahlen Nachmittagslicht unter einer der schmiedeeisernen Bogenlampen vor dem Bahnhofsgebäude und wartete auf den Bekannten. Der Regen fiel in feinen Fäden, machte kaum Geräusche auf dem Regenschirm, den Hans Heinz in der Hand umklammerte. Der Gedanke, mit aufgespanntem Regenschirm zu warten, ohne dass wirklich Regen fiel, die möglichen Urteile und abschätzigen Blicke anderer Passanten machten ihn so nervös, dass er wiederholt seinen Regenschirm öffnete und schloss, um sicherzugehen, dass der Regen wirklich noch fiel.

Karl wollte ihn an diesem Abend mit zur Tafelrunde nehmen, einem Künstlerstammtisch, von dem er bereits öfter gesprochen hatte. Hans Heinz erhoffte sich davon neue Möglichkeiten, vielleicht sogar eine Gelegenheit, etwas Geld zu verdienen. Es würde schwierig werden, mit seinen Kompositionen ein Auskommen zu verdienen, diese neue Musik hatte noch keine sehr große Anhängerschaft im Norden, aber vielleicht könnte er irgendwo als Pianist oder Begleiter für Tanztees tätig werden. Langsam begann er sich unwohl zu fühlen angesichts seines stetig leerer werdenden Geldbeutels. Er hatte bereits eine Rechnung aufgestellt, bei sparsamem Verbrauch seiner Vorräte würde sein Geld noch für drei Wochen reichen, jedoch war schon in einer Woche die Miete für sein Zimmer fällig.

Die Tafelrunde traf sich in einer Konditorei an der Straßenkreuzung von Esplanade und Jungfernstieg. Gemeinsam mit Karl überquerte er die schmale Stelle zwischen Binnenalster und Außenalster. Auf den Brückenmauern saßen Möwen und beobachteten hungrig die vorbeiströmenden Passanten. Hans Heinz rieb sich verstohlen den Bauch, sein Magen knurrte, und er fühlte sich den Möwen plötzlich sehr verbunden.

Das kleine Café befand sich im Souterrain, und sie mussten einige Stufen hinabsteigen, um die Geschäftsräume zu betreten. Eine Gruppe aus neun Männern und Frauen saß bereits um einige zusammengeschobene Kaffeetische herum vor Teetassen und Kuchentellern. Nachdem Karl die Runde begrüßt hatte, stellte er Hans Heinz als seinen Freund und brillanten Musikkritiker vor, von dem sie alle noch Großes hören würden. Hans Heinz hatte heiße Ohren, er konnte sich vor Aufregung nicht alle Namen merken. Besonders fiel ihm jedoch ein Mann mit sehr weichen Gesichtszügen auf, der sich als Komponist Arnold Winternitz vorstellte. Neben ihm saß eine Frau, die ihm von Karl als die erfolgreiche Opernsängerin Martha Winternitz-Dorda vorgestellt wurde.

Im Gespräch bemühte sich Frau Winternitz-Dorda jedoch sofort klarzustellen, dass sie nur ein Gast und kein Mitglied der Tafelrunde sei, aber außerordentliches Interesse an der neuen Wiener Schule habe. Hans Heinz lächelte unsicher, und sie wechselten einige Wort über die Musikszene Wiens. Als die Opernsängerin sich schließlich wieder ihrem Apfelkuchen widmete, der den halben Porzellanteller bedeckte, verließ die Anspannung Hans Heinz, und er tupfte sich mit seinem Taschentuch die Stirn.

Gemeinsam mit Karl ging er zur Theke, hinter der die Konditoreibesitzerin Minna Seiler, eine ältere Dame im hochgeschlossenen Kleid mit freundlich leuchtenden Wangen, einen Tee aufbrühte. Sie musterte Hans Heinz von Kopf bis Fuß und sagte zu Karl: »Hast du noch so einen armen Schlucker mitgebracht?« Der nickte nur grinsend, während Hans Heinz feuerrot wurde. Frau Seiler beugte sich zu den sauber aufgebauten Kuchen, legte ein großes Stück Streuselkuchen auf den Teller und schob es Hans Heinz mit den Worten »Das geht aufs Haus« zu. Er dachte an die Möwen auf der Alsterbrücke, ihre hungrigen Blicke, und fragte sich, ob ihm in Hamburg Flügel wachsen würden.

Den Kuchenteller in der Hand balancierend, setzte er sich auf den Caféstuhl neben einer dunkelhaarigen Frau mit sehr prägnanten Augenbrauen und durchdringendem Blick. Dem hochgewachsenen Mann, der im exakt geschnittenen grauen Anzug neben der Frau saß, hing das etwas zu lange sandfarbene Haar in ein Gesicht, das zu hager und kantig war, um freundlich wirken zu können. Hans Heinz fühlte sich beobachtet und aß seinen Streuselkuchen langsam, auf jeden Bissen bedacht. Als er das letzte Stück auf die Kuchengabel spießte, begann die Frau, deren Namen er vergessen hatte, in ihrer Tasche zu kramen. Sie holte ein großes Skizzenbuch heraus und legte es vor ihm auf den Tisch. Er kaute noch auf dem Kuchenbrei, als sie sich unvermittelt vorstellte: »Ich bin Lavinia Schulz, und das ist mein Ehemann Walter Holdt. Wir nennen uns Maskentänzer und suchen noch nach einem Musiker, der uns begleitet, vielleicht auch mit eigenen Kompositionen.«

Sie schaute ihn erwartungsvoll an und klappte das Buch auf. Die geöffnete Seite war voll mit illustrierten Kästchen, tanzenden Strichmännchen und geometrischen Mustern sowie Pfeilen, die wahrscheinlich Bewegungsabläufe symbolisieren sollten.

»Ich habe eine eigene Notation für unsere Tänze entwickelt«, sagte Lavinia Schulz und blätterte um. Die nächste Seite zeigte zahlreiche mit dem Bleistift gezeichnete, abstrakt verzerrte Fratzen. Hans Heinz Stuckenschmidt war fasziniert. Er begann sich animiert mit Lavinia und Walter zu unterhalten, sie tranken Schwarztee mit Kandis, die Zeit rauschte vorbei.

Einige Tage später lief Hans Heinz Stuckenschmidt an dem mächtigen Gewerkschaftshaus am Besenbinderhof vorbei und suchte die Wohnung von Lavinia Schulz und Walter Holdt, als er auf Letzteren stieß, der rauchend an einer Hauswand lehnte. Walter verwies ihn zum richtigen Hauseingang.

Vor der Wohnungstür der Souterrainwohnung richtete Hans Heinz seinen Mantel. Er klopfte mehrfach, die Tür öffnete sich jedoch nicht. In der Wohnung rumste und knackte es, als schöbe jemand schwere Möbel hin und her. Nachdem er wiederholt geklopft und abgewartet hatte, hörte er hinter sich Walter Holdt die Kellertreppe hinabspringen. Der grinste ihn an und öffnete die Tür, hinter der Lavinia in ihrer Tanzkleidung aus weißem Stoff selbstvergessen von einem Bein aufs andere sprang, den Raum mit großen Sprüngen durchquerte, sich an der Wand abdrückte und auf den Boden fallen ließ. An der Decke hing eine Glühbirne und verbreitete im Zusammenspiel mit der durch die schmalen Fenster fallenden Wintersonne fahles Licht. Lavinia blickte auf, das Gesicht schweißnass, und lachte die beiden Männer an, die hintereinander die Wohnung betraten.

Nach der Begrüßung führte sie Hans Heinz direkt in das Nebenzimmer. Vor einem Verschlag an der Außenwand des Raumes hing ein Leinenvorhang mit Farbspritzern. Sie schob den dunklen Stoff zur Seite, dahinter waren zahlreiche buntflächige Masken und Kostüme auf Drahtbügeln an einer Stange aufgehängt. Das elektrische Licht ließ die Kanten der Gebilde scharf erscheinen und warf starke Schatten auf ihre sonderbaren Formen. Wie unheimliche Tiere aus einem parallelen Universum, die nur darauf warten, belebt zu werden, dachte Hans Heinz beeindruckt. Jedes Kostüm hatte einen Namen und erzählte eine eigene Geschichte, die Lavinia begeistert vortrug, bis ihm der Kopf schwirrte.

Eine Woche später war Hans Heinz mit seinem gesamten Besitz, der immer noch in den kleinen Reisekoffer passte, bei Lavinia und Walter eingezogen. Er bekam eine Klappliege im Zimmer der Masken. Wenn er nachts aufwachte, erschreckte er sich manchmal über die Körperformen der Masken im Halbdunkel. Wenn er das Fenster zum Lüften geöffnet hatte, bewegten sie sich im Wind, dann war ihm, als würden sie nur darauf warten, am nächsten Morgen wieder Leben in sich aufzusaugen, als würden nach jedem vertanzten Tag die Masken mehr mit ihren Trägern verschmelzen.

Walter führte sorgfältig Buch über die Lebensmitteleinkäufe. Alle Ausgaben, Einnahmen, Schulden und Leihgaben stellte er in einem großen Heft auf. Lavinia lachte darüber und sagte, seine Kaufmannswurzeln hielten ihn fest am Boden der Realität. Vielleicht war es aber ihm und seinen akribischen Aufzeichnungen zu verdanken, dass sie am Ende des Monats manchmal noch genug Geld für neues Leinen und einige Drahtstäbe hatten, um bei den Proben beschädigte Kostüme auszubessern. Abends aßen sie gemeinsam die Gemüsesuppe, die tagsüber auf dem Ofen kochte, während sie probten.

Lavinia und Walter schliefen in Hängematten unter Pferdedecken. Wenn sie die filzigen Decken alle zwei Monate ausspülten, roch die Wohnung nach Stall, worüber sie tagelang witzelten. Morgens wurden die quer durch den Raum gespannten Hängematten abgehängt, so konnten sie den Wohnraum darunter tagsüber zum Tanzen verwenden. Das scheppernde Pianino im gleichen Zimmer benutzte Hans Heinz, um seine Stücke zu komponieren und die Maskierten bei ihren Tänzen zu begleiten. Unterbrochen von kleineren Auftritten verbrachten sie die nächsten Monate probend in der Kellerwohnung. Lavinia zeichnete detaillierte Notationen all ihrer Tänze und versuchte auch Walter dazu anzuhalten, der jedoch lieber die Abende im Künstlercafé Ha.Ka verbrachte. Regelmäßig traten Walter und Hans Heinz als Musiker bei nicht besonders gut honorierten Kabaretts und

Revuen auf, um Geld für das gemeinsame Leben zu verdienen.

Es wurde Sommer, und in den Masken sammelte sich der Schweiß der Tanzenden, manchmal hatten sie abends bunte Ränder aus Plakatfarbe in den Halsfalten, die Körperflüssigkeiten griffen das Material an. Im Spätsommer bestritten sie einen kleinen Auftritt im Museum für Kunst und Gewerbe, bei dem Hans Heinz alle Hingabe in sein Spiel legte, aber nicht darüber hinwegtäuschen konnte, dass die Tänzer erkältet waren und das riesige Gewicht der Masken vor Erschöpfung kaum stemmen konnten. Als es im Winter wieder kälter wurde, begannen an den Glasscheiben der Kellerwohnung die Eisblumen zu blühen, und wenn sie morgens anfingen zu tanzen, waren die Kostüme kalt und schwer wie Ritterrüstungen, und bis sich der Raum erwärmt hatte, kondensierte der Atem in den Masken.

Mit dem nahenden Februar stand das nächste Künstlerfest vor der Tür. Bereits Wochen vorher wurde in der Tafelrunde über nichts anderes gesprochen, als Motto wurde der »Der himmlische Kreisel« festgelegt. Die Maskentänzer sollten einen zentralen Part in der astralen Tanzshow spielen, einer intensiv geprobten Revue. Dieses Mal begann der Abend für die Maskentänzer nicht als Teil der tanzenden Masse im Ballsaal, sondern im Garderobenraum hinter der Bühne. Lavinia und Walter waren eifrig in ein Gespräch vertieft, während Hans Heinz versuchte, seine Hände warm zu reiben.

»Es ist doch lächerlich, dass er eine solche Eifersucht auf die Ideen seiner Schauspieler zeigt und nun versucht zu behaupten, mein Klangsprechen wäre sein Einfall gewesen.« Lavinia drehte sich zu Walter, während der sich abmühte, die Häkchen ihres Kostüms zu schließen. Eine andere Schauspielerin, die jetzt in einem rot-weiß geringelten Pyjama auf der Bühne stand und dort einen eigenwilligen Ausdruckstanz zum Besten gab, hatte Lavinia und Walter in die neuen Entwicklungen der Sturmbühne nach dem Ausscheiden der Maskentänzer eingeweiht. Seitdem redete sich Lavinia in Rage und erklomm eine Wuthöhe nach der nächsten. Walter und Hans Heinz hatten zunächst noch versucht, sie zu beruhigen, aber irgendwann beschlossen, den Sturm einfach auszusitzen, wie sie es bereits öfter erfolgreich getan hatten. Walter nickte zustimmend, wenn Lavinia etwas herausfauchte, und werkelte weiter an den Verschlüssen des Kostüms herum. Sie hatten beschlossen, die Toboggan-Kostüme zu tragen, die sie für die Revue in »Die Ungeheuer vom Sirius« umbenannt hatten.

Hans Heinz führte die Maskentänzer, die sich an seinen Ellbogen festhielten, in Richtung Bühne, da die Orientierung mit den Masken schwierig war. Die Drahtstäbe an Lavinias Hüfte stachen ihm in die Kniekehle, als sie sich in den Kulissen bereitstellten. Auf der Bühne tanzte eine der Hamburger Ausdruckstänzerinnen, von denen in letzter Zeit immer mehr auftauchten. Tanzschulen wurden eröffnet, und die neue Freiheit im Tanz, weit weg von den strengen Bewegungen des klassischen Balletts, zog immer neue Schülerinnen an.

Mit Masken tanzte jedoch in Hamburg niemand außer den Maskentänzern, vielleicht weil die frisch gebackenen Ausdruckstänzerinnen keine Lust hatten, ihre neu gewonnene Bewegungsfreiheit gleich wieder mit schweren Masken einzuschränken. Die braunen Locken der Tänzerin auf der Bühne waren im Nacken verknotet, und sie trug ein schwarzes Kleid aus dünnem Stoff, der lose um ihren Körper herabfiel. Die in den Stoff eingewobenen Glitzerfäden brachen das Licht und unterstrichen den fließenden Eindruck des Materials, der von den schlängelnden Bewegungen noch verstärkt wurde. Hans Heinz beobachtete sie fasziniert. Als das Stück fertig war, verbeugte sie sich nicht, sondern führte nur eine kreisende Handbewegung aus, die sie in Kombination mit einem kurzen Kopfnicken ausgesprochen überheblich wirken ließ. Vornehm, dachte Hans Heinz Stuckenschmidt und fühlte sich schüchtern im Angesicht dieser aristokratischen Eleganz. Als die Tänzerin von der Bühne geschritten war und der Applaus verebbte, überwand er sein Lampenfieber und trat hinter dem Vorhang hervor, setzte sich an den Flügel und begann zu spielen.

Für die Revue spielte er einen Two-Step, eine ohrwurmverdächtige, leicht zugängliche Melodie, ganz anders als seine sonstigen Kompositionen. Walter und Lavinia hüpften in ihren Kostümen in federnden Sprüngen über die Bühne, scheinbar mühelos, trotz der komplizierten Konstruktionen, die ihre Gesichter völlig verbargen. Als saugten die Masken langsam das Leben aus den beiden Tänzern, bewegten sich die Drähte, denen man zuvor aus der Nähe angesehen hatte, wie mühevoll sie angeklebt waren, wie organisch verbundene Teile der Tänzerkörper. Hätte Hans Heinz nicht gewusst, wie unendlich schwer diese Masken waren, dann hätte ihn die Leichtigkeit der Verschmelzung von Tänzern und Masken getäuscht.

Während seine geübten Finger über die Tasten jagten, schien es ihm, als verließe er seinen Körper und würde eins mit den tanzenden Ungeheuern. Vielleicht war dies die Auflösung des Individuums in der Kunst, von der Lavinia ständig sprach. Er sah seine schweißnasse Stirn in der spiegelnden Oberfläche des Klaviers, die Musik umschloss ihn, als wäre die ganze Welt in einer Maske gefangen. Er hörte die keuchenden Atemzüge der Tänzer, die klackernden Drahtstäbe, den tosenden Applaus des Künstlerpublikums, der wie eine Welle über den Maskentänzern und ihrem Pianisten zusammenschlug.

TechBus Etappe 1: Berlin – Wien

Der Boden im Foyer des Hotels ist so glatt poliert, dass ich darauf mein verschwommenes Spiegelbild erkennen kann. Johannes' Turnschuhe quietschen bei jedem Schritt, was ihn jedoch nicht davon abhält, einen Umweg zur Rezeption zu machen und sich leuchtend blaue, mit einer geschwungenen Blume, dem Markenzeichen des Hotels, geschmückte Lutschbonbons aus einer großen Glasschale zu fischen.

»Hast du gerade der Rezeptionistin zugezwinkert?«, fragt Lea ungläubig, als er mit den Händen voller Bonbons zu uns stößt.

»Ich hab auch gegrinst, so hat sie zumindest nicht gemeckert, als ich die ganzen Bonbons genommen habe. Später im Bus werdet ihr dankbar sein, dass ich Eisbonbons zum Lutschen in der Tasche habe. Wenn die Tristesse der Autobahn uns überwältigt, dann werde ich zur Ablenkung blaue Bonbons auf den Tisch werfen.«

Ich stoße die Glastür zum Tagungssaal auf, dort sind zahlreiche komfortabel gepolsterte Stühle vor der Bühne aufgestellt. Verschiedene Grüppchen sitzen bereits in den Stuhlreihen, andere stehen am Getränkebüfett an der Hinterseite des Raums und füllen sich Kaffee in bereitgestellte Porzellantassen. Wir holen uns kleine Mineralwasserflaschen und setzen uns in die Saalmitte. Wie immer bei solchen Events bleiben die ersten beiden Sitzreihen noch frei, obwohl dieses Mal kaum Ehrenplätze reserviert sind. Die meisten der Anwesenden sind in unserem Alter, und fast immer kann man schon anhand der Optik vermuten, wer für die Business-Seite der Teams verantwortlich ist. Der Raum beginnt rasch nach Aftershave zu riechen. An der einen Raumseite ist eine große Glasfront mit einem netten Panoramablick über ordentlich gestaltete Grünflächen, die Sonne scheint durch die Scheiben, trotzdem fröstelt es mich, die künstliche Kühle von Klimaanlagen fühlt sich falsch an auf meiner Haut.

In stetigem Zustrom kommen die Teams und Besucher der Veranstaltung in den Raum, bis die Plätze fast alle besetzt sind. Die Teams betreten entweder geschlossen den Sitzungssaal oder begrüßen einander lautstark, mit dieser markierten Zugehörigkeit sind sie klar zu unterscheiden von den Besuchern, die einzeln oder zu zweit den Raum betreten.

Ein junger Typ in weißem Hemd, perfekt sitzender Jeans und präzisem Haarschnitt stellt sich an den Bühnenrand und begrüßt uns zum diesjährigen TechBus. Er erzählt uns noch mal den Ablauf, den wir alle schon kennen, und betont so oft, wie innovativ dieses Event sei, dass es bereits langweilig wird. Im Publikum sitzen offensichtlich einige Journalisten, denn hin und wieder blitzt es, und einige versprengte Einzelpersonen scheinen sich Notizen zu machen. Gegen Ende seiner Rede sagt er, wir sollten bitte während der gesamten Reise die Namensschilder aus unserer Willkommenstüte angesteckt lassen, damit wir uns gegenseitig leichter kennenlernen könnten.

»Als ob dabei Namensschilder helfen würden«, flüstert Lea uns zu, während er durch das Mikrofon ruft: »Gute Fahrt im TechBus!«

Dabei drückt er enthusiastisch eine kleine Tröte, die vielleicht so klingen soll wie die Hupe eines Autos.

Die Reisebusse für unsere Tour stehen vor dem Hotel bereit, sie leuchten silbrig in der Sonne, und in Hellblau ist auf beiden Seiten der TechBus-Schriftzug aufgedruckt. Alle Teams bekommen, nachdem sie ihre Reisetaschen am Gepäckfach abgegeben haben, beim Einsteigen in die Busse von dem für den jeweiligen Bus verantwortlichen TechBus-Projektmanager ihre Willkommenstüte, einen hellgrauen Stoffbeutel, darin eine Mappe mit zahlreichen Flyern und Broschüren potenzieller Arbeitgeber oder Investoren, die angekündigten Namensschilder aus teuer aussehendem Metall, eine Packung mit Trockenfrüchten, Energy Drinks, Kugelschreiber und einen Notizblock, eine Schlafmaske, Ohropax sowie einen kleinen Bus, den Johannes sofort über unseren Tisch brummen lässt. In jeder Tasche ist außerdem eine große Tüte mit kleinen Packungen verschiedener Kaugummis und Lutschbonbons, die Lea mit hochgezogener Augenbraue vor Johannes' Gesicht hin und her wedelt. »So viel zu deinen blauen Hotelbonbons«, sagt sie und lacht.

Jedes Team hat einen Viererplatz um einen Tisch herum, über dem ein WLAN-Signalverstärker hängt. Als die letzten Teams ihre Plätze gefunden haben, fährt der Bus etwas ruckelig an. Rasch ist er von Stimmengewirr gefüllt, während die Teams ihre Computer aufstellen, Kopfhörer einstecken und versuchen, sich mit dem Internet zu verbinden. Als die Notebooks alle aufgeklappt sind, wird es ruhiger. Das Stimmengewirr vom Anfang weicht dem Klicken von Tastaturen und den leiseren konzentrierten Gesprächen über die anliegenden Aufgaben und die Arbeitsverteilung. Die Gesichter werden von den Bildschirmen fahl beleuchtet. Würden wir nicht abends aussteigen und in Hotels schlafen, dann wäre der Bus eine bläulich leuchtende Programmierblase, die über die Autobahn rauscht.

Wir beginnen die Arbeit an der Galaga-App. Weil Lea und Johannes schneller als ich programmieren können, haben wir besprochen, dass ich an der Grafik unseres Spiels arbeiten darf. Die nächsten Stunden verbringe ich damit, die Oberfläche der App zu gestalten, alte Fliegenillustrationen freizustellen und Verzeichnisse anzulegen. Die Arbeit ist sehr konzentriert, nur unterbrochen vom Auffüllen unserer Kaffeebecher aus der großen Thermoskanne, die neben dem für uns zuständigen TechBus-Projektmanager steht.

Er heißt Finn und ist wahnsinnig freundlich zu allen Teams; weniger entnervter Klassenlehrer auf einem Ausflug als gut motivierter Anführer einer Jugendgruppe. Zwischendurch bietet er uns Bananen und Traubenzucker an. Ich schaue aus dem großen Panaromafenster über die Felder, die sich an die Autobahnen schmiegen und um diese Jahreszeit verlassen und grau aussehen, und frage mich, ob Finn sich selbst als eine Art Bergführer betrachtet.

Unsere Hotels sind so ausgewählt, dass wir durch die gute Lage zumindest bei der Anfahrt einen kleinen Blick auf die Etappenziele werfen können. Als wir uns dem Wiener Zentrum nähern, sind wir jedoch so müde, dass ich mir kaum vorstellen kann, dass wir jenseits des Blicks aus den Busfenstern noch sehr viel von der Stadt sehen werden.

In dem Hotel steht ein Abendbüfett für uns bereit, wir

sitzen beim Essen an runden Tischen. Viele Teams können nicht aufhören, über ihre Projekte zu sprechen, und ein wirklicher Austausch zwischen den Teams kommt deswegen trotz der schicken Namenschilder nicht zustande. Finn hat sich an unseren Tisch gesetzt. Schon während der Busfahrt hat er auffällig oft zu Lea herübergesehen, aber die ist gerade in ein Gespräch mit ihrer Sitznachbarin vertieft, die uns mit ihrem Team im Bus gegenübersitzt. Lea hatte bei der Fahrt in die Stadt über ein Kunstmuseum gesprochen, das sie gerne mal in Wien besuchen würde, woraufhin die Sitznachbarin aus dem anderen Team begeistert anfing, mit ihr über Kunst zu reden. Finn hatte also wenig Gelegenheit gehabt, mit Lea beim Abendessen ins Gespräch zu kommen, und sichtbar gelangweilt begonnen, sich mit seinem Sitznachbarn, einem blassen Rothaarigen, zu unterhalten. Johannes hatte sich ebenfalls schon am Anfang des Essens mit einem verschmitzt aussehenden Dunkelhaarigen, der an der Schläfe bereits ergraute, in ein Gespräch vertieft.

Seitdem sitze ich, zufrieden, dass niemand mit mir reden will, an dem runden Tisch, habe keine Lust, die Namensschilder der Menschen um mich herum zu entziffern, und beobachte stattdessen die anderen TechBus-Teams. Viele verschwinden direkt nach dem Essen gemeinsam auf ihre Zimmer, entweder wollen sie noch weiterarbeiten oder sich für den nächsten Tag ausruhen, der Wettkampfgeist ist bei einigen Teams sehr ausgeprägt. An unserem Tisch scheint das anders zu sein, denn es wird gerade mehr Bier bestellt, und mittlerweile sind auch Lea und Finn ins Gespräch gekommen. Ich stehe auf und verabschiede mich von meinem Team und den anderen, die nun wahrscheinlich im Restaurant oder an der Hotelbar versacken werden. Zumindest noch kurz will ich etwas von dieser Stadt sehen und habe nach der langen Busfahrt keine Lust mehr auf viele Menschen.

Es ist schon dunkel und ziemlich kalt, vielleicht ist auch der Winter in Wien nässer und unerträglicher. Die feuchte Kälte überzieht die Stadt mit einem schimmligen Hauch; ich habe eine Schwäche für Städte mit dem Charme früherer Größe, sie erinnern mich an uraltes Festtagsporzellan mit kleineren Macken, aber wunderhübschem Dekor. Um mich herum laufen Paare in eleganter Kleidung, wahrscheinlich kommen sie aus der Oper, vielleicht ist aber auch diese Stadt ein nicht enden wollendes Perlenkettenevent. Zwischen den Damen in ihren schweren Pelzmänteln fühle ich mich, als zöge ich mit einer Tierherde um die Häuser.

Es wird ruhiger in den Seitenstraßen. Mein Handy vibriert. Johannes fragt, wann ich zurückkomme, und schickt ein Foto von sich und Lea mit Bierflaschen an dem runden Tisch. Mein Handy sagt mir, dass ich 7356 Schritte gelaufen bin, und ich mache mich auf den Rückweg. Hinter einer Mülltonne springt eine Ratte hervor und überquert, ohne mich eines Blickes zu würdigen, die Straße. Wien gefällt mir, denke ich, als ich wenig später unter der gestärkten Hotelbettdecke liege.

www.toboggan.eu/Möwenflügel

Lieber Toboggan,
 ich sitze an einem kleinen Hotelzimmerschreibtisch in Wien, gleich fährt der Bus weiter nach Köln. Die Stadt hat mir gefallen: wie die Kostüme von Lavinia, diese fabelhafte Mischung aus kleinteiliger Mühe und großflächigem Verfall.

Nach dem letzten Text habe ich natürlich sofort alle Namen gegoogelt, und Hans Heinz hat wirklich die Kellerwohnung mit Lavinia und Walter geteilt. Wusstest du, dass die beiden sogar ihren Sohn nach ihrem Freund benannt haben?

Ich weiß, dass wir uns langsam dem Ende der Geschichte nähern, es steht ja unvermeidlich bevor, und viele Jahre bleiben nicht mehr übrig. Was passiert, wenn du die Geschichte fertig erzählt hast? Kann man diese Geschichte überhaupt fertig erzählen?

Wir haben beschlossen, etwas zu entwickeln, das bei dem finalen Pitch in Hamburg, am Ende unserer Reise, völlig aus dem Rahmen fällt; wir wollen eine App bauen, die niemand kaufen will. Ich bin gespannt, ob es funktionieren wird. Wir arbeiten an etwas, das mit dem Spiel Galaga zu tun hat, vielleicht kennst du es?

Wusstest du, dass die Neue Musik, die Hans Heinz als Musikkritiker und Komponist so gut gefiel, aus Wien kam? Leider hatten wir kaum Aufenthalt in der Stadt, diese Reise ist ein langes Arbeitspendeln, und abends erreichen wir immer nur unsere Schlafstätte für die Nacht. So hat man bloß Gelegenheit, sich einmal durch die Straßen spülen zu lassen, für einen kurzen Moment die Oberfläche anzuschauen, aber etwas vertiefen, einen interessanten Ort besuchen, das geht nicht. In Wien gibt es ein Schönberg Center für das Erbe des Komponisten, der Hans Heinz laut Wikipedia sicherlich am meisten beeinflusst hat. Dort wäre ich gerne hingegangen, aber stattdessen habe ich mir Zwölftonmusik im Internet angehört, und vielleicht hat das auch gereicht. Nach Lübben weiß ich nicht mehr genau, ob man wirklich an einem Ort sein muss, um etwas erlebend nachzuvollziehen.

Die Musik klingt sonderbar für mich, anstrengend und

gleichzeitig faszinierend. Damit passt sie gut zu den Masken von Walter und Lavinia, vielleicht haben die drei sich deswegen so gut verstanden. Nach jedem Text von dir verbringe ich viel zu viel Zeit damit zu schauen, für welche Passagen ich Belege finde und welche Fakten ich im Internet verifizieren kann, dabei ist doch sowieso alles eine Geschichte, und es könnte mir auch egal sein, welche Teile ausgedacht sind. Vielleicht ist es meine Begeisterung für Detektivarbeit, vielleicht suche ich auch so viel, weil ich hoffe, dass in deiner Geschichte die Fiktion überwiegt, dass sie anders enden darf als die im Internet zu findende Biografie von Lavinia.

TechBus Etappe 2: Wien – Köln

Johannes hängt an einem Rutschenturm und wackelt mit den Füßen. »Wenn dein Hand noch im Bus ist, dann wird der Schrittzähler überhaupt nichts zählen, und was machst du dann?«, ruft Lea ihm zu. Sie kann eine Augenbraue zu einem perfekten Spottgesicht hochziehen, und ich wünschte, ich hätte meine Gesichtsmuskeln genauso unter Kontrolle, aber beim Üben vorm Badezimmerspiegel rutschen immer beide Brauen nach oben, und ich sehe bloß überrascht aus, ohne jede Spur von Spott.

»Verdammt, dann brauche ich einen Bewegungstracker mit Pulsuhr, eines von diesen Fitnessarmbändern, die sehen bloß nie gut aus.« Johannes ist außer Atem, als er von dem Spielgerät abspringt, aber er lässt es sich trotzdem nicht nehmen, uns mit einem schrecklichen Tod durch Thrombose und Lungenembolie zu drohen, wenn wir unsere Bewegungspausen nicht ausgiebig nutzten.

Wie bei jeder guten Seniorenbusreise teilen sich die Mitglieder des TechBusses mittlerweile bei jedem Stopp in zwei Gruppen auf, die einen huschen direkt zur Toilette und kaufen sich dann in der Raststätte einen bitteren Kaffee oder Pommes, die anderen verhalten sich wie aus unerträglicher Gefangenschaft entlassene Tiere, quellen aus den Bustüren, beginnen zu hüpfen, die Arme zu kreisen oder zu schütteln und wackeln mit den Hüften, als wollten sie zeigen, dass der platt gesessene Hintern definitiv kein natürlicher Zustand ihres Körpers ist. Johannes ist bei jedem Halt erleichtert und versucht uns zu motivieren, mit ihm zu hüpfen, kurze Strecken zu rennen und leichte Gymnastik zu machen, während wir schläfrig in der kalten Novemberluft frieren und nur warten, bis er sein Programm absolviert hat und endlich mit uns Süßigkeiten kaufen geht.

Unsere App macht gute Fortschritte. Eigentlich wollten wir die Handys für das Spiel per Bluetooth verbinden, aber da es dabei ein Limit an möglichen verbundenen Geräten gibt, mussten wir uns etwas anderes überlegen. Nun scannt die App alle im Umkreis befindlichen Bluetooth-Devices, und für jedes gefundene Funkangebot bekommt der Spieler eine Fliege für den Kampf gegen das Raumschiff gestellt. Je mehr Smartphones mit angeschaltetem Bluetooth in der Umgebung sind, desto mehr Fliegen erscheinen im Spiel. Heute haben wir den Mechanismus erstmalig getestet und das Spiel Probe laufen lassen: Durch die ganzen Bluetooth-Devices in dem Bus voller Nerds, von denen viele ihre Kopfhörer über Bluetooth-Verbindungen laufen lassen, hatten wir 15 Fliegen auf dem Bildschirm. So hatte man zwar eine kleine Chance gegen die wild schießende Rakete, aber eigentlich hätte man mehr Fliegen benötigt. Wir haben jeder Fliege drei Leben gegeben und die Chance, wiederbelebt zu werden, sobald ein neues Bluetooth-Netzwerk entdeckt wird.

»Wie weit reicht eigentlich Bluetooth?«, fragt Lea und sucht, als Johannes und ich vage Zahlen in den Raum werfen, in ihrem Handy gleich selbst nach der Antwort.

»Es wären wohl hundert Meter möglich, aber aus praktischen Gründen verbauen die Hersteller nur Bluetooth, das Verbindungen bis ungefähr fünfzehn Meter ermöglicht. Das sagt zumindest dieser Artikel, den ich gerade ausgegraben habe.«

»Das bedeutet, dass man wahrscheinlich mehr als zehn Leute mit offenen Bluetooth-Verbindungen im gleichen Raum haben muss, wenn man auch nur ansatzweise über das zweite Level hinauskommen will«, sage ich nachdenklich.

»Dieses Spiel kann man wahrscheinlich erst durchspielen, wenn mindestens zwanzig oder sogar dreißig Telefone spielbereit sind. Das ist dermaßen unverkäuflich, wahrscheinlich haben wir Kunst produziert«, sagt Johannes.

»Der Kunstmarkt ist milliardenschwer, also Unverkäuflichkeit ist mit Sicherheit nichts, was Kunst definiert«, sagt Lea so ernsthaft, dass Johannes mich augenrollend anguckt.

»Diese App wird beim finalen Pitch mit Sicherheit für einige Verwunderung sorgen. Verkäuflich ist sie anscheinend nicht, da ist es doch völlig egal, ob das Kunst ist oder nicht«, sage ich beschwichtigend und denke an Lavinia.

In Köln ist ab Mitte November Karneval. Daran werden wir erinnert, als wir nach dem Abendessen aus unserem Hotel herausgehen in diese Stadt, die das in Beton gegossene urbane Äquivalent eines Sechzigerjahre-Gewerbegebiets ist.

Wir sehen eine bestgelaunte Männergruppe in hautengen weißen Hosen, kniehohen Lederstiefeln und knallblauen Uniformen vor uns die Straße hinablaufen. Ich würde so gerne mal diese Stiefel anfassen, das braune Leder sieht wahnsinnig weich aus, wie es sich um die Waden der Männer schmiegt. Auf der Straße kommen uns noch mehr Kostümierte entgegen. Mir gefällt die Idee einer verkleideten Stadt; ich wünschte bloß, die Masken hätten ein wenig von der Räudigkeit Wiens und würden nicht so höfisch glänzen, aber vielleicht ist das nur logisch in einer Stadt mit so funktionalen Straßenzügen. Die Toboggan-Masken hätten nicht hierher gepasst in ihrer Schäbigkeit.

Funken nennen sich die verkleideten Männer, erzählt uns Lea, die einige Jahre in Köln gelebt hat. Ich finde den Namen der Fantasiesoldaten so schön, dass ich nicht mit Johannes und seinem Hamburger Spott mitlachen mag.

Nach dem Abendspaziergang sitzen wir, wie die anderen Teams auch, bis spät in die Nacht in unserem Hotelzimmer und arbeiten an der App. Meine Augen sind von den vielen Stunden am Bildschirm mittlerweile so trocken, dass ich ständig Augentropfen nehmen muss. Die Idee, dass die bald von uns gepitchten Produkte im Bus programmiert wurden, ist zwar ein netter Marketingtwist, die meiste Zeit programmieren die Teams aber in ihren Hotelzimmern. Der Bus ist auf dieser Reise wie eine kleine Gewichtsmanschette beim Joggen, keine nennenswerte Erschwerung der Bedingungen. Man hätte uns genauso gut in einem Affenkäfig im Zoo programmieren lassen können oder in Kostümen.

Wir haben Probleme, die App zu testen, weil wir Bluetooth-Verbindungen brauchen, um das Spiel überhaupt spielen zu können. Finn hat uns einige alte Test-Telefone über Nacht ausgeliehen, die aufgereiht auf dem kleinen Hoteltisch liegen und ihre blauen Zähne für uns fletschen. Ich lese gerade Artikel über Bluetooth-Technologie, während Lea und Johannes zur Hotelbar gelaufen sind, um noch Cola zu kaufen. Die Müdigkeit macht uns zu schaffen. Als die beiden mit den Armen voll kleiner Cola-Glasflaschen, an denen das Kondenswasser abperlt, zurückkommen, sehen sie direkt an meinem Gesichtsausdruck, dass etwas nicht stimmt.

»Ist dein Computer kaputt?«, fragt mich Johannes sofort.

»Nein, aber ich habe gerade über Bluetooth gelesen, und seit 2017 wird eine Mesh-Funktion angeboten. Man kann also aus zahlreichen Bluetooth-Knoten ein vermaschtes Netz bilden, bei dem sich alle Teilnehmer untereinander verbinden«, sage ich.

»Ich sehe das Problem nicht. Was hat das mit uns zu tun?« Lea arrangiert die Cola-Flaschen neben den aufgereihten Smartphones und schaut mich fragend an.

»Das ist ein Verkaufsargument. Investoren interessieren sich garantiert für eine App, die möglicherweise eine neue Bluetooth-Anwendbarkeit ausprobiert. Denen wird es völlig egal sein, ob wir in der App mit Fliegen oder Torpedowerfern spielen, die Grundidee schreit förmlich nach vermaschten Netzwerken. Mesh-Networking ist auch ein feines Buzzword«, sage ich bedrückt.

Die beiden nicken langsam und lassen sich in ihre Stühle sinken.

»Dann müssen wir eben weiterdenken«, sagt Johannes und öffnet seine Cola. »Es kann doch nicht so schwer sein, der App ein unverkäufliches Element hinzuzufügen.«

Nach einer Stunde, fünf kleinen Cola-Flaschen und zahlreichen Erdnüssen aus der Minibar haben wir eine Lösung gefunden, und allein der Gedanken daran lässt uns diabolisch kichern. Zuerst hatte Lea vorgeschlagen, die App könne ab einem bestimmten Level einfach den Arbeitsspeicher des Telefons derartig überlasten, dass das Telefon nicht mehr handlungsfähig ist. Das war uns aber zu aggressiv. Johannes schlug vor, die App solle Bilder aus der Fotogalerie in Geiselhaft nehmen und erst bei erfolgreichem Durchspielen des Spiels wieder freigeben. Das fanden wir zwar ziemlich amüsant, machten uns aber Sorgen um den rechtlichen Rahmen. Letztlich fanden wir einen guten Kompromiss, durch den wir einerseits nicht rechtlich angreifbar würden und der andererseits auch nicht das komplette Telefon unbrauchbar macht. Wir arbeiten fieberhaft an der Umsetzung, und wenn ich vom Bildschirm hoch schaue und zufällig den Blick der anderen auffange, müssen wir grinsen.

Uns fehlt immer noch ein Name für unsere App, wir können sie ja nicht einfach Galaga nennen. Deswegen sitzen wir im Morgengrauen eine Ewigkeit auf dem Fußboden von Johannes Zimmer und werfen Ideen in den Raum. Johannes geht zwischendrin duschen und spricht durch die halb geöffnete Tür mit uns. Wir können uns einfach nicht einigen. Lea lehnt alle Referenzen auf und Aktualisierungen von Galaga (New Galaga, Galaga 2.0, Galaga Milenium Edition, Future Galaga usw.) ab, weil sie das langweilig und uninteressant findet. Mir fallen aufgrund meiner Müdigkeit nur Blödeleien wie Galagagos oder Galagantic ein, weswegen ich keine große Hilfe bin. Johannes ruft unter der Dusche Dinge wie »Fliegenkampf« und »Herr der Fliegen« hervor, woraufhin Lea und ich einstimmig »Nein« zurückrufen. Irgendwann macht niemand mehr Vorschläge, Johannes kommt mit Pacman-Boxershorts aus der Dusche und setzt sich auf sein Bett.

»Wir können nicht heute Nachmittag eine Pitch-Präsentation halten ohne Namen für unser Produkt. Im schlimmsten Fall müssen wir uns halt so ein typisches Onlineshopwort aus denken, irgendetwas auf -ando oder -tao. Galagao oder so.«

»Das war schon 2005 unerträglich. Wenn wir so etwas machen, dann muss es sich über all diese Namen lustig machen, etwas wie Galagandozon, oder so«, entgegnet Lea.

Johannes schreibt Galagandozon auf seinen Notizblock, und obwohl wir alle nicht wirklich zufrieden sind, haben wir jetzt zumindest einen Backup, falls uns nichts anderes mehr einfallen sollte.

www.toboggan.eu/Sirius

Lieber Toboggan,

wir sind gestern in Köln angekommen, und gleich geht es weiter nach Hamburg. Ich bin ziemlich müde nach einer durchgearbeiteten Nacht. Unsere App entwickelt sich rasant, wahrscheinlich bekommen wir bis zu unserem heutigen Pitch eine gute Betaversion fertig, sie muss ja zumindest für das Publikum ausprobierbar sein. Wir haben nur noch wenige Stunden, um alles einigermaßen präsentierbar zu machen. Ich werde im Bus an den Folien für eine Präsentation arbeiten, während meine Freunde den letzten Feinschliff an der Betaversion vornehmen.

Wir sind alle so müde, vielleicht war diese Reise doch mehr Grenzerfahrung als erwartet. Manchmal stolpert mein Herz, wie ein Tänzer, der sich die Füße verknotet, ich habe Unmengen an Koffein intus. Nachdem wir eine Ewigkeit überlegt haben, heißt unser Spiel jetzt provisorisch Galagandozon, obwohl keiner von uns das wirklich überzeugend findet. Es soll ironisch gemeint sein, an Dotcom-Namen erinnern, aber ich hasse Ironie und Eingeweihtenhumor.

Galagandozon klingt für mich wie ein seltsames Urwesen, ähnlich wie Toboggan in meinem inneren Ohr klang, als ich den Namen zum ersten Mal las. Das Wort Toboggan erinnert ein bisschen an Fantasiemonster, vielleicht passten deswegen die Kostüme auch so gut zum Auftritt von Lavinia und Walter als Ungeheuer vom Sirius. Ich bin gespannt darauf zu lesen, wie es bei Lavinia weitergeht, auch wenn es mir gerade schwerfällt, überhaupt auf Bildschirme zu schauen. Jetzt gibt es erst mal Hotelfrühstück, einen weiteren Kaffee verkneife ich mir wahrscheinlich.

TechBus Etappe 3: Köln – Hamburg

Am Frühstücksbuffet sieht man den anderen Teams die Nachtschicht genauso an wie uns. Alle trinken demonstrativ schweigend ihren Kaffee, angespannte Stimmung. Ich habe die Software-Industrie immer gehasst für ihre Crunches, schon das Wort lässt mich die Zähne fletschen. Der Crunch als Bauchmuskelübung mag berechtigt sein, aber die Idee, dass vor jeder Deadline ein Crunch passiert, bei dem alle bis zur Erschöpfung arbeiten müssen und leer stierend vor ihren Bildschirmen hängen, macht mich wütend.

Hinzu kommt die zum Crunch immer dazugehörige Crunch-Performance, ein von Johannes erfundener Begriff, bei der alle Beteiligten sich permanent gegenseitig versichern, dass sie auch wirklich extrem wenig geschlafen haben und sehr viel Koffein brauchen und wirklich auf dem letzten Loch pfeifen. Kein Crunch ohne Crunch-Performance, sagt Johannes dann immer und trinkt seinen Kaffee noch expressiver als sonst. Wahrscheinlich ist es unfair, von den leidenden Kaffeetrinkern am Frühstücksbüfett genervt zu sein, wenn der gesamte TechBus-Trip auf dem Prinzip der Crunch-Performance aufbaut. Die Luft im Bus ähnelt schon seit den letzten beiden Tagen extrem dem Geruch eines Hamsterkäfigs und wird nun, mit den nach der gestrigen Nachtschicht mehrheitlich ungeduschten, müden Entwicklerkörpern und der Kombination aus Stressschweiß und Kaffeedampf, sicher nicht besser werden. Ich bin froh, wenn wir endlich in Hamburg angekommen sind.

Wir sind auf der Autobahn irgendwo in der Nähe von Osnabrück, als ich unter meinem letzten Blogpost einen neuen Kommentar mit Link zu Toboggans Website empfange. Eigentlich wollte ich gerade ein wenig ausruhen, aber die Spannung ist zu groß. Ich hoffe, er hat nach meinem letzten Brief kein allzu komplexes Rätsel gebaut, ich bin müde und will einfach nur den Text lesen.

Der Hintergrund seiner Website ist dieses Mal ein Sternbild. Ein blauer Hintergrund mit hellen Punkten, die mit Linien zu etwas verbunden sind, das aussieht wie ein Strichmännchen mit erhobenem Arm und ohne Kopf. Ich mache eine umgekehrte Bildersuche in Google, um herauszufinden, mit welchem Sternbild ich es hier zu tun habe. Es ist der Große Hund, obwohl er überhaupt nicht wie ein Hund aussieht, aber den Eindruck habe ich bei allen Sternbildern. Da diese schon in der Antike benannt wurden, muss ich vielleicht einfach darauf vertrauen, dass die Menschen früher eine bessere Vorstellungskraft hatten. Wahrscheinlich hätte sich »Wütender Strichmann ohne Kopf« auch nicht als Bezeichnung durchsetzen können. Ich lese, dass der hellste Stern im Sternbild des Hundes der Sirius ist, und weiß nun auch, an welcher Stelle des Bildes sich die Eintrittskarte zum nächsten Toboggan-Text befindet.

Vorher fällt mir aber noch etwas ein. Ich schaue, ob die Fliege auch ein Sternbild hat. 88 festgelegte Sternbilder gibt es, darunter zahlreiche Tiere. Meine Suche ist wider Erwarten erfolgreich. Unweit vom Kreuz des Südens steht die Fliege am Himmel, auch wenn sie eher aussieht wie ein Drachen oder ein Papierflieger. Das Sternbild heißt Musca. Ich schlage Johannes und Lea vor, dass wir unsere App Musca nennen, passend zu Weltraum und Fliegen.

Nachdem wir begeistert festgestellt haben, dass es noch keine App dieses Namens gibt, gratulieren wir uns gegenseitig: Unser Spiel heißt Musca. Ich bin mit meiner Präsentation für den Pitch beinahe fertig, füge noch den neuen Titel überall ein und klicke dann auf den Sirius, um den nächsten Text zu lesen.

Cubicuria, die seltsame Stadt – Hamburg, 1924

Der kleine Hans Heinz leckte den Dielenboden des Ateliers. Unter seinem Kopf, den er über die Kante der gehäkelten Krabbeldecke streckte, hatte sich bereits eine kleine Speichelpfütze gebildet, aber er lachte dabei so fröhlich, dass

Lavinia keinen Grund sah, ihn hochzuheben. Sie war sowieso in ihren Bewegungen eingeschränkt. Zumindest hatte Hans Heinz sich mittlerweile an die Masken gewöhnt und weinte nicht mehr, wenn seine Mutter in ihnen verschwand.

Neben Hans Heinz hockte Eugenie, den Rücken an die Wand gelehnt, und drehte eine kleine Rassel vor dem Kind hin und her. Eugenie war eine gute Freundin aus Sturmbühnen-Zeiten, die sich bereits vor einigen Tagen bereiterklärt hatte, während der Aufnahmen auf den kleinen Jungen aufzupassen. Sie war in den letzten Monaten zu einer unverzichtbaren Hilfe geworden, wenn Lavinia versuchte, Geld aufzutreiben, oder Walter nachts aus dem Ha.Ka nach Hause schleifen musste.

Während der Schwangerschaft hatte ihnen ihr Künstlerfreund Emil Nolde eine größere Summe Geld zukommen lassen, für die sich Lavinia dankbar mit einigen Tanznotationen und Maskenentwürfen revanchiert hatte, aber das Geld war knapp. Durch die starke Inflation erübrigte sich jeder Versuch, einige Scheine zur Seite zu legen. Die Krise hatte auch ihre Familien fest im Griff, sodass sie sich dort kaum Unterstützung erbetteln konnten.

Hans Heinz war bereits während der ungewollten Schwangerschaft Lavinias aus der Kellerwohnung ausgezogen, er war vor einigen Monaten nach Wien gefahren und schickte von dort begeisterte Briefe, denen er manchmal einen Geldschein für sein Patenkind beilegte. Seine Musikkritiken waren ein großer Erfolg, und er bewegte sich nun endlich im Kreise der neuen Komponisten, denen er sich so verbunden fühlte. Lavinia vermisste ihn oft mit beinahe schmerzhafter Intensität, er war mit seinem unsicheren Optimismus immer ein ausgleichender Faktor in ihrem Zusammenleben gewesen. Walter vermisste ihn wohl ebenfalls, auch wenn sie nie darüber redeten. Seitdem das Kind geboren worden war, sprachen sie ohnehin nur das Nötigste.

In dem Maße, wie Lavinias Körper sich während der Schwangerschaft veränderte, war sie ungeduldiger und eifersüchtiger geworden. Ihr Bauch wuchs wie ein riesiger Fremdkörper mit einem scheinbar fernen darin rotierenden Wesen, das sich wie ein Eindringling zu Unzeiten bemerkbar machte. Sie war mit geschwollenen Füßen durch die Kellerwohnung geschlichen und hatte sich, verstärkt durch die immer länger werdenden Kneipenausflüge ihres Mannes, furchtbar einsam gefühlt. Sie hatte Angst davor, was dieses Kind für ihre Kunst bedeuten würde, ob es sie davon abhalten würde, ihren Visionen zu folgen. Gleichzeitig begann sie Walter zu drängen, gemeinsam mit ihr doch Aufträge mit besserer Gage anzunehmen, kleineres Marionettentheater und volkstümliche Tänze in Variétés.

Doch Walter war sonderbar antriebslos geworden. Tagsüber lag er in der Hängematte und las in der *Edda*, die Lothar Schreyer ihm ans Herz gelegt hatte. Er redete immer mehr von der nordischen Volksgemeinschaft und verfolgte mit großem Interesse rechte Revolten und kommunistische Aufstände, die Lavinia nicht interessierten. Sie war zu sehr beschäftigt damit, neue Maskenentwürfe zu zeichnen und zu versuchen, ihren schwangeren Körper durch harte Tanzroutinen zu zwingen. Die Begeisterung für nordische Mythologie, das Ungreifbare, die sie einmal mit Walter geteilt hatte, wich zunehmender Erschöpfung. Sie wollte über die gemeinsame Kunst sprechen, doch entweder schwang er politische Reden aus den Tiefen seiner Hängematte oder verschwand in der Hamburger Kneipenszene.

Kurz nach der Geburt des kleinen Hans Heinz kam es zu Putschversuchen in München, die auch auf Hamburg übergriffen. Das Chaos erfasste die Stadt immer mehr, in Barmbek lieferten sich die Kommunisten Häuserkämpfe mit der Polizei, und Lavinia musste bei ihren Lebensmitteleinkäufen an Stacheldraht vorbei, den kleinen Hans Heinz unter dem Mantel an die Brust gepresst. Als das Kind noch in ihrem Bauch und wie ein Fremder gewesen war, hatte sie niemand davon überzeugen können, welche Gefühle sie rasch nach der Geburt entwickeln würde.

Während sie mit angehobenen Beinen auf dem Bett im Hospital lag und schrie, die resolute Hebamme presste einen klammen Waschlappen auf ihren Stirn, fühlte es sich an, als würde sich das Universum nur durch die Macht ihres körperzerreißenden Schmerzes zusammenziehen, zu einem festen Ball kondensieren, der zwischen ihren Beinen herausglitschte. Dann hörte sie ihn schreien, während sie wimmerte und keuchte, verschmolzen in der Einheit mit sich und der Welt, die sie immer in den Masken gesucht hatte. Und dann lag sie auf dem Rücken, mit Glitzerpunkten in den Augenwinkeln, und bewunderte das neue Leben in ihren Armen.

Die Liebe zu ihrem Sohn war so groß und allumfassend, dass sie ihn manchmal an ihren Körper presste, als könnte sie ihn mit purem Willen in ihren Brustkorb schieben, wo er auf ewig warm und geborgen sein dürfte. Einen Kinderwagen konnten sie sich nicht leisten, also wickelte Lavinia den Säugling mit einer Stoffbahn an ihrem Körper fest. Wenn er unter ihrem Mantel leise Geräusche von sich gab und sie die Straßenschluchten entlangeilte, den Geruch der Kohlenöfen in der Nase, hatte sie manchmal das Gefühl, die

Häuserwände würden sich ihr zuwenden, als ob die Straßen enger würden, ihr die Luft nähmen und sie schließlich zwischen angegrautem Klinker zermalmten. Es schien ihr unvermeidlich, dann schüttelte sie den Kopf, als ob sie so das Furchtbare, Irreale abwehren könnte, und schob es auf den Hunger, der schmerzhaft durch ihre Körpermitte schnitt.

Während der Schwangerschaft hatten sie immerhin genügend Geld gehabt, um ihren Hunger zu stillen, aber seit einigen Wochen wurden die Mahlzeiten immer spärlicher. Im Herbst hatte es Hungerkrawalle gegeben, und die arbeitslosen Werftarbeiter säumten in zornigen Grüppchen die Straßen der Stadt. Graue wutflirrende Gestalten mit tief in die Gesichter gezogenen Mützen. Viele Lebensmittelgeschäfte nahmen kein Papiergeld mehr an, das bereits am nächsten Tag zu nutzlosem Abfall werden würde. Die Maskentänzer hatten keine Gegenstände mehr zum Tauschen, das Geld für Lebensmittel wurde immer knapper, und an Material für neue Masken oder Reparaturen war nicht zu denken. Lavinias Jochbeine stachen hervor, und ihr Gesicht verwandelte sich von Tag zu Tag mehr durch eingefallene Kuhlen, die tiefe Schatten warfen. Walters Augen wurden immer stumpfer, und das Hüpfen verschwand aus seinem Schritt.

Der kleine Hans Heinz hatte anfangs sehr viel geweint, und Lavinia hatte unermüdlich versucht, ihn zu beruhigen, während Walter über Kopfschmerzen klagte. Doch seit einigen Wochen war er friedlicher und nuckelte genügsam an dem Stofftuch, das Lavinia ihm zugeschnitten und dunkelblau umsäumt hatte. Er ließ sich nun auch von Eugenie beruhigen, die ihn liebevoll auf dem Arm umhertrug. Die

Schauspielerin hatte in ihrer niedersächsischen Heimat eine Großfamilie mit zahlreichen jüngeren Geschwistern zurückgelassen und fühlte sich oft allein, wenn die Sturmbühne gerade keine Proben hatte.

Nun saß sie neben dem kleine Hans Heinz und beobachtete Walter und Lavinia, die sich gegenseitig die Kostüme richteten. Die auf Eugenie immer noch gruselig wirkenden Toboggan-Maskenköpfe lagen auf Stühlen an der Seite des Raumes und warteten darauf, aufgesetzt zu werden. Lavinia machte leichte Hüpfbewegungen, um die Drahtstäbe an ihrem Rock zum Wippen zu bringen. Die Fotografin Minya Diez-Dührkoop kontrollierte ihre Kamera, die auf einem Stativ aufgestellt war.

Als sie den Maskentänzern angeboten hatte, kostenfreie Fotografien von ihnen in ihren Kostümen zu erstellen, waren die beiden sehr dankbar gewesen. Professionelles Bildmaterial würde ihnen vielleicht dabei helfen, Auftritte in anderen deutschen Städten zu ergattern. Sie hatten zwei Wochen lang auf ihr Frühstück verzichtet, um sich Klebestreifen für kleinere Reparaturen der Masken leisten zu können. Nun waren die Masken in einem guten Zustand für ihren Auftritt bei dem nächsten Künstlerfest im Curiohaus. Als Motto war »Cubicuria, die seltsame Stadt« festgelegt worden, es gefiel Lavinia, die sich zwischen den eckigen Häusern Hamburgs, wie etwas vernachlässigbar Organisches, zunehmend fremd fühlte. Sie würden die Technikkostüme tragen, deren geometrische Formen gut zum Thema passten. Frau Diez-Dührkoop bemühte sich seit einigen Monaten, die Tänzer und Tänzerinnen der vergangenen Künstlerfeste abzulichten und so für die Nachwelt festzuhalten. Die Nachwelt hatte Lavinia nicht interessiert, bloß die sich aus den Fotografien vielleicht ergebende Chance auf mehr Auftritte, mehr Gagen, mehr Essen war ihr wichtig gewesen.

Die Fotografien von Minya Diez-Dührkoop zeigten nicht den erwünschten Effekt, es waren keine neuen Aufträge gekommen. Nachdem auch die Geldquellen in ihrem Bekanntenkreis allmählich versiegt waren, wusste Lavinia nicht mehr, wo sie noch Geld beschaffen sollte. Walter hatte während seiner Kneipenabende bei einigen Freunden eine erhebliche Menge Getränkeschulden angesammelt, von denen er Lavinia nie berichtet hatte. Sie war mit dem Baby von Wohnung zu Wohnung ihres Bekanntenkreises gelaufen, um Geld zu borgen, und hatte am Abend Walter, der wie so oft antriebslos in seiner Hängematte lag, verzweifelt angeschrien. Die ihn umgebende bleischwere Traurigkeit machte Lavinia so wütend, dass sie versuchte, an der kühlen Frühlingsluft zur Ruhe zu kommen.

Später hatte sie weinend Walters Hand gehalten. Der Alltag war ein Fegefeuer geworden. Gemeinsam hatten sie beschlossen, einen letzten Versuch zu machen bei dem Juwelier Wilkens, einem Mäzen und Kunstliebhaber aus dem Jungfernstieg, der ihnen von einer guten Bekannten von Hans Heinz empfohlen worden war. Lavinia trug ihren besten Rock aus dunkelblauem Wollstoff, der ihr in den Kniekehlen kratzte. Ihre Finger zitterten, als sie vor der Tür stand, und sie ballte die Fäuste, spannte alle Muskeln an, um ihren Körper unter Kontrolle zu bringen.

Ein Dienstbote öffnete die Tür und führte sie in das Musikzimmer, wo sie sich vor den großen Kassettenfenstern auf einem dunklen Stuhl hinsetzte, der mit seiner dreieckig nach oben gezogenen und sonderbar disproportionalen Lehne geradezu grotesk aussah. Bereits vor dem Treffen hatte ihr die Bekannte von Hans Heinz gesagt, dass Herr Wilkens seine Wohnung expressionistisch eingerichtet habe und dafür einige Architekten, Künstler und Kunsthandwerker großzügig entlohnt worden seien.

Die Gemälde an der Wand zeigten verzerrte Masken, ein Schrank war geformt wie der Bug eines Schiffs, und den bunten Teppich zierte eine afrikanische Szene. Lavinia wartete geduldig auf dem unbequemen Stuhl in dem grotesken Musikzimmer, das aussah, als habe jemand die Bildersprache der Künstlerfeste in eine großbürgerliche, repräsentative Einrichtung übersetzt. Sie fühlte sich angezogen und abgestoßen zugleich.

Eine Wanduhr tickte in hypnotisierender Regelmäßigkeit, und Lavinia starrte auf die Teppichtiere, die ihr zunehmend lebendiger vorkamen. Ein Hausangestellter brachte ihr ein kleines Tablett mit schwarzem Tee, Kandis und einigen Keksen, die Lavinia gierig aß, wobei sie nach einigem Überlegen, ob sie unangenehm auffallen würde, doch der Verführung nachgab und auch den gesamten Kandis in ihren Mund steckte. Nach mehr als einer Stunde Wartens in dem Musikzimmer kam der Privatsekretär von Herrn Wilkens und entschuldigte diesen, er sei geschäftlich verhindert, sie könne jedoch gerne einige Informationen dalassen. Schweren Herzens trennte sich Lavinia von einigen der Fotografien von Frau Diez-Dührkoop, die der Sekretär auf dem großen schwarzen Flügel ablegte, bevor er sie hinausgeleitete. Als sie vor dem großen Haus mit den stark dekorierten Erkerfenstern stand und der Wind ihr den Rock gegen die Beine presste, war Lavinia froh, den Kandis komplett verzehrt zu haben.

Sie wollte noch das Kino besuchen, in dem eine Bekannte am Einlass arbeitete, die sich manchmal bereiterklärte, ihr nach Filmbeginn die Hintertür zu öffnen, sodass sie in die letzte Reihe hineinrutschen konnte. Die Gelegenheiten dazu waren seltener geworden, aber nach dem vergeblichen Warten in dem sonderbaren Musikzimmer wollte Lavinia noch nicht zurückkehren in die Wohnung zu den leeren Schränken und dem lethargischen Walter.

Sie liebte das Kino und träumte von einem eigenen Film der Maskentänzer. In einer Schublade lag eine große Mappe mit Skizzen und Entwürfen für ein solches Projekt, doch ihnen fehlten die Kontakte zu den Filmschaffenden in den Berliner UFA-Studios. An der Außenwand des Kinos war das Plakat an die Mauer gekleistert. Heute Nachmittag wurde nichts Neues gezeigt, sondern ein Film, der bereits vor einer Weile auf die Leinwand gekommen war. Das Kino war klein und zeigte die Filme der letzten Jahre, oft aus Dänemark und Schweden, das unter der stetigen Nutzung leidende Klavier schepperte manchmal bei der Begleitung. An diesem Nachmittag war das Kino nur halb gefüllt, und Lavinia vermutete, dass viele in dem beheizten Saal saßen, um der Kälte der Hamburger Straßen zu entfliehen. In der Reihe vor ihr saß ein Mann, die Schiebermütze in den Nacken geschoben, er schlief bereits, als sie kurz nach Vorführungsbeginn in den Saal huschte.

Auf der Leinwand manipulierte ein Doktor, Spieler und Fälscher mit böser Intelligenz die Aktienkurse, hypnotisierte sein Umfeld, um seine Ziele zu erreichen, und gelangte zu unglaublichem Reichtum. Die Stühle, auf denen die Spieler saßen, hatten ähnlich übergroße Lehnen wie die Stühle im Musikzimmer des Juweliers, in dem sie gerade die Zeit abgesessen hatte. An den Wänden des Spielsalons hingen diabolische Kerzenleuchter in Form abstrakter Köpfe, außerdem großformatige Bilder und geometrische Formen. Lavinia dachte an die Formen ihrer Masken, an ihre Filmzeichnungen und wie die grotesken Bildformen ihrer Künstlergeneration sich im Film wiederfanden und schließlich in die Musikzimmer wohlhabender Bürger gerieten.

Sie musste das Kino verlassen, bevor der Film zu Ende war, die Zeit drängte, und Eugenie hatte heute Abend eine Theaterprobe. Auf dem Heimweg dachte sie an den Doktor im Film, wie er die Geldscheine wie magische Papiere in seiner Hand bewegt hatte. Vielleicht würden sie den kleinen Hans Heinz zu ihren Eltern geben müssen, damit sie mehr Zeit hätten, wieder zu Geld zu kommen. Es war kalt, und sie wusste, dass das kleine Kind in einer feuchten Wohnung auf sie wartete. Das fahle Licht der Dämmerung ließ die Laternen in den Straßenzügen lange Schatten werfen, und sie kam sich wie ein Gespenst vor, aus der Zeit gefallen und plötzlich unsicher, ob der Morgen dämmerte oder der Abend graute.*/

www.toboggan.eu/DrMabuse

Lieber Toboggan,
ich schreibe dir aus dem Hotelzimmer. Ich bin bereits gekleidet für den Pitch, Johannes hat uns noch in Berlin T-Shirts bedrucken lassen, und unter die Dusche habe ich es auch geschafft. Wir haben beschlossen, dass ich die Präsentation halten werde, mit Einwürfen von Johannes. Lea wollte gar nicht mit auf der Bühne stehen, aber jetzt will sie doch dabei sein. Vielleicht ist wirklich was dran an Gemeinschaftsbildung durch gemeinsam durchgestandene Herausforderungen.

Unsere App soll Musca heißen, inspiriert von deinem Sternbild des Hundes. Jetzt ist die TechBus-Reise kurz vor dem Ende, und Lavinias Leben gerät immer mehr außer Kontrolle. Oder gerät es immer mehr unter Kontrolle? Ich frage mich, ob Lavinia ausbrechen wollte, aber das nie funktioniert hat. Seit dieser Reise und den Lavinia-Fragmenten denke ich über Erschöpfung und Opferbereitschaft nach. Wir sollten hier an unsere Grenzen stoßen, eine Herausforderung überstehen, das Beste aus uns herausholen, und gleichzeitig soll alles ein Riesenspaß und eine Gelegenheit zum Netzwerken sein – so steht es zumindest in den Ankündigungen. Letztlich war es einfach eine unbequeme und manchmal recht unangenehm riechende Busfahrt mit all dem sozialen Stress, der aus beengten Verhältnissen entsteht.

Nicht zu vergleichen mit dem, was Lavinia und Walter auf sich genommen haben, Hunger, Verzweiflung und Hoffnungslosigkeit. Tanzen mit Kostümen, die so schwer und unbequem sind, dass sie nach Aufführungen vor Erschöpfung zusammenbrachen, Geld erbetteln für Material und

Fotografien, mit Kind in einem feuchten Kellerloch hausen und immer diese Träume in sich tragen. Bin ich von dieser Anstrengung fasziniert oder von den Maskentänzern?

Die TechBus-Reise war auf jeden Fall keine vergleichbare Grenzerfahrung, auch die geführten Andenwanderungen, das Paragliding und die vielen weiteren Extremsportversuche, die bei meinen Arbeitskollegen in sich ablösenden Modewellen Konjunktur haben, sind mit Sicherheit keine existenzielle Gefahr, wie es die Lebensentscheidungen der Maskentänzer waren. Bei all der Ausrüstung, Überlebenstechnik, den Absicherungen aller Art bin ich nicht mal sicher, ob überhaupt die Einsamkeit in der Natur erreicht wird, von der dann immer geschwärmt wird. Natur und Grenzerfahrung, aber immer mit kalkulierbarem Risiko und weichem Landepolster.

Gleich steht zumindest mein erster Versuch an, etwas ohne Sicherheitsnetz zu machen, mich vielleicht gigantisch zu blamieren. Dafür war es die TechBus-Reise auf jeden Fall wert, vielleicht hätte Lavinia sie sogar gut gefunden. Nach unserem Pitch werden wir uns wahrscheinlich irgendwo betrinken müssen, hoffentlich lachend und nicht dauerhaft beschädigt. Morgen werde ich Lavinias Masken anschauen gehen, dann schließt sich ein Kreis. Danke für die Geschichte, Toboggan, ich warte auf den vielleicht schon letzten Teil.

TechBus-Finale: Hamburg

Das Getränkebüfett ist voller Bierflaschen in großen Metallwannen mit aufgedrucktem TechBus-Logo, daneben Sektgläser und Champagnerflaschen und ein kleinerer Teil mit nicht alkoholischen Getränken. Der elegant angerichteten Bar zufolge wird hier heute Abend ein Gelage stattfinden, was zu der groß angekündigten Idee des Netzwerkens zukünftiger Change-Maker passt. Ich nehme mir eine Flasche Bier zum Festhalten und habe das Etikett abgefriemelt, noch bevor ich sie halb leer getrunken habe. Johannes wackelt neben mir so manisch von einem Fuß auf den anderen, dass ich ihn am liebsten fixieren würde.

Unsere Präsentation ist gemeinsam mit denen der anderen Teams bereits auf dem Notebook neben der Bühne gespeichert, wir bekommen von Finn eine kleine Fernbedienung, um unsere Folien zu kontrollieren, sodass wir beim Sprechen dynamisch über die Bühne laufen können – zumindest scheint das die Idee zu sein, denn die Bühnenfläche ist groß und es gibt kein Stehpult. Die Investoren haben vor dem Pitch die Chance bekommen, die Betaversion unserer App auf ihre Smartphones zu laden, sie können also auch während der Präsentation in den Apps umherklicken.

Die Veranstaltung ist offen für Interessierte, aber das Publikum scheint sich im Wesentlichen aus den anderen Teammitgliedern und einer größeren Herde auffällig gut gekleideter Männer zusammenzusetzen. Das sind wahrscheinlich die Investoren, sie ähneln den Grüppchen, die immer durch unser Großraumbüro geleitet werden. Ich frage mich, wie sie wohl riechen, welche Aftershaves die teuren Hemdränder berühren dürfen, ob ihre Hände sich weich und fremdartig manikürt anfühlen? Johannes flüstert mir etwas Unverständliches über die Schulter und zeigt verstohlen mit seiner Bierflasche auf zwei Männer, die den Raum betreten. Sie sind ungefähr gleich groß, mit dunklen, leicht gewellten Haaren, die sehr gekonnt aus den markanten Gesichtern ge-

gelt sind, was aber dennoch nicht über den langweiligen Haarschnitt hinwegtäuschen kann. Der eine trägt ein hellblaues Hemd, der andere ein weißes, die Ähnlichkeit der beiden ist unverkennbar, beide mit ausgeprägten Kieferknochen und etwas zu geraden Zahnreihen. Menschgewordene Nussknacker, die ihre bunten Weihnachtsarmeeuniformen gegen Berufskleidung eleganter Herrenmarken getauscht haben.

»Das sind Brüder, ihren Nachnamen habe ich vergessen, aber die sind Startup-Millionäre, treten mittlerweile vor allem als Investoren auf. Die sind beide in der Jury«, raunt Johannes mir ins Ohr. Seine Stimme klingt bewundernd, aber sein Gesichtsausdruck sieht so speziell aus, dass ich ihn unverwandt anstarre, bis ich ein Wort gefunden habe: schelmisch. Was für ein sonderbar altmodisches Wort, aber es passt so genau. Er sieht aus wie ein Kind, das gleich einen Eimer Eiswasser aus dem Fenster über den Kopf des nichts ahnenden großen Bruders kippen wird. Es ist beinahe ein wenig unheimlich.

Der Saal ist mittlerweile randvoll mit Zuschauern, als Finn die Bühne betritt und das letzte Event der TechBus-Reise ankündigt. Aber zuerst ruft er ins Publikum: »Wollen wir den Status quo auf den Kopf stellen?«, und alle rufen »Ja«, was Finn nur noch mehr anfeuert. Er fragt noch mal, und das Antwortschreien wird immer lauter, es dröhnt durch den Konferenzsaal, der aussieht wie unzählige andere Konferenzsäle in Deutschlands teuren Geschäftshotels und der mittlerweile riecht wie ein Wäschekorb mit alten Sportsachen; der Geruch von Körperpflegeprodukten und Schweiß, vermischt mit dem eigentümlichen Geruch des hellen Fußbodenlaminats, steril sauber und körpernah zugleich. Beim dritten Mal rufe ich auch »Ja«, weil ich weiß, dass das jetzt von mir erwartet wird.

Nach der Begrüßung ruft Finn die Jury auf die Bühne, er stellt die Nussknacker-Brüder vor, sie lächeln selbstgefällig. Außerdem ist eine ältere Frau mit dunkelblauem Hosenanzug in der Jury, eine erfolgreiche Bankerin, die einen innovativen Fonds betreut, dazu ein Tech-Journalist im Hipsterlook und eine blonde Frau, deren Projekt eine frühere TechBus-Reise gewonnen hat und zu einem erfolgreichen Startup wurde. Wir klatschen artig, als die Jurymitglieder nacheinander kurz ihre Begeisterung für Startups ins Mikro floskeln.

Im Anschluss führt Finn noch mal das Konzept der Reise vor, obwohl es alle kennen. Er unterstreicht seine Beschreibungen mit lustigen Fotos der arbeitenden Teams im Bus. Bei einem Bild von Johannes, am Rutschenturm hängend, muss das Publikum laut lachen. Er ächzt neben mir leise auf, Eitelkeit ist seine Achillesferse.

Die ersten Teams stellen ihre Produkte vor, einige bewegen sich genauso auf der Bühne, wie sie es in zahllosen TED-Talks gesehen haben. Aufregende Denker und dynamische Gründer markieren die Begrenztheit der kleinen Bühne für ihre großen Gedanken, indem sie auf und ab streifen, als würden sie jeden Moment ausbrechen müssen. Nach den Präsentationen gibt es Fragen aus dem Publikum. Ich habe den Verdacht, dass einige Fragen konkurrierender Teams gezielt darauf angelegt sind, die Entwickler bloßzustellen, um sie als Konkurrenten zu entschärfen. Die Atmosphäre wird zusehends angespannter und aggressiver, was den später auftretenden Gruppen nicht sonderlich hilft, ihre Aufregung unter Kontrolle zu bringen.

Alle zehn Teams haben es bis zum Pitch geschafft, wir stehen an achter Stelle der Reihenfolge, die zuvor ausgelost wurde. Für die Projektvorstellung haben alle nur 15 Minuten Zeit, danach gibt es zehn Minuten Raum für Fragen, deswegen sprechen einige der Vorstellenden recht hektisch und rasen durch Folien voller Buzzwörter und Stockfotos, die irgendwelche Kernelemente der entwickelten Produkte visualisieren sollen.

Als Allererstes wird eine App vorgestellt, in der sich die Nutzer ihre eigene Studentenfuttermischung mischen können. Das Publikum reagiert auf die mit lustigen Bildern von Nagetieren unterlegte Präsentation freundlicher als auf das zweite Projekt, eine App, die das perfekte Netflix-Fernsehprogramm für die Länge der Zug- oder Flugstrecke zusammenstellt. Großen Applaus und anerkennendes Nicken bei den Investoren erhält das dritte Team mit einem Konzept für per App organisiertes Projektmanagement von Familienfeiern, Checklisten, Aufgabenverteilung bis hin zu Einkaufszetteln alles in einem. Die Besessenheit unserer Branche für Projektmanagement bis in die allerprivatesten Bereiche ist wirklich beeindruckend.

Johannes flüstert mir irgendwas von einer App zur Überwachung des Stuhlgangs ins Ohr, und ich höre Lea kichern, als er sich auch zu ihr hinüberbeugt. Johannes flüstert zu viel. Während der folgenden zwei Präsentationen, von denen ein Projekt sich der Optimierung des eigenen Arbeitsalltags widmet und das andere ein Spiel mit ortsgebundener Werbeeinblendung ist, denke ich nur an die Pause.

Wir stehen im Raucherbereich des Hotels, weil die aufregende Stimmung im Tagungsraum uns angesteckt hat und Lea den Angstschweiß der anderen nicht mehr riechen wollte.

In der zweiten Hälfte des Abends hat sich der Saal noch mehr gefüllt, vielleicht spekulieren auch einige der Gäste auf das reichlich bereitgestellte Getränkeangebot. Direkt nach der Pause wird eine App präsentiert, die größeren Gruppen von Freunden hilft, die Rechnung in Bars und Restaurants gerecht zu teilen, und speichert, wer wie viele Runden bezahlt hat. Die Präsentation ist genauso langweilig und kleinlich wie die App selbst.

Die Gruppe, die im Bus neben uns saß, stellt eine App vor, die ausgewertete Fotos der Nutzer mit den Farbpaletten großer Make-up-Anbieter vergleicht und so anhand der Bilddaten ausrechnet, welche Farben übereinstimmen oder ähnlich sind, sodass es einem beispielsweise ermöglicht wird, den perfekten Ersatz für den ausverkauften Lippenstift zu finden. Das Konzept klingt spannend, und ich denke gleich an all die anderen Möglichkeiten, Produkte ähnlicher Farbschattierung miteinander zu verbinden, von Wandfarben bis zu Lieblingskleidung scheint es zahlreiche Anwendungen für diesen Algorithmus zu geben. Man könnte sich einen Pullover bestellen, der einen perfekten Komplementärkontrast zu den eigenen Badezimmerfliesen bildet, oder seine Kleidung mit der Farbe des Lieblingsweins abstimmen.

Jetzt sind wir dran. Gemeinsam gehen wir auf die Bühne, und ich merke, dass meine Knie sich sonderbar anfühlen, nicht weich, sondern eher wie steif gewordene Scharniere. Lea ist so bleich, dass ihre Sommersprossen deutlicher als sonst herausstechen, ich versuche sie und mich zu ermutigen, indem ich lächle, aber vielleicht sieht es auch nur so aus, als würde ich meine Zähne fletschen.

Wir stehen auf der Bühne, und ich hätte gerne einen Stuhl. Ich schaue ins Publikum, Einzelheiten sind wegen der Scheinwerfer nur schlecht zu erkennen. Neben mir begrüßt

Johannes das Publikum, als hinten im Saal die Tür aufgeht und einige Nachzügler den Raum betreten. Die üblichen Hemden, gesetztere Sakkos und einige T-Shirts rutschen in den Reihen umher, es wird kurz unruhig, bis alle einen Platz gefunden haben. Einer der Männer in T-Shirts, der sich in der dritten Reihe an den Rand setzt, fällt mir auf. Seine Haare sind weiß und schwarz gefärbt und hängen ihm sonderbar eckig in das schmale Gesicht. Die Frisur erinnert ein wenig an die Mangafiguren meiner Schulzeit, ein langer Pony aus über die Augenbrauen hängenden, merkwürdig geometrischen Zacken. Er scheint etwas unter den Stuhl zu schieben, vielleicht seine Tasche, dann schaut er über die Bühne und unsere Blicke treffen sich. Eigentlich treffen sich unsere Blicke nicht, denn sein eines Auge ist unter einer schwarzen Haarsträhne verborgen, und sein anderes Auge kann ich nicht richtig erkennen, entweder ist es das Licht oder er hat einen Streifen weißes Make-up über dem Auge. Trotzdem bin ich mir völlig sicher, dass er mich gerade anschaut.

Auf der Startfolie unserer Präsentation ist ein Bild einer Arcade-Spielhalle aus den späten Achtzigern. Der gesamte Nostalgiefetisch alternder Nerds und junger Hipster wird bespielt, Air Max, begeisterte Jugendliche in Sweatshirts und hellblauen Jeans, Neon-Ästhetik. Johannes liebt all diese Dinge wirklich und würde wahrscheinlich ohne zu zögern seine Zelte in einer solchen Spielhalle aufschlagen. Da ich an Nostalgie ausgerichtete Sehnsucht ganz grundsätzlich nicht verstehe, lassen mich die Achtziger genauso kalt wie andere Epochen.

Das Publikum schaut interessiert, als wir einen Videoclip starten, der einen Spieldurchgang durch die ersten drei Level von Galaga zeigt. Die Pixelinsekten fliegen, das Raumschiff ballert, während der Highscore in die Höhe schnellt. Direkt im Anschluss erklärt Johannes das Spielprinzip des alten Spiels, dann behaupten wir, eine aktualisierte Variante herstellen zu wollen. Lea sagt einige Worte zu den historischen Insektenillustrationen und klickt sich rasch durch einige Folien. Ich verdeutliche anhand des Sternbildes, warum wir die App Musca genannt haben, danach zeigen wir Screenshots unserer App. Johannes erklärt das Spielprinzip, die Anzahl der gegen die Rakete kämpfenden Fliegen, die nur steigt, wenn viele Telefone in der Nähe voneinander sind. Das Publikum in der ersten Reihe, deren Gesichter ich gut erkennen kann, sieht verwirrt aus. Finn schaut uns von seinem Sitzplatz zwar motivierend an, aber seine Körpersprache formuliert ein klares Fragezeichen. Der Mann mit den schwarz-weißen Haaren lacht lautlos, zumindest soweit ich es im Gegenlicht erkennen kann. Nachdem Johannes bereits Einiges erklärt hat, hole ich zum letzten Teil aus, mit dem Ziel, diese App als Investitionsobjekt vollständig zu versenken.

»Dieses Spiel ist nur zu gewinnen, wenn viele Handys im Raum sind, die ihre Bluetooth-Schnittstelle offen haben. Außerdem haben wir uns noch ausgedacht, dass wir den Einsatz für die Spieler erhöhen wollen. Das bedeutet, mit dem Starten des Spiels speichert die App auf fünfunddreißig Prozent des Handyspeicherplatzes verschiedenste Fliegenbilder. Diese lassen sich zwar manuell löschen, aber das ist zeitaufwändig und nervig. Erst bei Gewinn des Spiels werden die Fliegenbilder mühelos und vollständig entfernt.«

Johannes zeigt das Schlussbild unserer Präsentation, ein

mit Fliegen bedecktes Handy unter dem Musca-Schriftzug, an dem ich ewig herumgearbeitet habe.

»Das ist Musca, unser Pitch für diesen Abend«, sage ich laut ins Mikrofon, und am liebsten würde ich es auf die Bühne fallen lassen.

Das Klatschen klingt etwas verhalten. Finn kommt auf die Bühne, um die Fragen an uns zu moderieren.

»Nun haben wir wohl das eigenwilligste Projekt des Abends vorgestellt bekommen. Wahrscheinlich gibt es viele Fragen«, sagt er und schaut auffordernd in die Menge.

Keine Hand hebt sich, dafür hört man ein leises Raunen im Saal. Wahrscheinlich wissen die anderen Teams nicht, wie sie uns mit Fragen bloßstellen sollen, weil unser Vorschlag bereits alle Quatschregister gezogen hat. Ein rotwangiger Mann aus dem Team, das die App für die Planung von Familienfeiern entwickelt hat, hebt zögernd die Hand, und ihm wird ein Mikrofon gereicht.

»Wer soll denn diese App herunterladen? Gibt es einen Markt für dieses Produkt?«, fragt er zunächst stockend, doch beim Sprechen selbstsicherer werdend.

»Fliegenfreunde«, sagt Johannes so überzeugend, als dulde er keine Widerworte, und der Rotwangige setzt sich wieder hin und streicht sich die Haare aus der Stirn.

Danach herrscht eine Weile Stille, scheinbar ist das Publikum nun noch unsicherer, welche Fragen überhaupt einen Sinn ergeben bei diesem sonderbaren Pitch.

»Gibt es da nicht rechtliche Schwierigkeiten?«, fragt ein junger Typ in der letzten Reihe. Als wir ihm antworten, dass man bei Öffnung der App seine Zustimmung angeben muss, fragt er nach, ob die zwangsläufig folgenden negativen Bewertungen unserer App nicht das Genick brechen würden.

»Je negativer diese App bewertet wird, desto besser. Fliegen haben ja auch keinen besonders guten Ruf«, sage ich und versuche dabei sehr ernsthaft auszusehen.

Danach kommen noch einige zögerliche Fragen zu den technischen Voraussetzungen, die wir ernsthaft beantworten, zu den Quellen der Fliegenillustrationen, von denen Lea Einiges erzählen kann, dann wird geklatscht und wir gehen von der Bühne. Während wir an der Seite des Saals zu unserer Reihe gehen, fällt mein Blick auf den Mann mit der interessanten Frisur, er hat wirklich weißes Make-up auf dem einen Auge. Er lacht mich an, und ich sehe, dass sich dabei eine Falte vom Nasenflügel zur Oberlippe bildet, aber nur auf der einen Seite. Er sieht asymmetrisch aus. Als ich mich hinsetze, schaue ich über die Schulter und sehe, wie er in der Tasche kramt, die unter seinem Stuhl steht.

Nach uns sind noch zwei Teams dran, deren Projektvorstellung ich kaum verfolge. Mein Herzschlag beruhigt sich langsam und ich sacke entspannt in die Sitzfläche, schaue mehrmals über die Schulter zu dem Mann in der dritten Reihe. Während des letzten Pitches steht er auf und geht. In der Tür des Konferenzsaals dreht er sich kurz um und winkt mir zu, oder habe ich mir das eingebildet? Lea fragt mich, ob alles in Ordnung ist, und ich nicke.

Nachdem die Fragen zum letzten Pitch gestellt sind, gibt es eine kurze Pause. Auf dem Weg zum Nebenraum, in dem Fingerfood für uns bereitsteht, während sich die Jury zur Beratung zurückzieht, schaue ich an den Platz, auf dem der Schwarz-Weiß-Haarige gesessen hat. Unter dem Stuhl liegen einige zusammengefaltete Papiere, die ich aufhebe. Johannes schaut mich fragend an, aber ich zucke nur die Schultern. Auf der Toilette öffne ich die Zettel. Meine Vermutung war richtig, in meinen Händen halte ich einen weiteren Toboggan-Text. Ich falte ihn wieder zusammen, später im Hotel werde ich ihn lesen, jetzt bin ich zu vollgepumpt mit Adrenalin, schließlich will ich den Text genießen, vielleicht wird es der Letzte sein.

Lea, Johannes und ich stehen nebeneinander und essen Blinis mit Lachs und Meerrettichschaum. Es gibt winzige Hamburger, die in die Handfläche passen, und kleine Teigschalen mit Quiche, das gesamte Büfett sieht so aus, als wäre jemand mit einer Schrumpfungspistole über Lebensmittel hergefallen. Wir lachen mit vollem Mund, als Johannes mich anguckt und sagt: »Fliegen haben ja auch keinen besonders guten Ruf.«

»Am Anfang dachte ich, dass ich vor Scham im Boden versinken müsste, es kam mir vor wie eine Mutprobe. Irgendwann wurde es besser und am Ende fand ich es sehr komisch«, sagt Lea.

»Es war zumindest verdammt unerwartet für die Leute. Schaut mal, es traut sich auch keiner in unsere Nähe«, sagt Johannes und schaut sich um. Er hat recht, wir stehen ziemlich isoliert. Wahrscheinlich haben die anderen Teams Angst, von uns in ein Gespräch über Fliegen verwickelt zu werden.

Wir stehen vor dem Fingerfood und essen die Schrumpfburger, die Stimmung im Raum ist angeheitert, der Spannungsabfall nach dem Auftritt deutlich spürbar. Ich schaue das kleine Brötchen des mundgerechten Happens an, die Minifrikadelle in Größe der daraufgelegten Gurkenscheibe und den Holzspieß, der den kleinen Stapel zusammenhält. Ich kann den gesamten Burger in meiner Mundhöhle verschwinden lassen und trotzdem den Mund schließen, aber wenn ich das jetzt mache, wird sicherlich ein Spiel daraus, wie aus allem.

Als wir wieder in den Saal gerufen werden, wird es rasch still. Alle wollen das Urteil der Jury erfahren, und selbst wir sind gespannt, obwohl unser Ziel ja war, etwas zu schaffen, das nicht verwertbar ist, gar nicht beurteilt werden kann. Allein die Tatsache, dass es eine Bewertungskommission gibt, führt scheinbar dazu, dass man gut bewertet werden will, eine selbsterfüllende Prophezeiung.

Die Jury setzt sich auf der Bühne im Halbkreis auf Stehhocker, bei denen man immer ein Bein auf dem Boden und das andere lässig auf einer Fußstütze stehen hat. Zunächst wird zu jedem gepitchten Projekt eine Beurteilung abgegeben, das ökonomische Potenzial betont oder die fehlende Innovation beklagt. Es werden die Betaversionen kritisiert, die von der Jury getestet wurden, Fehler angemerkt, die Anwenderfreundlichkeit und Gestaltung der Nutzeroberfläche kommentiert. Die Jury ist in weiten Teilen sehr gnädig und positiv, zeigt sich beeindruckt von den zahlreichen guten Ideen und der hohen Qualität der Umsetzung trotz widriger Umstände im Reisebus. Als unser Projekt dran ist, erhebt sich der größere der Nussknacker von seinem Stehstuhl und nimmt das Mikrofon.

»Musca«, sagt er und legt eine Pause ein. Im Publikum kichert es, und ich rutsche auf meinem Stuhl hin und her. »Ehrlich gesagt waren wir zunächst etwas verwirrt von der App. Hätten wir vorher gewusst, dass nach dem Installieren unsere Telefone voller Fliegenbilder sein würden, dann hätten wir die App wahrscheinlich gar nicht heruntergeladen. Wir waren ziemlich sauer. Einige sagten sogar, dass dieses Spiel eine Riesenfrechheit sei.«

Das Kichern wird lauter. Ich würde gerne näher an Johannes und Lea heranrutschen. Unsere Idee schien so lustig, aber diese Tribunalsituation ist unangenehmer als erwartet.

»Die Idee kam uns sonderbar vor, welches Marktpotenzial hat dieses Spiel? Es gibt einen Trend zu Retrogames und nostalgischer Achtzigerjahreästhetik, aber genau hier wird das Potenzial nicht realisiert, stattdessen Illustrationen aus dem neunzehnten Jahrhundert. Was sollen solche über hundert Jahre alte Illustrationen? Wir haben während der Jurydiskussion versucht, das Spiel zu spielen. Der Spielmechanismus funktioniert einwandfrei, auf technischer Ebene ist wenig zu kritisieren. Spannend fanden wir auch das Potenzial, dieses Spiel mit den neuen Möglichkeiten der Mesh-Funktion von Bluetooth zu nutzen.«

Ich stoße Johannes mit dem Ellbogen an, ich wusste, dass die Jury sich auf diese technische Neuheit stürzen würde, ein Pawlow-Effekt: Investoren kläffen bei allem, was neu ist.

»Die Idee, den Nutzer mit Fliegenbildern zu bombardieren, hat uns erst einmal befremdet. Auf der anderen Seite geht das Internet sonderbare Wege, und die Dynamiken der Nutzer sind schwer zu durchschauen, Furz-Apps haben riesigen Erfolg, und in der Jury-Diskussion dachten wir auch an das Spiel Flappy Bird.«

Nun lachen diejenigen im Saal, die offensichtlich Flappy Bird gespielt haben.

»Flappy Bird, ein riesiger Erfolg, obwohl es so schwierig war, dass man binnen Sekunden aus dem Spiel flog, der Spielmechanismus bereits bekannt war, Grafik und Sound stark an Super Mario erinnerten, aber viel schlechter umgesetzt waren. Trotzdem spielten Millionen User erbittert dieses Spiel, genervt davon, immer sofort zu sterben. Die

Werbeeinnahmen waren gigantisch. Vielleicht ist Musca das neue Flappy Bird, vielleicht ist gerade der Zwang, sich mit großen Menschengruppen zu treffen, viele offene Bluetooth-Netzwerke zu finden, ein Grund für die App, sich viral zu verbreiten. Nervig wie eine Fliege und deswegen erfolgreich«, sagt der Nussknacker und grinst.

Das war so nicht geplant. Ich schaue Johannes und Lea an, die genauso verblüfft aussehen, wie ich mich fühle. Die nächsten Beurteilungen ziehen wie im Rausch an mir vorbei. Meine Gedanken springen hin und her, ich weiß nicht, ob ich mich über die positive Beurteilung freuen soll. War das eine positive Bewertung? Haben wir jetzt unser Ziel verfehlt? Wir wollten etwas nicht zu Verkaufendes schaffen, und diese Jury hat es trotzdem geschafft, daraus ein Produkt zu produzieren, sogar eine recht solide Marketingstrategie, wenn ich ganz ehrlich bin. Alles ist Ware, alles kann man verkaufen, und ich schwanke zwischen Traurigkeit und Aufregung hin und her. Wir sagen nichts und sind überrumpelt, das Unerwartete hat nicht die Jury getroffen, sondern uns.

Nachdem alle Bewertungen präsentiert worden sind, startet Finn einen kurzen Film über erfolgreiche Firmen früherer TechBus-Reisen, die Kamera fährt durch Büros, Bildschirme, Kaffee und natürlich Kicker, einmal Tischtennis, Feierabendbier. Es kommt mir vor, als würden hier Eier unter die Wärmelampe gelegt, aus denen dann unser Arbeitsplatz in unzähligen, beinahe identischen Versionen herausschlüpft, nie kam mir der Name Inkubator so passend vor. Die Bankerin aus der Jury tritt nach vorn, um den dritten Platz zu verkünden. Er geht an die Fernsehprogramm-App, die Unterhaltung für lange Reisen optimiert. Das Team geht auf die Bühne, einer ballt die Faust und boxt in die Luft. Sie bekommen symbolische kleine Busse überreicht, es gibt 3000 € und die Zusage für ein Mentoring. Nach der Preisübergabe stellen sie sich artig neben die Jury.

Der Tech-Journalist tritt ans Mikrofon und ruft: »Der zweite Preis der diesjährigen TechBus-Reise geht an Musca, die vielleicht nervigste App, die je programmiert wurde.« Wir erheben uns von den Stühlen, Johannes hat ein Siegerlächeln gefunden, und es fühlt sich tatsächlich gut an, zu den Gewinnern zu gehören. Auch wir bekommen die kleinen Busse, die bei näherem Hinsehen mit bunten Bonbons gefüllt sind. Auch für uns gibt es ein Mentoringprogramm, dazu 5000 € und die Gelegenheit, ein Jahr lang einen Inkubator-Büroplatz zu bekommen.

»Unglaublich«, flüstert Lea, als wir uns zu den Drittplatzierten stellen. Der erste Preis wird von den Nussknackern vergeben, und ich freue mich, als die Farb-App gewinnt. Sie bekommen etwas mehr Geld als wir, ansonsten ist der Preis ähnlich. Musik wird eingespielt. Alle klatschen, und von irgendwo schießt eine Glitterkanone silbrige Folienfitzel über unsere Köpfe. Johannes umarmt mich und Lea gleichzeitig.

»Das lief anders als gedacht«, sage ich, als unsere Köpfe in der Umarmung nahe beieinander sind. Die anderen nicken.

18. Juni 1924 // Besenbinderhof 5, Hamburg

Es knallt laut, und der Mann aus dem ersten Stock weiß sofort, dass gerade ein Schuss abgefeuert wurde, obwohl er in den letzten Monaten immer seltener von den Schützengräben geträumt hat. Da ist wieder das Zittern in den Fingern, er starrt seine Fingerknöchel an, die aufgestellten dunklen Härchen auf dem Handrücken, wie Insektenbeine, die durch seine Haut brechen. Durch das Treppenhaus klingen rasche Schritte, ein Tier auf der Flucht. Es hämmert an der Tür im ersten Stock. Der Mann in der grauen Hose steht auf, sein Stuhl fällt hintenüber. Nun platzt noch mehr Lack ab, doch daran kann er jetzt nicht denken. Er denkt auch nicht über den frisch aufgebrühten Pfefferminztee nach, der in den nächsten Stunden kalt werden wird. Später wird der Mann den Stuhl aufheben, sich erschöpft darauf fallen lassen und einen Schluck kalten Tee trinken. Bitter. Er wird ihn angewidert hinunterschlucken und seine Stirn in die Hände sinken lassen. In seinem Kopf: die Bilder, das Blut, der Tag.

Es hämmert erneut, der Türrahmen vibriert. Der Mann reißt die Tür auf. Vor ihm steht die dunkelhaarige Frau aus der Souterrainwohnung. Er hat sie manchmal vor der Tür des Mietshauses gesehen, hin und wieder hat er ihr Baby schreien gehört, und viel zu oft klangen Stampfgeräusche und Klaviertöne aus dem Keller durch das Haus, bis spät in die Nacht hinein. Noch im vorigen Jahr hatten zwei Männer gemeinsam mit der Frau in der Kellerwohnung gewohnt; die Nachbarn tuschelten. Der eine groß und hager mit blonden Haaren und tiefen Grübchen, der andere kleiner, mit artig gestriegeltem braunen Haar, ein hungriger Ausdruck in den Augen. Als der Bauch der Frau dicker wurde, verschwand der Braunhaarige.

Die schweißnassen Locken der Frau kleben an ihrer Stirn, sie flüstert: »Ich habe ihn erschossen, ich habe ihn erschossen. Er ist tot.«

Aus der Kellerwohnung klingen die Schreie des Babys durch das Treppenhaus. Der Mann steht erstarrt in seinem Türrahmen, als sie sich umdreht und die Treppe hinabläuft. Nach einem Wimpernschlag – später wird er sich fragen, ob dieser Sekundenbruchteil einen Unterschied gemacht hätte – läuft er ihr hinterher. Das Baby schreit noch immer. Die Frau knallt ihm die Wohnungstür vor der Nase zu.

Er wirft sich gegen die Tür, immer wieder, aus der Wohnung klingt leises Wimmern. Inzwischen stehen auch andere Hausbewohner in dem kühl-feuchten Souterrain. Stimmengewirr. Als die Tür endlich aus den Angeln reißt und der Mann in die Wohnung stolpert, steht er inmitten einer Blutlache. Dunkel glänzend und mit zäher Gemächlichkeit erobert die Pfütze den Dielenboden. Der Mann stockt und wendet sich zu dem Raum, aus dem das Wimmern zu hören ist. Rasche Schritte besprenkeln seine graue Hose mit Blut.

Ein schniefendes Baby sitzt in einem Holzgitterbett und nuckelt an einem Stück Stoff, ein Männerkörper liegt auf den Dielen. Der große Blonde in seinem Blut, das sich mit einer zweiten Blutlache vermischt. Die Frau hat sich in die Brust geschossen, sie liegt ächzend auf dem Fußboden. Trübes Licht fällt durch einen Fensterspalt in die Kellerwohnung. Ihre Augen rollen bereits nach hinten, als der Mann sich herunterbeugt und leise mit ihr redet. Er weiß nicht, ob er sich selbst beruhigen will oder die Frau, ob sie ihn noch hören kann. Er spricht von der Hilfe, die bald kommen wird, er sagt, dass die alte Frau Schroffenstedt aus dem zweiten Stock sich um das Baby kümmert. Er flüstert, dass alles gut wird. Das Baby hält das Stofftuch fest mit der Faust umklammert.

www.toboggan.eu/Final

Lieber Toboggan,
    du warst bei der Pitch-Veranstaltung. Ich habe es schon geahnt, als ich dich bei unserer Präsentation lachen sah. Den Text habe ich in der Pause gefunden, aber erst nachts gelesen. Du hast wahrscheinlich schon gesehen, dass wir gewonnen haben. Wir haben viel gefeiert gestern, und es war sonderbar, spät in der Nacht im Hotelzimmer dieses traurige Kapitel zu lesen. So hat es also geendet. Ich wusste natürlich, dass Lavinia am Ende Walter und sich selbst umbringt, es steht ja auch bei Wikipedia.
    Aber die Geschichte so erzählt zu bekommen ist anders, trauriger. Alles kam mir so auswegslos vor. Wahrscheinlich hätten die Maskentänzer einen Preis wie unseren gebraucht, aber vielleicht war das eine Zeit, in der noch nicht alles kommerzialisiert war? Die beiden wollten ihre Kunst ja auch nicht verkaufen, hat Lavinia nicht jede Verbindung von Kunst und Geld abgelehnt?
    Wir wollten nicht gewinnen, kein Geld bekommen, und trotzdem war die Musca-App erfolgreich. Es ist absurd. Ich weiß immer noch nicht, was ich denken, ob ich traurig sein soll oder wütend. Sollen wir uns freuen über die Chance, vielleicht tatsächlich etwas entwickeln? Wir sind ein gutes Team geworden, die TechBus-Reise hat als Teambuildingmaßnahme also tatsächlich hervorragend funktioniert. Kann man sich all diesen Effekten überhaupt entziehen? Für einen Moment am Beginn dieser Reise hatte ich das Gefühl, einen Plan zu haben, jetzt bin ich genauso ratlos wie zuvor.
    Manchmal frage ich mich, ob mein Problem ist, dass ich

nach etwas suche, was es nicht gibt für mich. Wie vermessen, dass ich etwas Unerwartetes tun will. Was sagt das aus über meine Langweile? Sollte ich mich schämen, weil andere niemals die Chance bekommen, sich so zu langweilen wie ich? Wahrscheinlich hat sich Lavinia nach all den Dingen gesehnt, die wir gestern, ohne es zu wollen, gewonnen haben: Geld und einen angenehmen Platz zum Arbeiten.

Deine Frisur gefiel mir, vielleicht weil sie ganz anders war als alles, was ich bis jetzt gesehen habe. Hattest du Schminke auf dem Auge? Gestern Nacht habe ich Lea und Johannes erzählt, dass du im Publikum warst. Sie waren erst ziemlich besorgt und fragten, ob du ein Stalker bist. Ich glaube, meine Beschreibung deiner Frisur hat sie zusätzlich verunsichert. Dann ist uns eine Idee gekommen, Lea erinnerte sich an das Projekt eines Künstlers, der Pläne für besondere Haarfrisuren und Make-up entwickelte, um die biometrische Erfassung für Gesichtserkennung und Videoüberwachung auszutricksen. Wir haben Bilder gegoogelt, und einige davon sahen deiner Frisur sehr ähnlich. Vielleicht sind solche Frisuren die Masken der Gegenwart, die einzige Möglichkeit, noch so verloren zu gehen in der Geschichte wie Walter Holdt, von dem kein Foto online zu finden ist.

Jetzt werde ich gleich mit Lea und Johannes frühstücken gehen, wir haben die Diskussion darüber, was wir mit unserem Preis anfangen sollen, auf heute verschoben, weil wir gestern die Getränkebar ausgiebig nutzen und feiern wollten, dass wir nicht mehr im Reisebus sitzen müssen. Es fühlte sich befreiend an, dass dieser Hackathon endlich vorbei ist. Lavinias Geschichte ist nun vielleicht zu Ende, aber ich frage mich noch immer, wieso du diese Geschichte erzählt hast.

CPS (1) – Change Processor State

```
Open Source:
Open-Source-Software wird in offener Zusammen-
arbeit entwickelt, der Quellcode der Software ist
unverschlüsselt und das Copyright meist derart
gestaltet, dass andere Entwickler den Code wei-
terentwickeln, verbessern und verändern können.
Die Gemeinschaft, die sich um ein Projekt herum
bildet, ist ein wichtiger Faktor für den Erfolg.
```

Das Frühstück ist reichhaltig, aber wir haben einen Kater. Mit diesem flauen Bauchgefühl wirken die Rühreier und der triefende Speck beinahe bedrohlich. Fürs Erste trinken wir Kaffee und Orangensaft und essen sehr langsam mit Butter bestrichene Toasts. Johannes und Lea sind nachts noch in einen Club gegangen, haben jetzt schmerzende Kiefergelenke und sehen auch sonst nicht besonders frisch aus. Ich war zu dem Zeitpunkt schon im Hotelzimmer, um angetrunken den vielleicht letzten Abschnitt von Lavinias Geschichte zu lesen. Das war nicht der richtige Zustand für das Textfragment, denn als ich ins Bett fiel, habe ich mich nur tieftraurig gefühlt. Heute Morgen in Katerstimmung wurde das Gefühl auch kaum besser. Ich weiß nicht, ob die Geschichte von Lavinia nun fertig erzählt ist, aber ein Tod ist schon ziemlich final. Es macht mich irgendwie traurig, und gleichzeitig frage ich mich, ob es weitergehen wird.

»Was machen wir mit dem Preisgeld und dem Büroplatz?«, fragt Lea unvermittelt und schreckt damit Johannes aus seinem Stupor hoch. Zumindest kommt sie direkt zur Sache, denke ich, aber wahrscheinlich will sie einfach wieder ins Bett und vorher noch die uns alle drängende Frage auf den Tisch knallen.

»Wir haben ja ein Büro«, sagt Johannes.

»Das wissen wir auch, Johannes. Aber was machen wir mit dem neuen Büroplatz?« Ich bin genervt von seiner Trägheit, und außerdem drückt es unangenehm hinter meinen Augäpfeln.

»Wir könnten nachmittags an einem Projekt arbeiten oder einfach in unserem anderen Büro abhängen«, sagt Lea.

»Das klingt rotzlangweilig. Entweder ganz oder gar nicht.« Johannes scheint langsam aufzuwachen, und wie zu erwarten hat er schlechte Laune, also stehe ich auf und hole uns eine neue Kanne mit frisch gebrühtem Kaffee vom Büfett.

»Was würden wir machen, wenn wir den Büroplatz annehmen würden? Weiter an Musca arbeiten?«, fragt Lea, als ich mich wieder hingesetzt habe.

»Also ich habe keine Lust, die nervigste App der Welt zu produzieren. Ich hasse Flappy Bird«, sagt Johannes.

»Ich war ziemlich erschreckt über diese Möglichkeit«, sage ich. »Aber ich hätte Lust, ein Jahr den Büroplatz zu nutzen und zu sehen, was passiert. Es ist doch fast Schicksal, dass wir mitgefahren sind, um zu verlieren, und dann etwas gewonnen haben.«

»Ich fände es auch blöd, wenn wir das verfallen lassen würden«, sagt Lea und nickt. Allmählich fängt der Kaffee an zu wirken, und wir holen uns mehr Essen an den Tisch.

Wir beschließen, den Büroplatz zu nehmen, und einfach

ein Jahr darauf zu verwenden, etwas zu bauen, egal ob es einen kommerziellen Erfolg hat oder nicht. Wenn wir zurück in Berlin sind, wollen wir bei Alex nachfragen, ob wir einfach unsere Stunden reduzieren oder phasenweise unbezahlten Urlaub nehmen können. Das Preisgeld ist zwar ganz nett, und wir haben ja alle Ersparnisse, wie Menschen mit guten Gehältern das so haben, aber komplett ohne Geld geht es eben auch nicht. Lavinia hätte wahrscheinlich einfach gekündigt und ein Jahr lang nur altes Brot gegessen, aber vielleicht bin ich nicht so radikal oder eben doch zu ängstlich und zu gewöhnt an meinen Komfort.

Nachdem wir große Mengen Essen vom Büfett abgeweidet haben, sitzen wir mit mehr Kaffee zusammen und sammeln Ideen. Inzwischen sind wir so wach geworden, dass niemand mehr Lust hat, zurück ins Hotelbett zu fallen.

»Wie wäre es, etwas mit Make-up zu machen?«, fragt Lea, die von der Farben-App genauso begeistert war wie ich.

»Dann aber nur dieses Anti-CCTV-Make-up, so wie das von dem komischen Toboggan«, sagt Johannes. Er ist nach wie vor unsicher, ob er meine Toboggan-Geschichte unheimlich oder amüsant finden soll.

Wir sprechen darüber, ob dieses Make-up wirklich hilft gegen die Erkennung durch Kameras, schauen uns noch mehr Bilder im Internet an. Die Leute sehen ausgesprochen futuristisch aus, aber haben in vielen Entwürfen eben zur Verschleierung ihrer Gesichtsabmessungen bunte Glitzersteine und Accessoires auf der Haut kleben, kein besonders praktischer Look.

»Man müsste etwas Subtileres finden, das die Proportionen verändert, ohne so auffällig zu sein«, sage ich und wische weiter durch die Bilder auf meinem Smartphone.

»Vielleicht etwas aus weichem Plastik, so wie bei falschen Nasen oder Gesichtsmasken«, sagt Johannes, und mir fällt beinahe das Handy aus der Hand.

»Das könnten wir drucken. Ich habe die Idee. Wir entwickeln eine App, mit der man das eigene Gesicht fotografieren und dann auf Basis des Fotos eine gut angepasste Maske ausdrucken, die Gesichtsproportionen leicht verändert, ohne völlig auffällig zu sein«, sage ich.

»Kann man auch weiches Material ausdrucken?«, fragt Johannes.

»Ja, das geht. Wir werden ein wenig experimentieren müssen, welches Material am besten ist, aber das ist schon möglich.«

»Wahnsinn, wir könnten die App als hilfreiche Lösung für Cosplayer und Karnevalisten anbieten, und insgeheim ist auch die Nutzung zur Vermeidung von Gesichtserkennung enthalten. Die bewerben wir aber nicht.« Lea ist begeistert.

Wir diskutieren eifrig über diese Idee, ein trojanisches Pferd zu bauen, schauen bereits nach Material und beschließen, das Preisgeld vollständig in das Testen und Optimieren verschiedener 3D-Druckverfahren zu investieren. Wahrscheinlich müssen wir uns für ein gutes 3D-Rendering noch Hilfe ins Team holen und uns mit Spezialisten über Gesichtserkennung und den Druck weicher Materialien austauschen, aber das schaffen wir. Meine Traurigkeit verschwindet, zusammen mit dem Kater. Geheimhaltung ist wichtig, beschließen wir, dieses Mal erzählen wir niemandem von unseren Plänen. Ich solle auch Toboggan nicht informieren, sagt Johannes und schaut mich nachdrücklich an.

Nachmittags gehen wir an der Alster spazieren, und ich

plane meinen Besuch im Museum für Kunst und Gewerbe. Ich sitze auf einer Parkbank. In Hamburg gibt es tatsächlich Möwen, die einen intelligent anschauen. Ich füttere zwei davon mit einem Stück trockenem Brötchen, sie stürzen sich aggressiv auf die Brocken und fangen sie noch in der Luft mit ihren Schnäbeln.

Als mich ein neuer Kommentar unter meinem letzten Brief an Toboggan wieder zu seiner Website führt, muss ich laut lachen. Johannes und Lea schauen mich fragend an, aber ich wiegele ab und sie gehen vor, um für uns Getränke zu kaufen. Auf seiner Website ist ein Bild seiner Haare, schwarze und weiße Strähnen in Großaufnahme. Ich muss auch dieses Mal nur klicken, um den Text zu lesen. Die Zeit der Rätsel und des Versteckspielens ist wohl vorbei.

Taubendreck

»Du musst aufpassen, dass du nicht in die Kostüme hineinnagelst«, sagte Hans Zipelt, während er selbst vorsichtig einige Drahtstücke einrollte. »Der Stoff darf auch nicht zu stark geknickt werden, sonst entstehen Falten und andere Lagerungsschäden.«

Sein Assistent drehte und wendete das sonderbare Kostüm unsicher in seiner Hand, rollte es vorsichtig auf und packte es in braunes Papier ein. Behutsam legte er es zu den anderen Kostümen in die Holzkiste. Auf der Seitenwand der Kiste befand sich ein kleines Etikett mit dem Schriftzug »Tanzkabarett Rosenhof Düsseldorf«, rote Buchstaben für die Rosen, darunter die grobe Holzschnittgrafik einer Tänzerin mit grotesk langen Beinen.

»Woher kommen diese Kisten?«, fragte der Assistent, der seine Neugier nicht zurückhalten konnte.

Hans Zipelt dachte einen Augenblick nach, bis es ihm wieder einfiel: »Das sind die Artistenkoffer von einem früheren Gastspiel der Maskentänzer in Düsseldorf, zumindest hat das Herr Sauerlandt beim Aufbauen der Ausstellung gesagt.«

»Wohin werden die Stücke aus der Ausstellung denn jetzt geschickt?«

»Ich weiß es nicht genau. Einige Briefe und Fotografien wurden zurückgefordert, aber die Masken und restlichen Dokumente hat noch niemand wiederhaben wollen. Wir sollen die Kisten fürs Erste sachgemäß packen und dann einlagern. Deswegen inventarisieren wir die Gegenstände auf dieser Liste.« Er zeigte auf einen großen Zettel mit ordentlich gezeichneten Tabellen, Häkchen und Markierungen. »Diese Inventarliste legen wir dann zu unseren Akten, sodass wir wissen, welche Gegenstände und Werke in den Lagerbeständen des Museums liegen. Diese Masken gehören den Angehörigen von Frau Schulz und Herrn Holdt, wahrscheinlich sind sie von der Tragödie immer noch so mitgenommen, dass sie gar nicht an die Kunst der Maskentänzer denken können. Vielleicht wollen sie auch alles vergessen, was zu dieser Katastrophe geführt hat.«

Der Assistent versuchte besonders betroffen zu schauen, während er den ersten der drei Holzkoffer konzentriert mit kleinen Nägeln verschloss, ohne die Kostüme zu beschädigen. Auf die Kiste klebten sie die Nummer eins und vermerkten diese Zahl auch in ihrer Inventarliste. Sie packten eine kleinere Kiste mit Briefen und Zeichnungen, Leihgaben der Familie von Lavinia Schulz für die Gedächtnisausstellung. Ein weiterer Stapel wurde für den Maler Emil Nolde bereitgelegt, der als Dank für seine großzügige Unterstützung zu Lebzeiten der Tänzer einige Aquarelle mit Maskenentwürfen von Lavinia bekommen hatte. Als beinahe alle Gegenstände verpackt waren, lag noch die weiße Totenmaske von Walter Holdts hohlwangigem Gesicht auf dem Tisch, die Wangenknochen zeichneten sich stark ab, dennoch war die Maske auf ihre Art elegant und schön.

»Die Totenmaske hat Paul Hamann von Herrn Holdt gemacht. Er will die Maske seiner Sammlung von Lebendmasken großer Künstler hinzufügen.«

»Wurde auch von Frau Schulz eine Maske angefertigt?«, fragte der Assistent neugierig.

»Nein, Herr Hamann wollte keinen Abdruck von ihr nehmen. Haben Sie schon gehört, dass die Leiche von Herrn Holdt sogar exhumiert wurde, weil es seine Familie nicht aushielt, dass er mit seiner Mörderin eine Grabstelle teilte?«

Nachdenklich schweigend standen die beiden vor dem Tisch und schauten die Totenmaske an, die der Assistent in seinen Händen hielt, als aus dem unteren Stockwerk mit dringlicher Stimme nach Herrn Zipelt gerufen wurde. Er musterte seinen Assistenten, der ihn in seinem leicht schäbigen Anzug beflissen anschaute, und beschloss, dass es Zeit wäre, ihm ein wenig Verantwortung zu übertragen.

»Können Sie bitte die Totenmaske verpacken und die Inventarliste in den Akten abheften?«, bat er beim Hinausgehen und widmete sich gedanklich bereits der Sitzung zur Vorbereitung einer Ausstellung japanischen Teegeschirrs, zu der er gerade gerufen worden war.

Der Assistent legte die Totenmaske auf die Inventarzettel und begann nach einem weiteren Karton und Füllmaterial für die Lagerung zu kramen. Er beugte sich unter den Arbeitstisch, um aus einem Stoffsack Papierschnipsel zu klauben, die er zur Sicherung der zerbrechlichen Maske mit in die Schachtel stopfen wollte. Die Papierstreifen fühlten sich angenehm rau an, er versenkte seine Hände in dem Sack, hielt einen Moment inne und konzentrierte sich auf das Gefühl. Da knackte es hinter ihm. Er fuhr erschreckt nach oben, stieß sich mit voller Wucht den Rücken an der Tischplatte. Mit einer beinahe brutalen Gemächlichkeit rutschte die Totenmaske samt der Inventarliste von der Kante des Tisches und knallte vor den Augen des Assistenten, der sich seine Wirbelsäule rieb, auf den Dielenboden. Er saß unter dem Tisch, und die Farbe seines Gesichtes ähnelte der Totenmaske, die in mehrere Teile zersplittert vor ihm lag und die Inventarliste mit Gipsstaub bedeckte. Seine Gedanken rasten, während er versuchte, Walter Holdts Gesicht wieder zusammenzusetzen. Die leeren Gipsaugen der Maske stierten ihn anklagend an. Ohne professionelles Hilfsmaterial würde er die Bruchstücke nicht reparieren können, es war hoffnungslos.

Er hatte die begehrte Assistentenstelle erst vor wenigen Monaten bekommen und wusste, dass dieses Missgeschick zu seinem sicheren Rauswurf führen würde. Fieberhaft überlegte er, wie er die Situation retten könne, schließlich beschloss er die Maskenbruchstücke einfach in die Schachtel zu packen und zu beten, dass der Bruch auf einen späteren Transportschaden zurückgeführt werden würde. Resigniert verklebte er die Schachtel und hoffte, dass sie erst wieder geöffnet würde, wenn er bereits mehrere Monate Gelegenheit gehabt hätte, seine Fähigkeiten unter Beweis zu stellen. Als er die drei Blätter der Inventarliste aufhob, stellt er entsetzt fest, dass diese voller Gipsstaub waren. Später ärgerte er sich über seine Gedankenlosigkeit, aber im Rückblick ärgert man sich immer. Er nahm kurzerhand einen feuchten Lappen, um den Zettel zu säubern. Als er zu wischen begann und sah, wie die Tinte zu schlierigen Spuren verschmierte und mit dem Gipsstaub eine verfärbte Paste bildete, ächzte er auf. Die verpackte zerbrochene Maske in der Schachtel vor ihm, in seiner Hand die unleserlich verschmierte Inventarliste, überlegte er einen Moment, zerknüllte dann die ruinierten Papiere und steckte sie in seine Jackentasche. Er würde nur die eine nicht verschmierte Seite der Liste in den Aktenordner einheften. Mit flauem Magen begann er die Kostümkisten zur Lagerung auf den Museumsdachboden zu tragen.

Lisa füllte löffelweise Kaffee in den Filter der Kaffeemaschine. Gestern war der Kaffee zu schwach geraten, und ihr wurde bei der Besprechung mit amüsierten Blicken für den Kaffee-Tee gedankt, aber heute würde der Kaffee so stark sein, dass er wie Motoröl direkt in die Herzkammern der Museumsmitarbeiter fließen würde. Lisa lächelte und pfiff gut gelaunt irgendeinen Tracy-Chapman-Song, den sie beim Frühstück im Radio gehört hatte. Das Praktikum war eine gute Abwechslung zu den Seminaren der Kunstgeschichte, in denen sie sich immer danach sehnte, direkter mit Kunst zu arbeiten. Heute würde sie mit Jens, ihrem Vorgesetzten während der Zeit im Hamburger Museum für Kunst und Gewerbe, auf dem Dachboden des Museums das Inventar überprüfen. Sie hatte sich extra Wechselkleidung mitgenommen, da sich unter den Dachbalken immer wieder Tauben aufhielten und Staub durch die trockene Luft flog. Nachdem die Besprechung vorüber und der Kaffee getrunken war, machten sich Jens und Lisa an ihre Aufgabe und stiegen die Treppen des Museums hinauf. Lisa erinnerte sich an den Dachboden ihres Elternhauses, der nur durch eine Klappleiter zu betreten war. Dort standen alte Windelkartons voller Weihnachtsschmuck und Bastelarbeiten, eine massive Truhe mit Gegenständen ihrer bereits verstorbenen Großeltern, Tischdecken mit Stickereien, einige filigrane Löffel und zahlreiche Notizbücher. Sie hatte sich immer für die alten Spielsachen interessiert, Plastikfiguren, die auf dem Dachboden spröde wurden und gelblich anliefen, und Jugendbücher ihres Vaters. Die hatte sie gerne gelesen, weil sie von Abenteuern handelten, unter einem blinden Dachfenster, durch das genug Licht hineinfiel. Vielleicht freute sie sich deswegen auf die heutige Aufgabe.

Auf dem Dachboden standen, im Halbdunkel hinter einem Pfeiler verborgen, drei Holzkisten, von denen eine an der Seite aufgebrochen war. Aus dem Loch quollen einige Stofffetzen, das meiste war beschichtet mit dem Taubendreck und Staub von Jahrzehnten.

»Da haben wir ja unsere Aufgabe für heute gefunden«, sagte Jens und begann die Kisten zu öffnen. Gemeinsam zogen sie nacheinander in brüchiges Papier gepackte Stoffhaufen hervor. Vorsichtig öffnete Lisa eine graue Schachtel und schob das Papier zur Seite.

»Das sieht aus wie Stiefel, aber die Farben sind ganz sonderbar.« Sie hielt einen Schuh in die Höhe, der am Schaft einen breiten Trichter bildete.

»Ich habe hier, glaube ich, eine Maske, aber ich bin mir nicht sicher. Da ist ganz viel Draht dran. Pass auf mit den Stücken, die haben scharfe Kanten.« Jens legte das Gebilde zur Seite, und sie räumten weiter Stoffhaufen aus der Kiste.

Am Boden fanden sie eine dicke Mappe mit Fotografien, bräunliche Abzüge von professionellen Studioaufnahmen, Menschen in Kostümen. Auf einem Bild zwei Figuren, eine trug die Trichterstiefel, auf den Köpfen hatten sie Masken, aus denen Draht herausstach. Jens hob die von ihm gefundene Maske hoch und verglich sie mit dem Foto.

»Ich glaube, wir haben hier etwas sehr Interessantes gefunden«, sagte er und rieb sich seine staubverschwitzte Stirn.

»Was sind das für Sachen?«, fragte Lisa und schaute an Jens vorbei auf das Foto. »Das sieht ziemlich alt aus.«

»Siehst du den Schriftzug hier unten rechts? Da steht Dührkoop. Das war ein Fotostudio hier in Hamburg, in den Zwanzigerjahren. Vater und Tochter fotografierten gemeinsam, unter anderem Künstler- und Tanzporträts. Ich habe eine gute Studienfreundin, die sich besonders für die Fotografien der Dührkoops interessiert, ich werde sie gleich mal anrufen. Vielleicht machen wir eine kurze Pause«, sagte Jens und legte das Foto der Tänzer zurück in den Ordner, der geöffnet vor ihm auf einer der Holzkisten lag.

www.toboggan.eu/Dachbodenkisten

Lieber Toboggan,
    seitdem ich das erste Lavinia-Fragment gelesen habe, war ich voller Fragen. Mit jedem neuen Text kamen neue Fragen hinzu, während andere beantwortet wurden. Gab es beispielsweise wirklich eine Totenmaske von Walter Holdt, die verschwunden ist, oder hast du dir das ausgedacht? Ich habe versucht, diesen Teil der Geschichte zu verifizieren, aber bin nicht weitergekommen. Wahrscheinlich müsste ich dicke Bü-

cher über entartete Kunst durcharbeiten, denn mit Sicherheit wären Lavinias und Walters Masken daruntergefallen und im »Dritten Reich« vernichtet worden.

Ob die Kostüme wirklich so vergessen worden sind, wie du es schilderst? Ich kann es mir nicht vorstellen, aber mir gefällt die Geschichte. Irgendwie sind sie durch ein Raster gerutscht und wurden nicht zerstört. Diese Wissenslücken, von denen es zur Geschichte der Maskentänzer so viele zu geben scheint, sind wie gemacht dafür, mit Geschichten gefüllt zu werden. Zumindest sind Kostüme erhalten geblieben, über Jahrzehnte auf einem Dachboden, und nun sind sie hier, genau in der Stadt, die ich gerade besuche.

Wir haben eine Idee für ein Projekt, das wir mit dem Preis realisieren wollen. Ein wenig hat es auch mit deinen Haaren und Lavinias Masken zu tun, aber fürs Erste muss ich Stillschweigen bewahren. Morgen Vormittag werde ich mir die Kostüme anschauen, ich bin gespannt.

CPS (2) – Change Processor State

```
Open-Source-Lizenzen:
Die Möglichkeit für andere Entwickler, den Quell-
code von Open-Source-Software weiter zu bearbei-
ten, zu teilen und in eigene neue Software einzu-
bauen, wird durch Open-Source-Lizenzen geregelt,
die bestimmen, unter welchen Bedingungen der
Quellcode verändert und verwendet werden darf.
```

Das Museum für Kunst und Gewerbe sieht von außen aus wie ein Palast, und irgendwie freut es mich, dass ein solch großes Haus für die Sammlung von Gegenständen gebaut wurde. Wie die vollgestopften Lagerräume in den Einfamilienhäusern urbaner Speckgürtel, bloß weitreichender, ehrgeiziger und hoffentlich sortierter. Ich bin aufgeregt, die Masken in der Realität zu sehen. Vielleicht streiche ich deswegen zunächst ziellos durch die Sammlung, zögere den Besuch des Toboggans heraus, schaue mir im Erdgeschoss in der Renaissance-Abteilung den Trinkroboter an, den Johannes so spannend fand.

Der kleine Neptun sitzt mit roter Hose auf einer Schildkröte, einen goldenen Weinbecher auf dem Rücken. Leider kann ich ihn nicht fahren sehen, aber ich verstehe, warum dieser jahrhundertealte Roboter den kleinen Johannes so fasziniert hat, besonders, weil die anderen Gegenstände dieser Sammlung wahrscheinlich nicht besonders interessant für Kinder sind. Zumindest hätten diese Dinge auf mich einfach nur alt und sonderbar gewirkt, der Neptun ist mit seiner Schildkröte so viel charmanter als Madonnenstatuen oder irgendwelche Bestecke mit Elfenbeingriffen in Menschenform. Ich laufe umher und frage mich, was in dreihundert Jahren aus unserer Gegenwart aufgehoben worden sein wird. Werden die Dinge dann noch real in irgendwelchen Museen stehen oder in die Virtualität umgezogen sein? Vielleicht können wir uns dann alle Gegenstände selbst ausdrucken, so wie den Rosetta-Stein aus dem Britischen Museum.

Im ersten Stock ist die Moderne-Sammlung, in der auch die Masken von Lavinia und Walter ihren Platz gefunden haben. Außerdem gibt es ein Café, in dem ich nach dem Koffeinmarathon der letzten Tage und zur Beruhigung meines Magens einen Kräutertee trinke. Die Stühle sehen aus wie in einem Wiener Kaffeehaus, wahrscheinlich fühlen sich erschöpfte Museumsbesucher in einer solchen Atmosphäre wohl. Ich sitze vor meinem kleinen eckigen Tisch, rühre in dem Becher herum und lese den Wikipedia-Artikel über das Museum in meinem Handy. Der Museumsleiter der Zwischenkriegszeit hieß Max Sauerlandt und hatte für das Haus eine große Sammlung mit expressionistischer Kunst zusammengekauft, die jedoch von den Nazis als »Entartete Kunst« gebrandmarkt wurde und von der viele Werke bis heute verschwunden sind. Die auf dem Dachboden in Kisten vergessenen Masken haben wahrscheinlich genau deswegen diese Zeit überstanden, das Desinteresse der Zeitgenossen an Lavinias und Walters Werk hat die Masken für uns gerettet.

Warum ich nicht direkt zu den Toboggan-Masken gegangen bin, weiß ich nicht genau, sie sind auf der gleichen Etage wie ich, aber in mir ist plötzlich ein großer Widerwille, sie anzuschauen. Ich frage mich, wie es nun weitergeht mit Toboggan, nachdem Lavinias Geschichte beendet ist. Ob wir uns jetzt eine neue Geschichte erzählen müssen oder dieses Spiel aufgeben werden? Der Gedanke daran macht mich traurig, ich will die Aufregung dieser Schatzsuche nicht missen, das Zeichensuchen und -finden. Eine Schulklasse kommt in das Café, von einem Moment auf den anderen wird es sehr laut, und ich fühle mich fehl am Platz mit meiner Melancholie. Der Kräutertee ist sowieso ausgetrunken, und ich stehe auf und atme tief ein. Toboggan!

Der Raum mit den zahlreichen Masken von Lavinia Schulz und Walter Holdt ist leer, ich bin allein und ungestört, was mir sehr gefällt. Als ich den Raum betrete, wirken die Masken beinahe gewöhnlich, so viele von ihnen. In meiner Vorstellung waren sie immer viel größer als ich, was natürlich eine komische Idee war, jetzt wo ich genauer darüber nachdenke. Ich bin recht groß, und mit ziemlicher Sicherheit war Lavinia ein gutes Stück kleiner als ich, die Masken sind jedenfalls nicht ansatzweise so riesig und raumgreifend, wie ich sie mir in meiner Fantasie ausgemalt habe. Trotzdem sind sie wunderschön. Ich schaue mir alle gründlich an, spare mir die Maske von Toboggan Mann und Toboggan Frau bis zum Schluss auf. Im Ausstellungsraum finde ich keinen Hinweis auf das Gedicht von Yvan Goll. Vielleicht hat es die Maskentänzer gar nicht inspiriert, und das Gedicht war nur für unser Versteckspiel wichtig.

Vor mir steht die Toboggan-Frau. In Lübben wollte ich etwas nachempfinden an einem realen Ort, und es hat nicht funktioniert. Dieses Mal ist es anders, vielleicht ist es die Stille in der Ausstellung, vielleicht ist es die Tatsache, dass Lavinia in so einem Kostüm getanzt hat. Zum ersten Mal fühle ich mich ihr nahe. Ich denke an den Hunger, die Verzweiflung und mein sonderbares Bedürfnis, diese Maske aufzusetzen. Die Farben des Kostüms leuchten in der Realität mehr als auf den Fotos, obwohl das ein Klischee ist, denke ich. Eigentlich leuchten sie gar nicht mehr, sie sind nur viel präsenter, weil sie direkt vor meinen Augen sind. Vielleicht wäre eine Makroaufnahme oder ein Foto mit hoher Auflösung für diesen Eindruck ausreichend gewesen. Das aufgemalte Auge der Toboggan-Frau schaut mich an, die Faust ist wie auf dem Foto von Minya Diez-Dührkoop siegesgewiss in die Luft gereckt, als würde nur der Moment zählen und nicht das Ende. Ich beuge mich vor und versuche einen Blick auf alle Seiten der Maske zu bekommen. Ich schaue mir die Reihe von Knöpfchen an, die über die Brust verläuft, die roten Handschuhe und den Hüftgürtel mit den Wackeldrähten, die weiß überzogen sind und anders aussehen als auf den Fotos. Der bemalte Leinenstoff des Kostüms ist matt, er reflektiert kein Licht. Keine der Masken im Saal enthält irgendwelche spiegelnden Materialien. Auf der rechten Pobacke der Toboggan-Frau ist ein schwarzes Herz, das auf den Bildern und Videos im Internet nicht zu erkennen war. Als hätte Lavinia ein Geheimnis für mich gewahrt. Ich muss lächeln. Nach einer langen Zeit, die ich mit der Toboggan-Frau verbringe, drehe ich mich um, bereit, das Museum zu verlassen. Auf einer mächtigen Treppe im Gang sehe ich einen Mann sitzen, der in sein Smartphone schaut. Seine Haare sind schwarz-weiß und reflektieren das Sonnenlicht, das sich an den weißen Säulen bricht. Ich gehe auf ihn zu. Er lässt das Telefon sinken und schaut hoch, als er meine Schritte hört. Wir sehen uns an.

Definition of Done:

Das Team legt die Definition of Done eines Arbeitsabschnittes fest, diese Definition enthält eine Bestimmung, wann die Aufgabe als erledigt zu gelten hat. Bei der Entwicklung der Bewertungskriterien hilft die User Story, die der Product Owner formuliert hat. Natürlich unterstützt dabei auch der Scrum Master durch seine kompetente Moderation des Teams. Mit zunehmender Erfahrung des Teams wird die Definition of Done immer besser und die Bewertungskriterien eindeutiger. Mit der Definition of Done ist ein Arbeitsabschnitt beendet und der nächste kann beginnen.

Teile dieses Buches entstanden bei einem Arbeitsaufenthalt im Künstlerhaus Lukas, gefördert durch das Land Mecklenburg-Vorpommern. Der Aufenthalt wurde durch den Literaturpreis Mecklenburg-Vorpommern ermöglicht, mit dem das Projekt ausgezeichnet wurde.

Außerdem wurde die Arbeit an diesem Buch durch die von Til Strasser und Dorian Steinhoff geleitete Schreibwerkstatt »Kölner Schmiede« im Literaturhaus Köln begleitet. Die »Kölner Schmiede« 2017 wurde durch die Kunststiftung NRW und das Ministerium Kultur und Wissenschaft des Landes Nordrhein-Westfalen gefördert.

Maike Wetzel
Elly
Roman
152 Seiten. Gebunden. Lesebändchen
ISBN 978-3-89561-286-2

Elly ist weg. Eines Tages verschwindet die Elfjährige spurlos aus dem Leben ihrer Familie. Die Eltern und Ellys ältere Schwester bleiben zurück und versuchen trotz des Verlustes weiterzumachen. Doch die drei können nicht loslassen, Elly bleibt allgegenwärtig, in Gedanken, Taten und Schuldgefühlen. Jeder spielt den Tag, nach dem nichts mehr war wie zuvor, unablässig im Kopf durch. Die Suche nach Elly hört nicht auf, alle Beteiligten schaffen sich ihren eigenen Ersatz für das Verlorene.
Elly erzählt eine eindringliche und berührende Geschichte über den Sog von Trauer und Hoffnung – darüber, wie eine Familie durch das Verschwinden der Tochter jegliche Gewissheiten verliert. Maike Wetzels Roman besticht durch seine fesselnde Atmosphäre und sprachliche Brillanz. So entsteht das facettenreiche Bild einer Familie, deren Sehnsucht nach dem Verlorenen die Wirklichkeit verdrängt.

»Ein Buch, das einen so schnell nicht wieder loslässt.«
Antje Liebsch, *Brigitte Woman*

»Tatsächlich hat Maike Wetzels erzählerischer Gestus etwas von angehaltenem Atem.«
Hans von Trotha, *Deutschlandfunk Kultur*

Schöffling & Co.

Maike Wetzel
Entfernte Geliebte
Erzählungen
240 Seiten. Gebunden. Lesebändchen
ISBN 978-3-89561-287-9

Ein Mann sagt zu einer Frau: Ich liebe dich, und damit fängt die Suche erst an. Ein Mädchen hungert sich vor den Augen seiner Familie zum Skelett. Ein Autounfall und drei Geliebte lassen eine junge Frau an der Wirklichkeit zweifeln. Ein kleines Kind stellt das Leben eines Paares auf den Kopf.
Liebe – Freundschaft – Hass. So einfach wie in dem alten Abzählreim ist es für die Entfernten Geliebten in Maike Wetzels Geschichten nicht. Ihre Seelen vibrieren in Glasfaserkabeln und am Trog von Bio-Schweinen. Sie sammeln Treuepunkte, hausen nördlich von Hollywood, auf dem Land, in der Großstadt oder in verwunschenen Hotelruinen. Sie träumen, lieben und verlieren sich – in schlaflosen Nächten, beim Kinderkriegen, an fremden Fenstern oder zwischen Gras und Rüben. Manche von ihnen werden gerade erwachsen, andere sind es bereits. Immer tasten sie sich an die Grenze zwischen Wunsch und Wirklichkeit heran. Der neue Erzählband von Maike Wetzel versammelt kraftvolle Geschichten für Schlaflose, Liebhaber und alle, die mal jung waren.

»Maike Wetzels Sätze sind wie kleine Widerhaken: Irgendwann sind es so viele, dass sich jede Welt damit aus den Angeln heben lässt.«
Frankfurter Allgemeine Zeitung

Schöffling & Co.